Guy Burt

Das Haus der Lügen

Roman

Aus dem Englischen
von Uschi Gnade

Deutsche Erstausgabe

WILHELM HEYNE VERLAG
MÜNCHEN

Die Originalausgabe
SOPHIE
erschien bei Black Swan

Umwelthinweis:
Dieses Buch wurde auf
chlor- und säurefreiem Papier gedruckt.

Redaktion: Birgit Groll

Deutsche Erstausgabe 01/2005

Printed in Germany 2005
Umschlagillustration: mauritius-images/nonstock
Umschlaggestaltung: Hauptmann und Kampa Werbeagentur, München,
Zürich
Gesetzt aus der Minion
Satz: KompetenzCenter, Mönchengladbach
Druck und Bindung: GGP Media GmbH, Pößneck
ISBN: 3-453-43010-7
www.heyne.de

1

Matthew sitzt mir gegenüber auf den Bodendielen des leeren Raums. Im Moment hat er seinen Blick von mir abgewandt. Eine Seite meines Gesichts schmerzt, weil er mich geschlagen hat. Draußen tobt ein lautes Unwetter; dann und wann schaut er zu den Fenstern hinüber, wenn das Sperrholz, mit dem sie zugenagelt sind, bebt und knirscht. Wir befinden uns in der Küche des alten Hauses. Die flackernde Kerzenflamme lässt Schatten durch den Raum tanzen, während der Wind durch den Garten fegt und die Pflanzen zerzaust. Im oberen Stockwerk knarren und murmeln die Korridore, wie von den Erinnerungen an die Schritte langer Jahre beseelt.

Mein Atem geht inzwischen ruhiger. Ich finde heraus, wo die Grenzen sind, und ich beginne die Regeln zu begreifen, an die wir uns halten. Er wirkt nervös, ist zappelig. Ich hebe unbeholfen die Hände, um mir das Haar aus dem Gesicht zu streichen, und er dreht sich zu mir um, als er die Bewegung wahrnimmt.

»Tut mir Leid«, sagt er. Ich weiß nicht, was ich darauf antworten soll, und daher sage ich gar nichts.

Er sagt: »Sophie? Es tut mir Leid, dass ich dich geschlagen habe. Ich will dir nicht wehtun. Aber es muss endlich Schluss damit sein – du weißt schon, mit all diesen Lügen. Die Zeiten sind vorbei. Keine Spielchen mehr. Einverstanden?«

Ich nicke, und ein Teil der Anspannung scheint von ihm

abzufallen. Ein gellendes Splittern verrät, dass draußen ein Zweig von einem der Bäume gerissen wird, aber nichts deutet darauf hin, dass er es gehört hat.

»Hier sollten mehr Sachen sein«, sagt er. »Mir kommt es vor, als fehlte einiges.« Ich habe keine Ahnung, wovon er redet, aber ich nicke trotzdem; das scheint mir mittlerweile das Einfachste zu sein. Ich habe auch keine Ahnung, wohin das alles führen wird. Ich bringe meinen Rücken an der Wand in eine andere Haltung und versuche, mich auf die unstete Kerzenflamme zu konzentrieren.

Meine Handgelenke sind mit dickem Klebeband umwickelt, aber meine Füße sind frei, und ich habe die Beine angezogen, damit ich meine Arme darauf legen kann. Ich habe große Angst. Er scheint unsicher zu sein, was er als Nächstes tun soll.

»Die entscheidenden Dinge bleiben so, wie sie sind«, sagt er.

»Was?«

»Alles hat sich verändert. Das Haus, der Garten, die Küche. Alles ist anders.« Er seufzt. »Trotzdem bleiben die entscheidenden Dinge immer gleich. Du. Ich. Du weißt schon.« Er lächelt, und sein Gesichtsausdruck wird etwas sanfter. Er wendet den Blick ab.

Als Sophie und ich Kinder waren, war unser Garten groß; von der seitlichen Hauswand erstreckte er sich in weite Ferne, von Blumenbeeten und hohen Hecken gesäumt. Im Sommer wuchsen Kletterrosen und Geißblatt an den Spalieren hinauf. An einer Stelle bahnte sich ein Bach seinen Weg durch die Erde, und über das Wasser führten zwei Holzbrücken zu einem schlammigen Stück Land, das früher einmal ein Obstgarten gewesen war. Da nur noch ein oder zwei der ursprünglichen

Bäume übrig waren, nutzte der Gärtner den Platz jetzt, um Unkraut zu verbrennen. Auch der Geräteschuppen stand dort. Wenn wir damals den Bach überquerten, ließ uns der Geruch der nass gewordenen Asche früherer Feuer die Nase rümpfen. Auf dem weichen Boden musste man behutsam auftreten.

Vom Haus aus konnte man nur einen kleinen Teil des Gartens mühelos überblicken. Selbst von meinem Schlafzimmer aus, das im oberen Stockwerk lag, gab es Stellen, wo die Sträucher und Bäume den Blick versperrten. Aus diesem Grund und weil es für uns im Haus selbst so wenig zu tun gab, nahmen Sophie und ich den Garten in Besitz. Unser Vater war eine derart unwirkliche Gestalt, und wir bekamen ihn so selten zu sehen, dass er kaum Einfluss auf unser Leben hatte. Mummys Reich waren die Zimmer im Erdgeschoss des Hauses. Sie pendelte in regelmäßigen Abständen zwischen dem Salon und der Küche umher und ging ihren unergründlichen Beschäftigungen mit einer Art durchdachter Pedanterie nach, die einerseits erschreckend, aber zugleich auch seltsam beruhigend war. Zumindest wussten wir immer, wo sie sich aufhielt, und es ließ sich leicht einrichten, ihr aus dem Weg zu gehen. Zu der Zeit, an die ich denke, war ich fünf, und Sophie war sieben.

»Das werden mal Frösche«, sagte sie.

»Was?«

»Das da. Daraus werden Frösche. Du weißt doch, was Kaulquappen sind, nicht wahr, Mattie?«

»Ja.«

»Das hier ist Froschlaich. Zuerst kommt der Froschlaich, und der wird dann zu Kaulquappen. Und die werden dann zu Fröschen. Also werden aus dem hier später mal Frösche.« Sie berührte eine aufgeblähte Blase Froschlaich, die sich über der Wasseroberfläche wölbte. »Ist das nicht seltsam?«

»Ich weiß nicht. Wieso kennst du dich mit Fröschen aus, Sophie?«

»Ich habe es in einem Buch gelesen. Aber findest du das nicht merkwürdig? Diese kleinen Pünktchen werden eines Tages Frösche.« Sie stand auf, da sie das Gespräch auf einmal langweilte. »Du könntest ein bisschen Froschlaich in einem Einmachglas in die Schule mitnehmen.«

Der Gärtner war ein auffallend großer, auffallend dürrer Mann. Seine Augen hatten sich tief in sein Gesicht zurückgezogen, und wie meine Mutter hatte auch er seine tägliche Routine entwickelt. Einen großen Teil seiner Zeit verbrachte er damit, den Garten dort zu pflegen, wo er an das Haus grenzte, die Beete in der Nähe der Auffahrt und die Ränder des Rasens. Ich glaube nicht, dass es ein Ding der Unmöglichkeit gewesen wäre, den ganzen Garten einigermaßen gut in Schuss zu halten – die Hecken und Bäume zu stutzen und zurückzuschneiden, den Rasen zu mähen und das Unkraut zu jäten –, aber der große, schweigsame Gärtner in seinem schweren grünen Mantel und der warmen braunen Hose war ein fauler Kerl. Je weiter man sich in den Garten hineinbegab, desto unansehnlicher wurde er, und Moder und Fäulnis nahmen zu. An dem Tag, an dem wir am Bach knieten und den Froschlaich betrachteten, lag Raureif auf dem Gras, und noch vor wenigen Tagen hatte das Wasser in den Furchen und Pfützen im Obstgarten an den Rändern eine feine Eisschicht aufgewiesen.

In jenem Jahr kam der Frühling nur zögerlich. Lange Zeit gab es noch späten Frost, obgleich kein Schnee mehr fiel. Die Heizung in meinem Klassenzimmer in der Schule musste von einem riesigen, mit Öl gefüllten Heizlüfter unterstützt werden, dessen schmutziger beigefarbener Lack stellenweise abgeblättert war. Zwischen den Zeichnungen und den Buchstaben des Alphabets, die allesamt an die Wand geheftet waren, nahm er sich einschüchternd aus, ganz so, als besäße er das Potenzial, Schaden anzurichten. Ich tat tatsächlich, was Sophie gesagt hatte, und nahm etwas von dem Froschlaich in die Schule mit. Wir verfrachteten ihn behutsam in ein Plastikaquarium auf dem Naturkundetisch. Aus fast allen Eiern schlüpften Kaulquappen aus und waren wochenlang in verschiedenen Entwicklungsstadien zu sehen, ehe sie zu winzigen Fröschen wurden und ausgesetzt werden mussten. Die Grundschule unterstand Mrs. Colley; sie kam in unser Klassenzimmer und freute sich über die Kaulquappen.

»Woher kommen die eigentlich?«, fragte sie.

»Matthew hat sie mitgebracht, nicht wahr, Matthew?«, erwiderte Mrs. Jeffries.

»Sie kommen von Fröschen«, sagte ich. »Die Frösche legen die Eier, das ist der Froschlaich. Und aus dem werden dann Kaulquappen, und die werden zu Fröschen. Und dann fängt alles wieder von vorn an.«

»Sehr gut«, sagte Mrs. Colley. »Wie hast du das herausgefunden?«

»Sophie hat es mir erzählt«, sagte ich. »Sie hat es in einem Buch gelesen.«

»Sehr gut, mein Lieber«, wiederholte Mrs. Colley geistesabwesend.

Eine Zeit lang waren die Ufer des Bachs dann mit den zwei bis drei Zentimeter langen Fröschen gesprenkelt, bis sie schließlich verschwunden waren. Der Gärtner türmte tote Zweige und das Laub, das im Winter von den Bäumen gefallen war, in einer Ecke des Obstgartens auf. Aber die kühle Witterung und der Regen, den die Gartenabfälle aufgesogen hatten, sorgten dafür, dass das Feuer nicht brannte. Daraufhin ging der Gärtner zu seinem Schuppen und kehrte nach einer Weile mit einem staubigen grauen Kanister zurück. Er goss Diesel über den Haufen und zündete ihn an. Ich rechnete damit, der Diesel würde auflodern und explodieren, aber das tat er nicht; stattdessen brannte er stetig und verströmte einen starken Geruch. Ich beobachtete den Gärtner, als er wieder zu seinem Schuppen zurückging. Er sah meinen Blick, und ehe er sich abwandte, verzog ein Ausdruck, der an Neugier grenzte, sein Gesicht. Ich rannte durch den öden, abgestorbenen Garten davon und suchte nach Stöcken.

Jenseits der Mauer am hinteren Ende des Gartens erstreckten sich Felder. Sie gehörten nicht uns, sondern einem Bauern, dessen Haus und Nebengebäude hinter einer Bodenerhebung versteckt lagen und für uns nicht sichtbar waren. Vereinzelte Bäume wuchsen zur Kuppe eines niedrigen Hügels hin dichter. Wenn man den Bäumen folgte, lief man an der Grenze zwischen zwei Feldern entlang, wo im Sommer die Grillen zirpten und einem beim Laufen um die Knöchel schwirrten. Oben auf dem Hügel wurden die Bäume auf einer kurzen Wegstrecke dichter, ehe der Boden steil in einen stillgelegten Steinbruch abfiel. In den zertrümmerten Felsen am Grunde des Steinbruchs fand man geriffelte kleine Muscheln und Muster im Stein. Wie der Garten war auch der Steinbruch ein Ort, den sonst niemand aufsuchte, und daher gingen Sophie und ich an warmen Tagen oft dorthin.

Die Märzsonne fiel in spitzen Winkeln in das Klassenzimmer.

»Also gut, Kinder«, sagte Mrs. Jeffries. »Packt eure Mathebücher ein und zieht euch zum Spielen um. Susan, würdest du die Rechenstäbchen für mich einsammeln? Danke. Matthew, wenn du dein Lesebuch findest, kannst du dich hinsetzen und lesen, bis es Zeit für den Tee ist.«

Der Rest der Klasse trabte vergnügt in die frische Luft und zum Spielplatz hinaus.

Während meiner gesamten Kindheit schien ich von dem lebendigen Durcheinander, das die meisten Kinder umgab, ausgeschlossen zu sein. Dabei gab es dafür gar keinen klar definierbaren Grund, sondern nur eine Vielzahl von unbedeutenden Gegebenheiten, die eine schmale, aber doch merkliche Kluft zwischen mir und meinen Altersgenossen entstehen ließen. Manche Kinder werden von sagenhaftem Intellekt oder komischer Begriffsstutzigkeit geplagt, andere von bemerkenswerten Fähigkeiten oder kompletter Unfähigkeit im Kunstunterricht oder im Sport. Mattie Howard hingegen gehörte weder zu den einen noch zu den anderen. Stattdessen stellte ich fest, dass ich in der Schule zwar bereitwillig akzeptiert wurde, und das sogar, obwohl ich nicht in der Lage war, an den Spielstunden teilzunehmen, aber dennoch alles, was mit der Schule zu tun hatte, abstreifte, sobald ich am Ende des Schultags durch die Tore hinausrannte. Ich glaube, es war nicht meine Entscheidung und auch nicht die meiner Schulfreunde. In jenem Alter existiert zwischen den Eltern ein klar abgegrenztes interessenpolitisches Gefüge, von dem meine Mutter so gut wie vollständig ausgeschlossen war. Wo andere Kinder mit Vergnügen zu Freunden oder zu einer Geburtstagsfeier aufgebrochen wären, waren Sophie und ich es rundum zufrieden, unseren Freunden zum Abschied ein paar Worte nachzurufen und uns gemeinsam auf den Heimweg zu machen. Für mich war das schlicht und einfach der Lauf der Dinge. Der Heimweg war recht weit, und wenn wir keinen Grund zur Eile hatten, konnte es sein, dass wir darüber redeten, was wir an jenem Tag getan hatten oder was wir für das Wochenende oder den Abend planten. Meine Errungenschaften als Fünfjähriger waren reichlich belanglos, aber Sophie hatte im Allgemeinen erstaunliche oder wunderbare Dinge gelernt; und von denen berichtete sie mir, wobei sie ihre eigenen Fragen und Mutmaßungen zu dem jeweiligen Thema einstreute. Und auch das gehörte schlicht und einfach zum Lauf der Dinge.

Eines Abends, nachdem wir uns gewaschen und die Zähne geputzt hatten, kam Sophie in mein Zimmer spaziert und setzte sich auf die Bettkante.

»Mattie?«

»Hm?«

Sie runzelte die Stirn. »Was weißt du über Babys?«

»Wie meinst du das?«

»Mummy bekommt ein Baby.«

»Echt? Wann denn?«

»Ich weiß es nicht. Noch nicht.«

»Woher weißt du das?«

»Sie hat es mir erzählt.« Interessiert setzte ich mich auf und lehnte mich an meine Kissen.

»Wie heißt es?«

»Keine Ahnung. Es ist noch nicht geboren. Also? Was meinst du dazu?«

Ich verstand sie nicht. »Was meine ich wozu?«

Sie atmete hörbar aus. »Dann ist plötzlich noch jemand da, der zur Familie gehört. Verstehst du? Noch jemand. Der jünger ist als wir.«

»Oh.«

»Ich meine, würde dir das gefallen? Einen Bruder oder noch eine Schwester zu haben?«

Ich dachte darüber nach. »Ich weiß nicht, Sophie ...«

»Du weißt aber auch nie etwas«, sagte sie liebevoll. »Alle anderen müssen immer für dich mitdenken.«

»Ich glaube, es würde mir gefallen«, sagte ich. »Ja. Ich freue mich drauf.«

Es entstand eine lange Pause. Dann sagte sie: »Das ist gut, Mattie ... Vielleicht können wir mit dem Baby spielen, wenn es erst einmal da ist. Du weißt schon. Den Kinderwagen schieben und so.«

»Das wär doch schön.«

»Okay. Schlaf jetzt. Und vergiss dein Inhaliergerät nicht.«

»Gute Na-hacht«, rief ich ihr nach, als sie das Zimmer verließ, und hörte die geflüsterte Antwort, ehe ihre Tür zum Korridor, die angenehm nah an meiner war, sich öffnete und dann mit einem Klicken geschlossen wurde.

In jener Nacht hatte ich zum ersten Mal seit Wochen wieder den Albtraum. Es war der gleiche wie schon früher; es war immer der gleiche. Die zerknitterte, raschelnde Gestalt von Ol' Grady schlich sich durch die Tür herein und bewegte sich seitlich voran, stets mit dem Rücken zur Wand. Der Mondschein fiel auf seine langen Arme und den leeren Fleck, wo sein Gesicht hätte sein sollen. Er trug etwas, aber ehe ich sehen konnte, was es war, wurde ich wach. Jeder Laut, den ich möglicherweise von mir gegeben hätte, wurde in meiner Kehle erstickt. Es dauerte lange, bis ich wieder einschlief.

Ich verändere meine Haltung ein klein wenig, und unter mir knarrt der Fußboden. Die Wände der Küche sind mit weiß getünchtem Gips verputzt, und hier und da weisen sie feuchte Flecken auf. Matthew ist aufgestanden und hat angefangen, vor mir auf und ab zu gehen. Seinen Andeutungen kann ich entnehmen, dass er jetzt an die Albträume denkt. Ich weiß natürlich von ihnen, aber ich weiß nicht, was ich sagen soll. Mein Gesicht schmerzt, und mir ist unablässig bewusst, dass ich mich jedes Mal, wenn ich etwas sage, in Gefahr begebe. Es ist wohl das Beste, ihn so lange wie möglich reden zu lassen. In der Stille oder wenn er Bruchstücke der Vergangenheit von sich gibt, denke ich nach; ich versuche, mir einen Reim auf das zu machen, was hier vorgeht.

Ich frage ihn: »Erinnerst du dich noch daran, wann sie begonnen haben? Die Träume?«

Er sieht sich überrascht nach mir um. »Nein, nicht wirklich. Sie waren immer da. Aber es war immer nur der eine. Er ist nach wie vor … ich habe ihn immer noch. Manchmal.«

»Ich weiß«, sage ich leise. Er scheint meine Worte nicht zur Kenntnis zu nehmen.

»Ich habe nie herausgefunden, wie du ihn getötet hast«, sagt er, und ich spüre eine Woge von üblen Vorahnungen über mich hereinbrechen.

»Was?«

»Ol' Grady. Du musst ihn umgebracht haben, ehe ich alt genug war, um mich wirklich zu erinnern, denn mir sind nur diese Träume geblieben.« Er lacht leise. »Ich erinnere mich noch daran, wie du mir gezeigt hast, was von ihm übrig war. Aber ich frage mich jetzt schon seit langer Zeit, wie es dir gelungen ist. Du kannst nicht älter als fünf Jahre gewesen sein.« Er sieht mich erwartungsvoll an.

»Ich weiß es nicht genau«, sage ich.

»Oh.« Seine Stimme klingt enttäuscht. Ich konzentriere mich auf das dumpfe Pochen über meinem Wangenknochen, und nach einer Weile wendet er sich wieder ab.

Die Geräusche des Sturms draußen kommen und gehen. Es scheint Jahre her zu sein, dass er mich in dieses leer stehende Haus geschleift hat, durch das Chaos im Vorgarten. Regen und Wind fegten durch das hohe Gras, peitschten unsere Gesichter, sodass wir fast nichts sehen konnten. Sogar die Erinnerung an den Regen kommt mir jetzt vor, als stamme sie aus einer anderen Welt. Während wir hier sitzen, lodern hin und wieder die Ritzen um die Spanplatten vor den Fenstern weiß auf, wenn irgendwo in den Wäldern hinter dem Haus ein Blitz einschlägt. Mein Schulterblatt juckt, aber auf Grund des Klebebands kann ich die Hände nicht ausstrecken, um es zu kratzen; es gelingt mir lediglich, mich an der Wand zu reiben.

Er bemerkt es. »Tut mir Leid, Sophie. Aber ich kenne dich zu gut, oder hast du das vergessen?«

Ich zucke die Achseln. »Vermutlich tust du, was du tun musst.«

»Genau!« Er nickt und ist plötzlich ganz aufgeregt. »Du verstehst es also doch.«

Ich blinzele, halte jedoch den Mund. Die Worte hatten nichts zu bedeuten, und es ist beunruhigend, seine Reaktion darauf zu sehen.

Einem Teil von mir ist bewusst, dass meine eigene Ruhe in diesem Moment wahrscheinlich unnatürlich ist, eine Form von Erschöpfung, die mich jetzt, da sich meine anfängliche Panik gelegt hat, plötzlich einholt. Worin auch immer diese Ruhe ihren Ursprung haben mag – ich versuche, sie zu nutzen. Wenn er redet, zeitweise mehr mit sich selbst als an mich gewandt, höre ich zu. Wenn seine Worte nicht plausibel klingen, versuche ich, sie in meinem Kopf aufzubewahren, um sie später an der richtigen Stelle einzufügen. Wenn er Dinge sagt, die ich verstehe, versuche ich, das Bild, das ich von ihm habe, mit Einzelheiten auszuschmücken. Das ist alles, was ich im Moment tun kann. Ich fürchte aber, dass das nicht genügen wird.

Ich hatte mehr mit Sophie zu tun als jeder andere, ob Kind oder Erwachsener, und daher war ich mit ihrer Art und ihren Gewohnheiten bestens vertraut. Wo ein anderer, ein Fremder, Sophies Benehmen teilweise als befremdlich – und mit Sicherheit frühreif – empfunden hätte, kam ich nie auf den Gedanken, dabei handele es sich um etwas anderes als schlicht und einfach, wie bereits erwähnt, den Lauf der Dinge. Daher war es für mich ganz natürlich, dass Sophie sich anders ausdrückte und ein gänzlich anderes Vokabular benutzte, wenn sie mit mir allein war. In der Schule oder im Umgang mit Erwachsenen frustrierte es mich manchmal, dass sie so ungeheuer dumm zu sein schien. Sie war dann nicht in der Lage, Fragen zu beantworten, auf die sie mir schon vor Jahren Antworten gegeben hatte, und manchmal schien es ihr Schwierigkeiten zu bereiten, das richtige Wort für die jeweilige Situation zu finden (dabei wusste ich genau, dass sie nur so tat). Das war ab und zu ärgerlich, aber wenn ich sie hinterher zur Rede stellte und wissen wollte, was das eigentlich sollte, meinte sie nur, es sei ein Spiel.

»Ich finde dieses Spiel nicht gerade besonders komisch«, sagte ich eines Tages.

»Das soll es auch gar nicht sein, Mattie. Dabei geht es eher um eine Art Drückebergerei, verstehst du? Man stellt sich ungeschickter an, als man ist, damit einem der Abwasch erspart bleibt.«

»Wie geht das?«, fragte ich, denn jetzt hatte sie mich ziemlich neugierig gemacht.

»Tja, also, nehmen wir mal an, im Unterricht will die Lehrerin eine Frage beantwortet haben, und du weißt die Antwort, was tätest du dann?«

»Ich würde mich melden.«

»Und ihr die richtige Antwort geben. Stimmt's?«

»Ja.«

»Aber wenn du das tust, wird man dir mehr und mehr Fragen stellen. Wer ist der Klügste in deiner Klasse?«

»Robert. Er wird immer als Erster fertig und bekommt die meisten Fleißkärtchen.«

»Okay. Aber ich nehme an, Mrs. Jeffries stellt Robert mehr Fragen als dir?«

»Manchmal. Und er muss mehr Aufgaben lösen, weil er als Erster fertig wird«, sagte ich stolz, denn ich begann zu begreifen, worauf sie hinauswollte.

»Also gut. Dann wäre es doch einfacher, so zu tun, wenigstens ab und zu, als wüsste man die Antwort nicht, damit man den Leuten nicht allzu sehr auffällt. Dann braucht man nicht so viel zu arbeiten, aber man schneidet immer noch ganz gut ab – man wird nicht gleich zum Schlusslicht oder so. Verstehst du das?«

»Ja!«, sagte ich aufgeregt. »Das ist wirklich schlau, Sophie.«

»Es ist nur vernünftig, sonst gar nichts. Lehrer werden ganz seltsam, wenn man in ihrem Fach gut ist. Du kennst doch dieses Mädchen, das wirklich gut in Mathe ist – die aus der fünften Klasse? Sie muss in der Pause immer länger bleiben und Aufgaben lösen, und alle reden von Stipendien für ihre höhere Schule und so weiter. Damit handelt man sich jede Menge Scherereien ein.«

»Bist du denn gut in Mathe?«

»Schlecht bin ich nicht in Mathe. Ich bin in den meisten Fächern gut.«

»Da kannst du wirklich froh sein«, sagte ich. »Ich wäre gern in allen Fächern gut. Dann bräuchte ich überhaupt nicht mehr zu pauken.«

Sie seufzte. »O Mattie«, sagte sie und legte die Arme fest um mich. »Davon *rede* ich doch gerade. Wenn du in allen Fächern gut wärst, müsstest du viel mehr tun als jetzt …«

Irgendwie kam mir das Ganze albern vor, und so beschloss ich, es als einen ihrer seltsamen Witze anzusehen und zu vergessen. Erst viele Jahre später, als es mir gelungen war, in Hinblick auf die Erinnerungen an diese relativ frühe Phase der Kindheit eine gewisse Objektivität zu erlangen, stellte ich zu meiner Verblüffung fest, welch ausgefeilte Täuschungsmanöver Sophie betrieben hatte, damit bloß nicht herauskam, dass sie »in allen Fächern gut« war. Was die Natur der Intelligenz und die Einschränkungen anging, die sie mit sich brachte, war Sophie im Alter von sieben Jahren bereits zu reiferen und subtileren Einsichten gelangt als viele Erwachsene. Sie war sich aber auch ihrer eigenen Individualität klar bewusst, insbesondere im Vergleich zu anderen Kindern in ihrem Alter.

Und ich, der im Schatten einer Sonne lebte, die ihr Licht aus eigenem Antrieb teilweise verfinsterte, bemerkte kaum etwas davon – was ich wahrnahm, war nur ein schmaler Ausschnitt der Realität. Als der Zeitpunkt kam, zu dem Sophie ihre Aufnahmeprüfung für die Oberschule ablegte – was sie auf Grund des etwas ungewöhnlichen Aufbaus unserer Grundschule, die Kinder beiderlei Geschlechts annahm, im Alter von zwölf Jahren tat –, musste sie sich einem Intelligenztest unterziehen. Aus irgendwelchen Gründen bereitete ihr das weitaus größere Sorgen als die übrigen bevorstehenden Prüfungen. Ich nahm an, es läge daran, dass sie einen solchen Test noch nie gemacht hatte und unsicher war, was sie zu erwarten hatte. Etliche Wochen vor der Prüfung kaufte sie mehrere Bücher, die dazu gedacht waren, dass man seinen IQ zu Hause selbst ermittelte, und studierte sie sorgsam und eingehend. Sie füllte auch die Testbögen in den Büchern vollständig aus, kreuzte ihre Antworten an und wertete ihre Ergebnisse selbst aus. Viele Kinder – zumindest die mit größerer Auffassungsgabe – kennen diesen Trick. Auf diese Weise gelingt es ihnen, ihre Ergebnisse um fünf, wenn nicht gar zehn Punkte zu verbessern. Als der Tag der realen Prüfung nahte, hatte Sophie es geschafft, ein konstantes Ergebnis von um die 125 Punkte zu erzielen; gescheit, aber nicht rasend intelligent; im landesweiten Durchschnitt zu den obersten zehn Prozent gehörig, aber nicht zu den fünf

Prozent, die an der Spitze lagen. Sie war eine zuverlässige Anwärterin, wenn man die Qualität ihrer schriftlichen Prüfungen bedachte, und die Schule nahm sie mit Freuden auf.

Damals war ich logischerweise zehn. Ich sah mir die abgenutzten und vollgekritzelten IQ-Bücher an, die Sophie weggeworfen hatte. Sie hatte sechs oder sieben Anläufe gebraucht, um konstante Ergebnisse zu erzielen und eine Punktzahl von 125 akkurat voraussagen zu können; in den letzten drei Tests schnitt sie jeweils mit Punkten zwischen 120 und 130 ab. Aber der erste Test, den sie vollständig ausgefüllt hatte, ehe sie begann, ihre Antworten zu überprüfen und zu lernen, wie sie es anzustellen hatte, wies auf einen IQ hin, der 180 überschritt. Höher reichte die Tabelle in dem Buch nicht.

Der Frühling hielt Einzug auf dem Spielplatz unserer Schule, und in den Beeten und den Kästen vor den Fenstern waren erstmals Blumen zu sehen. Das früheste Anzeichen des neuen Jahrs war der Froschlaich gewesen, aber jetzt waren überall Spuren von Leben und Wachstum zu entdecken; es schien fast, als sollte verlorene Zeit aufgeholt werden. Die Bäume auf dem Hügel hinter unserem Haus barsten vor Grün, und die Luft wurde mild und stieg einem mit den berauschenden Gerüchen von Kompost und dem Saft der Kletten auf den Feldwegen zu Kopf. Es machte wieder mehr Spaß, seine Zeit im Freien zu verbringen. Im Rückblick kommt es mir häufig so vor, als hätte ich einen großen Teil meiner Kindheit im Freien verbracht.

Sogar den Gärtner befiel mit dem Eintreffen des Frühlings eine neu entdeckte Lebhaftigkeit. Für zunehmend längere Zeitspannen verließ er die Abgeschiedenheit seines Schuppens im Obstgarten und bewegte sich wie auf einem vorherbestimmten Pfad durch den Garten, zog von Busch zu Strauch zu Schössling und trug die Gerätschaften seines Handwerks mit sich herum. Wann immer es sich einrichten ließ, stand ich da und beobachtete ihn, denn der Gärtner faszinierte mich wie noch nie zuvor ein anderer Erwachsener. In erster Linie erinnerte er mich an die Menschen und Tiere in *Alice im Wunderland*, eine Geschichte, die Sophie mir vorgelesen hatte. Wenn er durch den Garten ging, tat er das in meinen Augen völlig planlos; es war fast so, als seien die Gründe für das, was er tat, längst in Vergessenheit geraten. Mit zwei kleinen Brettern sammelte er das Laub auf, das er mit einem Rechen aufgetürmt hatte, und warf es in den Schubkarren, der dann über den Bach gerollt werden konnte, um ihn dort in das Feuer für die Gartenabfälle zu leeren. Die nähere Umgebung des Hauses begann einen ordentlichen und gepflegten Eindruck zu machen, wohingegen die Peripherie des Gartens so chaotisch blieb wie eh und je. Meiner Mutter, die so gut wie nie einen Fuß vor die Tür setzte, fiel das gar nicht auf.

Eines Tages, als Sophie in ihrem Zimmer war und Hausaufgaben machte und ich am Bachufer kniete und beobachtete, wie die kleinen Fischlein im Wasser hin und her schossen, kam der Gärtner auf mich zu. Er wirkte etwas unbeholfen, als sei er nicht ganz sicher, ob er näher kommen wollte, und blieb ein paar Meter vor mir stehen. Wir sahen einander stumm an. Als ich zu ihm aufsah, zeichnete sich die Gestalt des Gärtners wie eine Silhouette gegen den grauen Himmel ab, und sein schmales Gesicht erinnerte mich an einen Habicht. Er griff in eine der riesigen Taschen seines alten braunen Mantels und zog etwas heraus, das die Größe einer Faust hatte.

Er hielt es mir hin, ohne mir in die Augen zu sehen. Gespannt und doch voller Behutsamkeit nahm ich das Ding entgegen. Es erwies sich als eine Kröte, die sich in meinen hohlen Händen kühl anfühlte und noch schläfrig von ihrer winterlichen Ruhe war.

»Danke«, sagte ich und freute mich echt und ehrlich. Der Gärtner riss seinen Kopf ruckhaft in die Höhe, eine Art umgekehrtes Nicken, und stapfte am Bach entlang; seine Stiefel hinterließen regelmäßige Abdrücke auf der weichen Erde. Ich hielt die Kröte in den Händen und betrachtete ihr ulkiges Gesicht und ihre wundervollen Augen, die aussahen, als seien sie aus winzigen Splittern zerbrochenen Glases gemacht, und eine goldene Farbe von großer Klarheit und Schönheit besaßen. Die Kröte öffnete und schloss nachdenklich ihr Maul und tätschelte mit einem Fuß sanft meinen Daumen. Sie schien es nicht eilig zu haben, mir wieder zu entkommen. Nach einer Weile pinkelte sie mich an. Entzückt rannte ich zum Haus, um Sophie meine Kröte zu zeigen.

Im Gegensatz zu vielen anderen Mädchen war Sophie nicht zimperlich, wenn es um Frösche oder Kröten ging. Sie musterte die Kröte anerkennend. »Ein hübscher Kröterich«, meinte sie. »Wo hast du den gefunden?«

»Im Garten«, sagte ich. »Am Bach.«

»Er braucht eine Behausung«, sagte Sophie. »Sieh zu, dass du einen Karton oder so was findest, und pack etwas Gras und Erde für ihn hinein, damit er sich eingraben kann. Kröten mögen es, wenn sie sich einbuddeln können.«

»Und ich mag Kröten«, erklärte ich. »Das hier ist eine braune Kröte.«

Sophie hörte mir nicht wirklich zu. »Wenn du Kröten magst, dann gibt es eine schöne Geschichte, die ich dir vorlesen werde«, sagte sie. »Wir könnten gleich heute Abend damit beginnen. Es kommen auch noch viele andere Tiere darin vor.«

»Ja«, sagte ich begeistert. »Ich suche jetzt ein Haus für die Kröte.«

Meine Mutter hielt sich im Salon auf. Die Stehlampe neben

ihrem Sessel brannte, und sie saß da und las eine Zeitschrift. Ich klopfte mit der freien Hand an die halb offene Tür.

»Komm rein«, sagte sie. Ich zog meine Schuhe aus und spürte die herrliche Wärme des Flors unter meinen Zehen, als ich in Socken über den Teppich lief.

»Mummy, kann ich bitte einen Karton haben, um daraus ein Haus zu machen?«

Sie musterte mich aufmerksam. »Häuser sind Spielzeuge für Mädchen, Matthew.«

Ich war so aufgeregt wegen der Kröte, dass ich gar nicht erst lange nachdachte, ehe ich antwortete. »Oh, dieses Haus aber nicht«, sagte ich fröhlich.

Lange Zeit herrschte Stille, und ich begriff augenblicklich, dass ich etwas falsch gemacht hatte. Aber ganz gleich, wie sehr ich mir auch den Kopf darüber zerbrach, ich kam nicht darauf, was es sein könnte.

»Widersprich mir nicht«, sagte sie. Plötzlich fürchtete ich mich; der Schatten dieses zerknitterten, schlurfenden Dings schien einen Moment lang auf mich zu fallen. Ich blinzelte. »Hast du gehört?«

»Ja, Mummy«, sagte ich. »Es tut mir Leid.« Ich wandte mich ab, um zu gehen; in der Küche gab es Kartons, dachte ich, und niemand würde merken, wenn ich mir einen davon nahm. Aber es war schon zu spät.

»Was hast du da?«, fragte sie.

»Nichts«, murmelte ich.

»Was? Um Himmels willen, sag mir die Wahrheit. Was hältst du da in der Hand?«

»Eine Kröte«, antwortete ich und hielt ihr das Tier hin.

Es folgte eine Pause, während der meine Mutter die Kröte betrachtete. Dann sagte sie: »Bring sie nach draußen, Matthew, und lass sie laufen.« Ich muss bekümmert gewirkt haben, denn sie fügte in einem veränderten Tonfall hinzu: »Es würde ihr ohnehin nicht gefallen, im Haus zu leben, Matthew. Wahrscheinlich würde sie sterben, und damit wäre niemandem gedient. Setz sie im Garten aus.«

Dann ließ sie sich kaum wahrnehmbar in ihren Sessel zurücksinken und gab mir damit zu verstehen, dass das Thema für sie abgeschlossen war. Ich nickte und ging, und an der Tür schlüpfte ich in meine Schuhe.

»Woran hast du gerade gedacht?«, frage ich.

»Ich weiß es nicht. Ich glaube nicht, dass ich überhaupt an etwas gedacht habe. Ich habe sie nicht gehasst, falls es das ist, worauf du hinauswillst. Etwas anderes gab es nicht. Man gewöhnt sich an das, was um einen herum ist.«

»Es war schlicht und einfach der Lauf der Dinge?«

Er zuckt zusammen. »Ja.« Seine Augen werden einen Moment lang schmaler, während er mich ansieht, und dann fällt die Anspannung wieder von ihm ab. »Ich habe erst wesentlich später begonnen, sie zu hassen. Weil ... nun ja, wegen vieler Dinge.«

Ich richte meinen Blick auf einen neutralen Bereich des Fußbodens und sage kein Wort.

2

Es war ein strahlender Tag, der die Klarheit und Frische des späten Frühjahrs mit sich brachte. Vogelgezwitscher war zu hören, als wir mit der Schiefermauer zu unserer Rechten den Hügel hinaufkletterten. Hier führte ein ausgetretener Pfad am Feldrand entlang, und flache, glatte Steine, so groß wie Teller und Wagenräder, lugten aus der festgetrampelten Erde unter unseren Füßen heraus. Sophie legte den Weg mühelos zurück und breitete manchmal die Arme aus, als balancierte sie auf einem Hochseil, wies mich aber auch ab und zu auf Dinge hin, während ich ihr folgte. Dicht an der Mauer wuchsen vereinzelt oder in Büscheln wilde Blumen, von denen Sophie die eine oder andere pflückte, bis sie schließlich einen farbenfrohen Strauß in der Hand trug.

Als wir den Hügel erklommen hatten, war ich halbwegs außer Atem. Die Bäume mit ihren frischen grünen Blättern, die sich gerade erst aus den Knospen entfaltet hatten und daher noch verknittert waren, kündigten den oberen Rand des Steinbruchs an, und als wir näher kamen, ergriff Aufregung von uns Besitz. Im Winter war es im Steinbruch eisig, außerdem lag er für einen gemütlichen Spaziergang zu dieser Jahreszeit ohnehin zu weit entfernt, und daher waren wir seit ein paar Monaten nicht mehr da gewesen. Wir hatten uns auf den Garten, die Wege um das Haus herum und die Ortschaft beschränkt. Die erzwungene Nähe zu meiner Mutter war an und für sich schon unangenehm genug, dazu kam, dass ich mich zu Hause immer schnell eingeengt fühlte. Sophie hatte um die Wochenmitte herum zu mir gesagt, am Samstag würden wir wieder zum Steinbruch gehen, und seitdem war ich von Eifer und Vorfreude erfüllt gewesen.

Der Zaun um den oberen Rand des Steinbruchs herum war sehr alt. Ursprünglich hatte er aus Holzlatten bestanden, aber als diese sich mit den Jahren silbrig grün verfärbten und allmählich auseinander brachen, hatte jemand Draht zwischen den Latten gespannt – vorwiegend grobmaschigen Zaundraht – und darüber kleine Mengen Stacheldraht. Die ganze behelfsmäßige Konstruktion erweckte den Eindruck, als sei sie schlampig und ohne rechte Lust angefertigt worden, und auch die ausgeblichenen Warnschilder waren seit meiner Geburt weder ersetzt noch mit frischer Farbe nachgezeichnet worden. Es kostete uns also keine große Mühe, zu einer geeigneten Lücke zu kriechen. Der Steinbruch fiel auf drei Seiten ziemlich sanft ab und war nur auf der vierten Seite, wo die Stollen gesprengt worden waren, steiler. Sophie und ich setzten unsere Füße seitlich auf und bahnten uns einen Pfad an der Geröllhalde entlang hinunter auf den Grund des Steinbruchs, indem wir flink hinabschlitterten.

Als wir unten angekommen waren, sahen wir uns um.

»Da drüben sind ein paar Steine runter gekommen«, sagte ich und deutete mit dem Finger darauf.

»Das ist nicht weiter verwunderlich«, erklärte Sophie. »Das hängt mit dem Winter zusammen. In der Kälte vereist das Gestein, und dann bekommt es Sprünge und bröckelt ab.«

Das interessierte mich nicht. »Lass uns Muscheln suchen.«

Sophie nickte. »In Ordnung. Lauf los, und sieh nach, ob die Tasche noch da ist.«

Das herrliche Gefühl, ein Abenteuer vor sich zu haben, verstärkte sich, als ich über die weite Fläche voller verstreuter Steine trabte und mich auf den Weg zu den Stollen machte. Es barg immer eine gewisse Gefahr in sich und war somit auch aufregend, zu Beginn eines Nachmittags im Steinbruch die Tasche zu holen. Das bedeutete, dass man auf den losen Steinen am Fuß der steileren Wand hinaufkroch, um dicht an die Öffnung des Stollens zu kommen, der uns am nächsten war. Die Stollen hatten im Grunde genommen eher etwas von Höhlen mit Türen; tiefe Löcher führten horizontal in die Felswand hinein und waren mit riesigen Eisenstäben versperrt, um zu verhindern, dass sie betreten wurden. Gleich hinter dem Gitter, wo man den Boden noch sehen konnte, lagen verrostete alte Dosen herum, die nicht mehr zu identifizieren waren. Aus den Stolleneingängen strömte ein Geruch nach Feuchtigkeit und Moder, aber auch noch nach etwas ganz anderem. Die Tasche war noch dort. Ich schnappte sie mir und rannte mit pochendem Herzen und dem Grinsen eines Irren auf dem Gesicht zu Sophie zurück.

»Da!«

Sophie zog den Hammer heraus, und wir fanden einen Stein, der groß genug war, um ihn als primitiven, kniehohen Tisch zu benutzen.

»Du kannst jetzt anfangen, dich nach guten Steinen umzusehen«, sagte sie. »Nimm die mit den Muscheln auf der Außenseite, ja?«

»Okay«, sagte ich und begann meine Suche im Geröll.

In der Tasche befand sich natürlich auch die große Keksdose, in der Sophie ihre Hefte aufbewahrte. Während ich auf dem Boden kauerte und Gesteinsbrocken umdrehte, vertrieb sich Sophie die Zeit damit, in ihre Hefte zu schreiben, manchmal nichts weiter als ein paar von ihren komischen Kritzeleien, manchmal schrieb sie aber auch eine Seite nach der anderen voll. Sie schrieb allerdings nicht wirklich. Ich war alt genug, um selbst ein bisschen lesen und schreiben zu können, und daher konnte sogar ich sehen, dass Sophies Kugelschreiber seltsames Zeug kritzelte und nicht etwa echte Buchstaben und Wörter. Aber andererseits war vieles von dem, was Sophie tat, seltsam. So weit ich zurückdenken konnte, schrieb sie in die Hefte im Steinbruch.

»Wozu sind die gut?«, fragte ich sie einmal.

»Es hat ein bisschen was von einem Tagebuch«, sagte sie.

»Was schreibst du da rein?«

»Ach, so allerlei. Du weißt doch, wozu Tagebücher da sind, Mattie. Du berichtest, was du an jenem Tag erlebt hast, wen du getroffen hast und was du getan hast. Es ist, als schriebe man einen Brief an jemanden, nur dass man ihn nie abschickt.«

»Warum tut man es dann überhaupt?«

Sie lächelte. »Damit man es wenigstens sich selbst erzählt hat, verstehst du?«

Nein, das verstand ich nicht. Interessanter als Sophies Steinbruchtagebücher waren die anderen Gegenstände in der Tasche. Der komisch geformte Hammer, der an einem Ende flach war und am anderen zu einer Art langem Meißel auslief, mit dem man die Steine behauen und spalten konnte; die große Auswahl an Meißeln, die eingesetzt wurden, wenn man mit dem Hammer allein nicht weiterkam; die alten Schraubenzieher, um auf empfindlichen Muscheln den Stein abzuschaben. Was ich im Steinbruch fand, waren in erster Linie Muscheln, meistens alle von derselben Sorte: rund und gebogen, so groß wie Sophies Daumennagel. Bei seltenen Gelegenheiten stieß ich auch auf andere Arten von Muscheln, spiralförmige und gezwirbelte, die größer und weitaus beeindruckender waren als die gewöhnlichen Muscheln. Die Muscheln faszinierten mich maßlos – schon allein, weil sie so tief im Stein saßen.

Sophie erklärte mir, es seien die Schalen von Meerestieren, und der Steinbruch sei vor vielen Jahren ein Meeresgrund gewesen. Das war offensichtlich eine der zahllosen Geschichten, die sie erfand, aber es war eine so seltsame und großartige Geschichte, dass ich sie augenblicklich als Wahrheit akzeptierte. Ich fand jedoch nie Fische im Felsgestein, ganz gleich, wie lange und wie aufmerksam ich danach Ausschau hielt.

Wenn man auf dem Boden des Steinbruchs saß, zeichneten sich nur die Zweige von den Bäumen als Silhouetten gegen den Himmel ab. Ansonsten umgab einen eine trostlose Leere, und nur die Stollen (am einen Ende) und ein paar Büschel struppiges Unkraut (am anderen) wiesen darauf hin, dass man sich nicht auf einem anderen Planeten befand.

Jetzt blicke ich auf mich selbst zurück, und nur mein Wissen um die erstaunlichen geistigen Fähigkeiten, die Sophie besaß, bewahrt mich davor, mich zu verachten. Sophie hat mich nie belogen, andere Leute dagegen schon, und zwar mit einer so gründlich durchdachten und selbstsicheren Überzeugungskraft, dass sie nie dabei ertappt wurde. Aber alles, was sie mir erzählte, entsprach der Wahrheit. Als ich älter wurde und durch meinen eigenen Schulunterricht und den Umgang mit anderen Menschen gewisse Kenntnisse erwarb, begriff ich, dass es sich bei einigen der Kindheitsfabeln, mit denen ich aufgewachsen war – beispielsweise der versteinerte Meeresboden auf dem Hügel hinter unserem Haus –, keineswegs um Legenden handelte, sondern um schlichte Tatsachen. Sophie hat mir immer die Wahrheit gesagt. Aber erst sehr viel später begann ich zu verstehen, dass man, wenn etwas größtenteils wahr ist, oft die simple Schlussfolgerung zieht, dass es sich vermutlich auch bei dem Rest um die Wahrheit handelt. Und daher kam es erst sehr viel später dazu, dass ich an einem widerlichen und finsteren Tag, als Nieselregen über den stillgelegten Steinbruch trieb und der Himmel so trostlos und karg war wie Fels, zu den Stollen zurückkehrte, um die Wahrheit herauszufinden.

Er sitzt da, seine Hände ineinander verschlungen, und starrt die Bodendielen an. Seine Pose, in der er mir jetzt gegenübersitzt, ahmt meine nach, und er atmet schwer, so stoßweise, wie ich bis vor Kurzem geatmet habe. Nach einer Weile blickt er auf.

»Ich habe dir nicht genug geglaubt«, sagt er schlicht und einfach.

»Wann?«

»Zu jedem beliebigen Zeitpunkt. Das spielt jetzt keine Rolle. Wenn ich genug gewusst hätte, um dir zu glauben, wären wir vielleicht ...«

»Dann wären wir jetzt nicht hier?« Ich frage mich, ob ich diese Worte gefahrlos aussprechen kann.

Er nickt. »Jedenfalls nicht so. Vielleicht wären wir jetzt tatsächlich hier, aber ... nicht so.«

»Ist das das Einzige, woran du etwas ändern würdest?«

Er blickt auf, und in seinen Augen leuchtet ein eigentümlicher Respekt auf, der mich verwundert.

»Nein. Wohl kaum.«

»Was noch?«

Sein Züge verhärten sich. »Dräng mich nicht, ja?«

Ich senke den Blick. »Okay. Tut mir Leid.«

Ich frage mich, wie lange ihm das alles schon durch den Kopf geht, diese Auseinandersetzung mit der Vergangenheit. Ich begreife allmählich, in was ich hier hineingeraten bin, aber trotz dieser Einsicht ist es mir beinahe unmöglich zu glauben, dass wir hier sitzen und über Dinge reden, die sich vor fast zwanzig Jahren abgespielt haben. Die Kerzenflamme flackert und schnellt wie eine Zunge hervor. Mir ist aufgefallen, dass in den Winkeln des Raums zahllose Wachsstummel liegen. Draußen tobt immer noch der Sturm. Er muss sich schon seit einiger Zeit auf diese Nacht vorbereitet haben.

»Sophie?«

Ich blicke verblüfft auf.

»Was würdest du ändern?«

Fast hätte ich gelächelt; die Frage setzt eine nahe liegende Antwort voraus. Stattdessen konzentriere ich mich, denn ich fürchte, er könnte mich wieder auf die Probe stellen, und ich weiß nicht, was passiert, wenn ich diese Prüfung nicht bestehe.

»Ich … ich weiß es nicht.«

»So ein Blödsinn«, sagt er ärgerlich. »Dir wird doch wohl noch eine bessere Antwort einfallen.«

»Ich denke, ich würde dir mehr erzählen«, sage ich. Die Worte kommen langsam heraus, und dabei beobachte ich ihn aufmerksam, um rechtzeitig zu erkennen, sollte ich ihm die falsche Reaktion entlocken. Ihm ist nichts anzusehen. »Ich glaube … ich meine, du scheinst inzwischen ohnehin alles zu wissen. Das stimmt doch, oder?«

»Ich weiß, *was* passiert ist. Ich weiß nur nicht, *warum.* Warum hast du es getan?«

»Was getan?«, frage ich. Ein Ausdruck der Verwirrung huscht über sein Gesicht.

»Ach, all die Dinge, die du getan hast«, sagt er unbestimmt und wendet den Blick ab. Ich sage nichts, denn ich bin mir der Tatsache bewusst, dass ich anscheinend dicht davor stehe, an etwas sehr Gefährlichem zu rühren. Davor muss ich mich hüten.

Der Ilexstrauch war einer meiner Lieblingsorte. Er stand weit hinten in den ungepflegteren Regionen des Gartens und war in Wirklichkeit eher ein Baum als ein Strauch. Die unteren Äste hingen bis zur Erde hinab und hatten dort Wurzeln geschlagen. Daher hatte sich inmitten des stacheligen Laubs eine Art Höhle in Form eines Wigwams gebildet, die in der Mitte die Höhe erreichte, auf der die untersten Äste aus dem Stamm wuchsen. In diese konnte ein Kind ohne weiteres hineinkriechen, zumal der Strauch auf einer Seite weniger dicht belaubt war. Der Eingang wiederum war durch eine struppige Ligusterhecke der Sicht entzogen, und das Versteck sicherte einem die Ungestörtheit zu, die zwar auch dem Rest des Gartens innewohnte, aber ansonsten nicht wirklich garantiert war.

Unter Verwendung eines alten Zelts aus einem der Schuppen und mit meiner Hilfe hatte Sophie den Ilexstrauch mit Leinwand ausgekleidet und das Versteck wasserdicht gemacht. Auch der Boden war mit Zeltplanen bedeckt, und als Beleuchtung dienten Kerzen. Die Ausführung dieses Projekts hatte uns im Sommer volle vierzehn Tage gekostet, an denen wir jeden Nachmittag daran arbeiteten; die Resultate rechtfertigten jedoch den investierten Zeitaufwand. Der Ilex bot uns an seinem ohnehin schon abgelegenen Standort vollständige Isolation. Ich wünschte mir sehnlichst, eine Nacht dort zu verbringen, aber das war aussichtslos. Der schwere Geruch der alten Zeltleinwand begrüßte einen, wenn man sich den Weg unter dem dichten Gewebe der Ilexzweige hindurch bahnte, und wenn sich das Gemach im Innern mit dem Geruch brennender Kerzen füllte, konnte man sich mühelos vorstellen, überall sonst auf Erden zu sein. Sophie und ich saßen meist mit dem Rücken zum Stamm in der Mitte da und streckten die Beine zu den Rändern der kegelförmigen Höhle aus. Backsteine, die wir neben der Scheune des Bauern auf der anderen Seite der Hügelkuppe aufgetrieben und im Lauf von vielen Tagen einzeln – oder maximal zwei auf einmal – in unser Versteck geschleppt hatten, wurden am Rand in regelmäßigen Abständen zu kleinen Sockeln für die Kerzen aufgeschichtet und mit Kacheln abgedeckt. Sophie war zu praktisch veranlagt und wäre gar nicht erst auf den Gedanken gekommen, die Kerzen schutzlos herumstehen zu lassen.

Als sie an einem Tag aus der Bücherei zurückkam, war ich zappelig, weil ich nichts mit mir anzufangen wusste, und ich sang leise vor mich hin. In einer Hand hielt sie drei Bücher: *Pu der Bär*, ein dickes Buch mit festem Einband, das den Titel *Einführung in die menschliche Biologie* trug, und ein Buch mit lustigen Versen, das mit bunten Comicfiguren illustriert war. Sie hatte schlechte Laune.

»Ich bin stinksauer«, sagte sie, knallte die Bücher hin und mühte sich mit der Zeltklappe ab.

»Was ist denn los?«, fragte ich. »Sieh mal, ich habe alle Kerzen angezündet.«

»Die Bücherei, das ist los«, sagte sie. »Diese dumme *Kuh.*«

»Wer?«

»Die alte Frau, die für die Ausleihe zuständig ist. Sie lassen mich nur drei Bücher auf einmal ausleihen, und ich bekomme nie das, was ich haben will. Ich muss zwei Kinderbücher mitnehmen und so tun, als seien sie für mich, und dann muss ich nach allem anderen mit dem Namen und dem genauen Titel fragen und so tun, als sei es für meine Eltern. Das ist verdammt lästig.«

»Warum musst du das tun?«

»Weil es einen seltsamen Eindruck machen würde, wenn ich jede Woche hinginge, um Bücher für meine Eltern zu holen; und wenn ich mir einfach die aussuchen würde, die ich haben will, statt danach zu fragen, würden sie glauben, ich wollte mir Bilder von Busen und Schniedeln angucken. Also muss ich sagen: ›Entschuldigen Sie bitte, aber mein Vater lässt fragen, ob ich ihm ein Exemplar von etwas mitbringen könnte, wie heißt das doch schnell noch mal – ich glaube, es war Boyer und Davison, *Einführung in die menschliche Biologie.*‹ Und dabei muss ich mit den Wimpern klimpern. So ein Mist.«

»Kann ich das hier haben?«, fragte ich und nahm *Pu der Bär* in die Hand.

»Ja. Das ist süß, es wird dir gefallen. Ich lese dir heute Abend etwas daraus vor. Und die Gedichte auch.«

»In der Schule haben wir auch was von Pu«, sagte ich. »Und ein Bild an der Wand.«

Sophie hatte ihr Buch aufgeschlagen auf ihren Knien liegen. Ich warf einen Blick über ihre Schulter, weil ihre Erwähnung von Busen und Schniepeln mein Interesse geweckt hatte, aber das Bild auf der Seite, die sie aufgeschlagen hatte, zeigte einen Mann, der anscheinend mit Fleischstücken bedeckt war. Enttäuscht wandte ich mich wieder meinem eigenen Buch zu.

Wir lasen eine Zeit lang, und als wir uns zum Abendessen auf den Heimweg machten, nahmen wir *Pu der Bär* mit, um vor dem Schlafengehen darin zu lesen. Meine Mutter beanstandete nie unsere ausgedehnten Zeiten der Abwesenheit, solange wir rechtzeitig zu den Mahlzeiten erschienen; im Grunde genommen bin ich nicht sicher, ob sie überhaupt merkte, dass wir die meiste Zeit außer Haus waren. Sie hatte relativ wenig mit uns zu tun, und Sophie sorgte immer dafür, dass ich mir die Zähne putzte und rechtzeitig im Bett lag. Wenn ich aus einem Albtraum erwachte, brachte sie mir häufig etwas zu trinken und beruhigte mich, bis ich wieder einschlafen konnte. Das Wissen, dass ihr Zimmer nur wenige Meter von meinem entfernt war, stellte für mich einen Trost dar, den ich mir immer wieder bewusst machte, wenn das Licht ausgeschaltet war. Meine Mutter glaubte wahrscheinlich, alle Kinder seien wie Sophie und ich – so still und pflegeleicht.

Die Geschichte an jenem Abend ließ mich vor Begeisterung lauthals lachen, und über die Vielfalt an Stimmen, die sich Sophie für die verschiedenen Tiere ausdachte, mussten wir beide kichern. Ich schlief lächelnd ein, und die Nacht verlief ruhig und traumlos.

Er lächelt milde. »Der Ilex treibt wieder aus«, sagt er. »Ich habe ihn mir genauer angesehen. Ich glaube nicht, dass der Stamm jemals abgestorben ist. Allerdings sieht er nicht mehr so aus wie früher. Auch das ist eines der Dinge, die sich verändert haben.«

»Man kann Veränderungen nicht aufhalten«, sage ich.

»Das wollte ich nie. Und das weißt du genau.« Er zieht die Stirn in Falten. »Das war doch das, was *du* wolltest.«

»Ich?«

»Von Anfang an. Es ist mir früher nie aufgefallen – erst später.«

»Bist du sicher, dass es so war?«

»Ja.« Er unterbricht sich und sieht mich ganz seltsam an. »Du wolltest, dass alles so bleibt, wie es ist. Das habe ich damals nicht erkannt. Eigentlich seltsam, denn du warst auf der einen Seite so klug, dass es immer schien, als hättest du alles unter Kontrolle. Wenn du dir gewünscht hast, dass etwas passiert, dann ist es passiert. Alles, was du wolltest, hast du bekommen. Du hast dir nicht einmal Gedanken darüber gemacht.« Er unterbricht sich wieder. »Vielleicht ist es dir auf die Art gelungen, Ol' Grady umzubringen. Es war jedenfalls so, als hätten keine der üblichen Regeln für dich gegolten. Und wenn du dich ihnen nicht entziehen konntest, dann hast du eben gegen sie verstoßen.«

Ich warte darauf, dass er weiterspricht.

»Ich habe nie verstanden, was du wolltest, Sophie. Ich habe die Dinge nie so gesehen wie du. Nicht wirklich.«

»Warum hast du dann nichts gesagt?«

»Um Gottes willen, ich war doch noch ein kleines Kind! Ich habe die Welt nicht so gesehen wie du, und daher konnte ich nicht wissen, wie es für dich war.«

»Ist das wirklich alles?«

Derselbe eigentümliche Ausdruck huscht wieder über sein Gesicht. »Ich habe dich geliebt. Ich wollte ein Teil von … von allem sein, was du warst. Und du hast es nicht zugelassen.«

Ich nehme die Worte und bewahre sie in meinem Innern auf, warte den Zeitpunkt ab, an dem ich Verwendung dafür finde.

Im Laufe jenes Sommers begann sich die Schwangerschaft meiner Mutter in ihren ersten Ansätzen zu zeigen: eine Rundung auf ihrem Unterleib, die straff wirkte. Mir fiel wieder ein, was Sophie gesagt hatte: Mummy würde ein Baby bekommen. Ich stellte mir vor, ihr Bauch müsste mit etwas Ähnlichem wie Froschlaich voll gestopft sein, der sich langsam, aber sicher aufblähte.

Die Tage wurden wärmer und erstreckten sich bis in den Abend hinein. Etwa um diese Zeit ereignete sich wieder einer jener kleinen Vorfälle, die nicht nur für mein Kindheitsbild von Sophie, sondern auch für ihre eigene Geschichte maßgeblich waren. Es begann fast lautlos, eines Morgens, nachdem wir den gewundenen Weg zur Schule zurückgelegt hatten, und es endete noch am selben Tag. Oder zumindest das, was zählte. Unter den Neunjährigen gab es zwei Jungen, die dafür berüchtigt waren, ihre Mitschüler zu schikanieren, und an jenem Morgen in der Pause kam es auf dem Hof zu einer Art Handgemenge, aus dem ich mit blauen Flecken und weinend hervorging. Ich kann mich nicht einmal mehr genau daran erinnern, was damals eigentlich vorgefallen ist; wahrscheinlich kaum mehr als ein allgemeines Gerangel mit gegenseitigen Beschimpfungen. Ebenso unsicher bin ich, warum sie ausgerechnet über mich herfielen; mit Gewissheit war es nicht die Folge einer bösen Absicht meinerseits oder eines konkreten Motivs. Ich glaube eher, dass ich an jenem Tag schlicht und einfach an der Reihe war. Schulkinder haben in diesen Dingen eine anscheinend angeborene Unverwüstlichkeit, mit Ausnahme jener, die als besonders geeignete Opfer aus der Menge herausgepickt werden und auf denen öfter als auf anderen herumgehackt wird, und ich bin sicher, dass dieser Vorfall unter normaleren Umständen bei allen Beteiligten schnell in Vergessenheit geraten wäre. Aber ehe die Klingel die nächste Schulstunde einläutete, hatte Sophie mich weinen sehen und kam zu mir gelaufen, um herauszufinden, worin das Problem bestand. Sie grinste breit und scherzte in einem resignierten Tonfall mit einigen Mädchen aus ihrer Klasse.

»Was ist passiert?«, fragte sie etwas besorgter, da wir jetzt außer Hörweite waren. »Bist du hingefallen? Lauf gleich zu Mrs. Evans.«

Mit einem gewissen Maß an Entrüstung – ich fiel ständig hin und weinte deswegen noch lange nicht – berichtete ich ihr, was vorgefallen war.

»Ach, wirklich?«, sagte sie, und ihre Stimme klang nicht sonderlich interessiert. »Wer war es?«

Wenn es ein oder zwei Jahre später passiert wäre, hätte Sophies ausbleibende Reaktion vermutlich böse Vorahnungen in mir geweckt. Aber in dem Alter erzählte ich ihr natürlich alles. »Geht das schon länger so?«, fragte sie, unverändert teilnahmslos.

»Es passiert ständig. Aber nicht mir, sondern anderen.«

Sie tätschelte meine Hand. »Mach dir deshalb keine Sorgen, Mattie. Geht's schon wieder besser?« Ich schniefte und nickte. »Na also. Lauf jetzt los.« Ich stand auf, und während ich davontrabte, hörte ich Sophies Stimme, als sie wieder auf die Mädchen zuging. »Hollis und Gregory haben Matthew verprügelt.« Nervöses Kichern war die Folge. Eine sagte erstaunt: »Die trauen sich was.« Eine andere meinte teilnahmsvoll: »Diese Scheißkerle.«

An jenem Morgen forderte Mrs. Jeffries uns auf, unsere Mathesachen einzupacken; und als wir alle wieder saßen, erzählte sie uns eine Geschichte. Der überlebensgroße Pu und Tigger strahlten wohlwollend von der Wand auf uns hinunter. Heller Sonnenschein fiel stellenweise in den Raum wie ein unregelmäßiges Flickenmuster und hinterließ ab und zu auf Plastikkisten oder im leuchtenden Walnussfurnier des Klaviers einen lodernden Farbtupfer. Es war Freitag, und in Gedanken schweifte ich zum Wochenende ab. Die Bäume um den Steinbruch herum hatten das satte Dunkelgrün des Sommers angenommen, und manchmal stellte der Gärtner Rasensprenger auf, in deren Dunst hauchzarte Regenbögen flimmerten. Die Mittagszeit kam und mit ihr die Mittagspause, und als wir gerade anfingen, unsere Schulhefte für den Nachmittag hervorzuholen, kam Mrs. Colley herein. Ihr Gesicht, das normalerweise eine rosige Farbe aufwies, war blasser als sonst; ich fand, sie sah aus, als sei ihr übel.

»Lasst euch von mir nicht bei eurer Arbeit stören, Kinder«, sagte sie, ohne auch nur einen Moment stehen zu bleiben, und ging auf Mrs. Jeffries zu. Es entstand eine lange Pause, in der sich die beiden Lehrerinnen mit gesenkten Stimmen unterhielten. Ich beugte mich wieder über mein Schulheft, konnte mich aber nicht mehr konzentrieren.

»Matthew?«

Ich riss den Kopf hoch. »Ja?«

»Könntest du Mrs. Colley bitte begleiten. Lass deine Sachen ruhig liegen, du kannst sie dann später einpacken.«

Ich war verwirrt und fragte mich, was ich wohl angestellt hatte, als ich meinen Stuhl unter das Pult schob und nach vorn ging. Mrs. Colley lief mit mir durch den Korridor zu ihrem Klassenzimmer, in dem sonst niemand war. »Setz dich, Matthew.« Ich nahm auf einem der harten Plastikstühle Platz. Mrs. Colley musterte mich eingehend. Ich muss sehr nervös gewirkt haben, denn sie fügte hinzu: »Mach dir keine Sorgen, mein Lieber – du bekommst keine Schwierigkeiten. Ich wollte nur mit dir reden.« So leicht ließ ich mich aber nicht zum Narren halten: Mrs. Colley redete selten mit jemandem, und in ihr Zimmer nahm sie schon gar niemanden mit. Ich wartete.

»Matthew, ich möchte, dass du mir erzählst, was heute Morgen vorgefallen ist.«

Ich blinzelte. »Wann?«

Mrs. Colley senkte den Kopf ein wenig, als wollte sie klar stellen, dass der Fall ernst war. »In der Pause. Ist beim Spielen etwas vorgefallen?«

»Ach«, sagte ich, als ich begriff, wovon sie sprach. Sophie musste es jemandem erzählt haben. »Nein, nichts.«

»Du kannst es mir ruhig erzählen, mein Lieber. Es ist ziemlich wichtig.«

»Es war nichts«, sagte ich. »Nicht wirklich.«

»Hm.« Sie unterbrach sich. »Hast du geweint?«

»Nein«, sagte ich zu meiner Verteidigung. »Nur ein kleines bisschen.«

»Richtig«, sagte Mrs. Colley, aber sie sprach mit sich selbst. Dann sagte sie zu mir: »Komm mit.«

Ich dachte, sie würde mich wieder in mein Klassenzimmer zurückbringen, aber stattdessen schlug Mrs. Colley den Weg zum Ende des Gebäudes ein, in dem die älteren Schüler unterrichtet wurden; dort kam ich so gut wie nie hin. Die Korridore waren menschenleer, da alle Unterricht hatten, und aus vielen

Zimmern drang das leise, durchdringende Surren gedämpfter Stimmen. Wir gingen zum Büro des Rektors. Vor der Tür zögerte Mrs. Colley und wandte sich dann an mich.

»Deine Schwester ist ein tapferes Mädchen, Matthew.« Ich nickte. »Sie hat sich ein paar kleinere Verletzungen zugezogen, aber nichts, was nicht nach einer Weile von selbst verheilt. Okay?«

»Ja«, sagte ich. »Was ist passiert?«

Mrs. Colley bemühte sich zu lächeln, zauderte jedoch und versagte kläglich. »Komm rein«, forderte sie mich auf und öffnete die Tür.

In dem Zimmer waren zwei Erwachsene – der Rektor und eine Frau, die ich nicht kannte. Auf einem der Stühle mit den Lederbezügen saß Sophie. Mir fiel zuerst nur eine hässlich verfärbte Beule auf einer Seite ihres Gesichts auf. Später fand ich heraus, dass sie noch mehr blaue Flecken hatte und dass an einem ihrer Zähne ein kleines Dreieck abgebrochen war. Auf dem blassen Gesicht von Mr. Fergus stand derselbe Ausdruck, der mir schon bei Mrs. Colley aufgefallen war. Er warf ihr einen Blick zu, und sie nickte.

»Hallo, Matthew. Das ist Miss Patrick. Wie du zweifellos selbst sehen kannst, hat unsere Sophie einiges mitgemacht.« Auch er zwang sich zu einem Lächeln. »Miss Patrick wird euch beide jetzt nach Hause fahren. Ich habe eure Mutter bereits angerufen, um ihr Bescheid zu geben, dass ihr heute früher kommt.«

Er redet versonnen vor sich hin. Ob ihm meine Anwesenheit gerade bewusst ist, ist ihm nicht wirklich anzusehen. Ich habe mich inzwischen daran gewöhnt. Ich sitze mit den Handgelenken auf den Knien da und beobachte ihn.

»Du warst schlau. Du hast nicht zu viel gesagt – nur ein

klein wenig, gerade genug, und du hast im richtigen Moment gezaudert und bist unauffällig ins Stocken geraten. Ein oder zwei kleine Details. Wo sie dich angefasst haben. Was einer von ihnen gesagt hat. Du musst jeden Einzelnen, der sich in diesem Raum aufgehalten hat, zu Tode geängstigt haben. Himmel noch mal, Sophie, die blauen Flecken waren noch das Geringste! Und als das Wochenende vorüber war, ging alles wieder seinen gewohnten Gang. Auf dem Pausenhof fehlten zwei Jungen, die früher die anderen schikaniert hatten, aber das war auch schon alles. Die blauen Flecken verblassten mit der Zeit, und der Zahn war ohnehin nur ein Milchzahn. Mittlerweile wussten sämtliche Lehrer, dass es, nun ja, absolut verständlich war, wenn Sophie Howard, das arme Mädchen, sich ein wenig seltsam benahm.« Er verzieht sein Gesicht zu einem gepressten, humorlosen Lächeln. »Ein Zahn abgebrochen. Das war gründliche Arbeit. Du musst stolz auf dich gewesen sein.«

Ich schaue auf meine Hände hinunter. Sie sind zu Fäusten geballt, und die Knöchel treten weiß hervor und setzen sich gegen meine Knie ab.

3

Der Sommer verwandelte unseren Garten in eine blühende Pracht. Wenn Sophie und ich abends manchmal unter einem der Bäume saßen und einander Geschichten erzählten, war die Luft von dem süßen, berauschenden Geruch der nachts duftenden Levkojen erfüllt, und der Himmel nahm das dunkle Türkis eines Enteneis an. Sophie las mir aus Büchern vor oder erzählte mir auswendig alte Lieblingsgeschichten, und manchmal redeten wir zwei einfach nur miteinander. Mein Vater war natürlich immer noch fort und lebte das Leben, das er zwischen seinen seltenen Besuchen bei uns führte, wie auch immer das Leben aussehen mochte. Ich stellte mir vor, dass er viel durch die Gegend reiste. In einer eher seltenen Anwandlung von Scharfblick begriff ich auch, dass diese ganze Geschichte mit dem Baby bei einem seiner gelegentlichen Besuche begonnen haben musste. Meine Mutter, deren Sommerkleider spannten, schien sich in ihrem Salon eingeigelt zu haben wie jemand, der auf den Tod wartete. Im Salon roch es nach warmem Holz und staubigen Polstermöbeln, und obwohl nie irgendwo Staub zu sehen war, wurde der Geruch mit dem Fortschreiten des Sommers seltsamerweise immer stärker. Wir mieden sie und den Salon. Weder Sophie noch mir machte es etwas aus, dass unsere Eltern uns im Stich gelassen hatten. Mummy war ohnehin nicht richtig greifbar, und die kurzen Besuche meines Vaters gehörten zu ihm wie die leuchtend bunten Perlen zu Mrs. Jeffries. In vieler Hinsicht waren wir außerordentlich glücklich.

Meinen Vater glaubte ich, wenn auch in begrenztem Maß, zu verstehen. Mummy dagegen war mir ein fortwährendes Rätsel, wie sie sich in ihrem Zimmer verschanzte, und selbst Jahre später habe ich noch kein klares Bild von ihr. Sie war so ganz anders als wir. Der Salon, der am hinteren Ende des Hauses still vor sich hin moderte, war ihr Lebensraum: Da war sie unsichtbar. Und so war sie mir am liebsten. Wenn sie in den anderen Räumen des Hauses auftauchte, löste ihre Anwesenheit dort eine eigentümliche Gereiztheit aus und wirkte, was noch schlimmer war, beunruhigend. Außerhalb des Salons gehörte alles uns, und da hatte sie nichts zu suchen. Erst wesentlich später, als ich dahinter kam, zu welchem Zeitpunkt Mummy gewaltsam in ihren Salon zurückgedrängt worden war, begriff ich, dass ich sie kaum gekannt hatte. Sie war eine Wildfremde für mich, hätte mir gar nicht fremder sein können. Wenn wir einen Tag draußen verbringen wollten, war Sophie immer diejenige, die ihr das mitteilte – und manchmal sparte sie sich natürlich auch diese Mühe. Sobald ich mit Sophie zusammen war, schien Mummy sehr weit weg zu sein.

Wir redeten oft über das Baby. Erinnerungen an Kaulquappen, die sich allmählich in Frösche verwandelten, verknüpften sich in meiner Vorstellung zaghaft mit den Bildern von Samen und Eiern, die Sophie für mich entwarf – Kaulquappen und Froschlaich. Inzwischen waren Sophies Kenntnisse über Babys und deren Gewohnheiten anscheinend umfassend genug, und ihre Besuche in der Bücherei wurden seltener. Es freute mich, dass sie an meinen Ansichten ebenso viel Interesse zeigte wie daran, ihr eigenes Wissen unter Beweis zu stellen.

»Was wäre dir lieber?«, fragte sie mich. »Ein Junge oder ein Mädchen?«

»Ich weiß es nicht«, sagte ich. »Ein Junge, glaube ich.«

»Okay«, sagte Sophie. »Dann hättest du also einen Bruder.« Es gab jedoch keine Schnittstelle in meinem Gehirn, die darauf eingerichtet war, die Verbindung zwischen dem neuen Baby und Sophie und mir herzustellen. Der Gedanke, unsere Welt würde sich demnächst durch das Hinzukommen einer weiteren Person ausweiten, blieb mir restlos fremd.

»Sophie?«

»Ja?«

Ich zögerte. »Wozu sind Brüste da?«

»Um das Baby zu füttern. Wie bei einer Kuh«, sagte sie. »Da ist Milch drin.«

Diese Vorstellung war verblüffend und ein wenig abstoßend. Ich erschauerte.

»Frierst du?«

»Nein.« Ich dachte eine Zeit lang nach. »Ist das alles?«

Sophie sah mich nicht ohne eine Spur von Neugier an. »Na ja, nicht ganz. Die Männer mögen sie auch.«

»Warum? Wegen der Milch?«

Sie lachte. »Nein. Nur deshalb, weil sie so sind, wie sie sind, vermute ich.« Ihrer Antwort konnte ich nicht entnehmen, ob sie nun die Brüste oder die Männer meinte. Sie fuhr fort: »Das ist wirklich alles ganz seltsam. Und in den Biologiebüchern steht darüber auch nichts. Aber ich glaube, allmählich begreife ich es. Jedenfalls teilweise.« Sie lächelte vor sich hin.

»Ich glaube, du weißt sehr viel«, sagte ich treu ergeben.

»Ja.«

Ich sah sie an. Sie trug ein blau und weiß gemustertes Kleid und weiße Knöchelsöckchen und hatte das Haar zu einem Pferdeschwanz zurückgebunden. Sie starrte den Himmel an, genau an der Stelle, wo er auf die Baumwipfel traf. Das Oberteil ihres Kleides war vorn mit weißen Litzen besetzt.

»Sophie?«

»Was ist?«

»Warum hast du keine Brüste?«

»Ich bin noch zu jung. Sie kommen erst, wenn man älter wird. Unser Körper verändert sich gewaltig, aber erst später.«

»Könnten wir beide ein Baby haben?«

Plötzlich funkelte etwas in ihren Gesichtszügen auf und wurde hastig wieder ausgelöscht. »Nein. Wir sind noch zu jung, Mattie. Man muss viel älter sein, um ein Baby zu haben. Warum?«

»Ich weiß es nicht«, sagte ich. Das Gespräch hatte sich von seiner ursprünglichen Richtung entfernt, und ich hatte schon fast vergessen, worüber wir eigentlich redeten. »Liest du mir etwas vor?«

Einen Moment lang huschte Verärgerung über ihre Züge. Dann seufzte sie. »Ja, klar. Was möchtest du gern hören?«

»Ich möchte … ich möchte …« Ich trommelte fröhlich mit den Fersen auf den Boden. »Den *Froschkönig*, den möchte ich gern hören.«

»Schon wieder?«

»Schon wieder«, sagte ich.

Er sieht mich fest an. »Weißt du, du bist tatsächlich dieselbe geblieben«, sagt er.

»Was? Dieselbe wie mit sieben Jahren?«

»Nein. Natürlich nicht. Ich habe dir doch schon gesagt, dass sich manche Dinge verändern. Aber in unserem Innern, dort sind die wahren Dinge aufgehoben.« Er bedenkt mich wieder mit diesem gepressten Lächeln. »Ich weiß, dass du glaubst, ich könnte nicht in dich hineinschauen, aber das stimmt nicht mehr ganz. Ich kenne dich zu gut.«

Ich denke darüber nach, und je länger ich das tue, desto weniger bin ich sicher, dass er Recht hat.

Er sagt: »Das waren schöne Zeiten, findest du nicht auch?«

Ich erwidere behutsam: »Hängt das nicht davon ab, aus wessen Blickwinkel man das sieht?«

Er nickt erfreut. »Doch. Aus deinem und aus meinem Blickwinkel waren es gute Zeiten. Aus dem Blickwinkel von Mummy vielleicht weniger.« Er lächelt. Das ist es nicht, was ich meinte. Er fährt fort: »Aber all das schien nicht so wichtig zu sein. Ich habe es gar nicht wirklich wahrgenommen.«

»Du warst noch ein kleiner Junge«, sage ich.

»Ja.«

Der Ilex war in der Hitze dichter geworden, sodass sein Laub und das Innenfutter aus Zeltleinwand die untergehende Sonne abschirmten, obwohl es abends lange hell blieb. Ich kroch hinein und zündete mit den gestohlenen Zündhölzern, die in der großen Streichholzschachtel gleich neben der Tür lagen, die Kerzen an. Heißes Kerzenwachs und der beißende Geruch frisch entflammter Streichhölzer ließen meine Nasenlöcher prickeln. Auf dem Boden unter dem Ilex lagen Bücher und Zettel, Malstifte und ein paar Kugelschreiber herum, die Sophie gehörten, und dazwischen war mein Spielzeug verstreut. Ich lehnte mich an den Baumstamm und sah mich nach einer Beschäftigung um.

In Sophies Büchern waren gelegentlich Bilder von nackten Menschen, aber irgendwie fehlte ihnen jeder Reiz. Müßig nahm ich eines der knallig bunten Bilderbücher in die Hand, die zu einem unordentlichen Stapel aufgetürmt waren, aber diese Geschichte hatte ich mir schon angeschaut, und die Einzelheiten der Bilder kannte ich fast auswendig. In meiner Rastlosigkeit war ich fast so weit, mich nach etwas anderem umzusehen, was ich tun könnte, als meine Aufmerksamkeit auf einen Block fiel, der noch recht neu aussah und zwischen den Seiten eines der Bücher steckte. Lächelnd suchte ich meine Buntstifte zusammen und hob das Buch und den Block auf meine Knie. Das Buch schlug sich auf einer Seite mit einer seltsamen Abbildung auf, und im ersten Moment wusste ich nicht, was ich da vor mir hatte. Das Bild zeigte ein Baby, so viel war gewiss, aber es war zusammengerollt und lag auf der Seite, und es war so gezeichnet, als sei es ein Teil von etwas anderem. Langsam fuhr ich mit meinem Finger die Umrisse nach. Einige der Wörter waren mir von den Dingen vertraut, die mir Sophie über Geburt und Schwangerschaft erzählt hatte. Die Vagina musste da sein, wo das Baby raus kam. Ich drehte das Buch um, damit die Vagina nach unten wies, denn da gehörte sie hin. Hier stimmte aber auch gar nichts; das Baby stand jetzt auf dem Kopf. Ich kicherte. Jemand hatte ein ganz besonders schlechtes Bild von einem Baby im Bauch seiner Mutter gemalt.

Interessiert blätterte ich das Buch durch, fand aber sonst nichts mehr, worunter ich mir etwas vorstellen konnte. Die Wörter waren zu lang und zu klein gedruckt, und bei den Bildern schien es sich, soweit es überhaupt welche gab, um die Form von Diagrammen zu handeln, die Sophie verstand, ich aber nicht. Das komische Baby war schon schwierig genug für mich gewesen, aber Sophie hatte vor einer Weile eine solche Skizze für mich angefertigt, und daher konnte ich die Ähnlichkeit erkennen.

Ich hörte, wie meine Schwester mit dem Laub rang und sich dann durch die Zeltklappe zwängte.

»Hallo, Mattie.«

»Hallo«, sagte ich. »Du bist spät dran. Ich habe alle Kerzen angezündet.«

»Das tust du doch immer«, sagte sie lächelnd. »Was hast du

denn da?« Sie sah mir über die Schulter. »Cargreaves? Der ist ziemlich langweilig. Kannst du das lesen?«

»Nicht wirklich«, sagte ich wahrheitsgemäß. »Da ist ein Bild von einem Baby drin, das auf dem Kopf steht. Es ist falsch rum gemalt.« Ich zeigte es ihr.

»Ach ja, richtig. Aber du irrst dich, genau so sollte das Baby nämlich daliegen. Es hat sich umgedreht, weil es fertig ist, und für die Geburt muss es auf dem Kopf stehen. Hier kommt es raus, siehst du? Mit dem Kopf zuerst.«

»Wirklich?«

»Ja. Ist das nicht schlau?«

»Kann schon sein.«

»Morgen ist Samstag. Hast du Lust, zum Steinbruch zu gehen?«

Ich schlug das Buch mit einem lauten Knall zu. »O ja! Fossilien suchen?«

»Fossilien suchen, klar. Morgen wird es wirklich heiß werden. Ich habe es im Radio gehört. Vielleicht können wir uns zum Mittagessen etwas mitnehmen und ein Picknick machen.«

»Würde Mummy das erlauben?«

»Ja«, sagte Sophie kurz angebunden, und ich wusste, dass sie Recht behalten würde.

»Ich kann viele Fossilien finden«, sagte ich. »Letztes Mal habe ich Millionen von Fossilien gefunden.« Sophie zog ungläubig eine Augenbraue hoch. »Doch, wirklich«, sagte ich.

»Okay, vielleicht stimmt es ja. Komm, lass uns nachsehen, ob die Rasensprenger angestellt sind. Mir ist total heiß.«

Mein kleines Schlafzimmer hatte nur ein Fenster, und von dort aus sah man auf den Garten hinter dem Haus. Von meinem Bett aus konnte ich die ganze Nacht lang den Himmel sehen, und einmal sah ich mit einer solchen Klarheit, dass ich das Bild noch heute in mir trage, eine Sternschnuppe vor einer

Ecke des Fensters vorüberziehen – ein kurzer weißer Strich, der etwa eine Sekunde lang in meinem Gesichtsfeld war. Natürlich war Sophie diejenige gewesen, die mir gesagt hatte, was das war: ein Brocken Gestein, der hoch oben am Himmel verglühte. Ähnlich wie den Meeresgrund auf dem Hügel fand ich auch die Vorstellung verglühender Felsbrocken viel zu weit hergeholt, um sie zu akzeptieren, und innerlich legte ich sie unter der Kategorie von Informationen ab, von denen ich schon vor langer Zeit beschlossen hatte, es handele sich dabei um Sophies Erfindungen.

In der Nacht hatte ich wieder diesen Albtraum.

Ein schwerer, fester Druck hatte sich auf mein Gesicht gelegt, und meine Kehle war geschrumpft, bis nichts mehr davon übrig war. Das Licht im Spalt zwischen der Tür und dem Türrahmen wurde an einer Seite durchbrochen, als jemand langsam an der anderen Seite der Tür vorüberschlich. Meine Augen waren vor Entsetzen weit aufgerissen und auf den Türknopf gerichtet. Meine Hände gruben sich fest in meine Zudecke. Da ich wusste, was auf mich zukam, versuchte ich die ganze Zeit über, nach Sophie zu rufen, aber aus meiner gemarterten Kehle drang nur ein jämmerliches Keuchen und Schnaufen. Der Türknopf drehte sich, und die Tür ging auf. Nur einen Spalt weit. Gerade ausreichend, damit es sich hineinschleichen konnte.

Mein Körper war zusammengekauert und ans Kopfende des Betts gepresst; ich spürte die Holzstäbe an meinem Rückgrat. Das Ding murmelte vor sich hin, während es an der Wand entlangkroch; der Mondschein fiel gespenstisch auf das konturlose Gesicht und die langen, herabhängenden Arme. Seine Bewegungen ließen es quietschen und rascheln. Ich bemühte mich verzweifelt, laut zu schreien, brachte aber keinen Ton heraus.

Als Ol' Grady auf das Bett zukam, ging sein Murmeln langsam in hörbare und verständliche Worte über, die er in einem geflüsterten Singsang unablässig wiederholte. *Du warst ein böser Junge, Matthew. Du warst ein ganz böser Junge.* Die Arme bewegten sich …

Und ich erwachte schlagartig mit pochendem Herzen. Ein Geräusch entrang sich meiner Lunge, und nach diesem Schrei lockerten sich meine Brust und meine Kehle ein wenig. Ich holte erschauernd Luft und versuchte die Hand nach der Nachttischlampe auszustrecken, aber meine Finger hatten sich in die Zudecke gekrallt, und ich konnte sie nicht dazu bringen, sich zu lösen. Die Schlafzimmertür wurde unerwartet geöffnet, und in meiner Angst schrie ich laut.

»Psst«, sagte eine Stimme. »Fehlt dir etwas, Mattie?«

Ich brach in Tränen aus.

Sophie hielt mich an sich gedrückt, und ich schluchzte, bis ich mich wieder so weit beruhigt hatte, dass ich ihr zuhören konnte. Mein Atem ging stoßweise, und daher brachte sie mich so bald wie möglich dazu, das Inhaliergerät zu benutzen, das auf dem Nachttisch lag. Sie strich mir das Haar aus dem Gesicht und musterte mich prüfend.

»Du siehst ja furchtbar aus«, sagte sie. »Du hast doch nicht ins Bett gemacht, oder?«

»Ich glaube nicht«, sagte ich.

»Hier, nimm das.« Sie reichte mir ein Taschentuch. »Putz dir die Nase.« Ich tat es. »Und jetzt wisch sie dir ab. So ist es schon besser. Soll ich dir etwas zu trinken holen?«

Ich hörte auf zu schniefen. »Orangensirup?«

»Du hast dir schon die Zähne …«, setzte sie an, unterbrach sich aber, als sie mein Gesicht sah. »Okay«, sagte sie mit ungewöhnlicher Zärtlichkeit. »Warte hier. Ich lasse die Tür offen.«

»Und das Licht an«, bat ich.

»Und das Licht an. Ich bin gleich wieder da.«

Nach einer Ewigkeit kam sie mit einem Glas Saft zurück. »Ich habe dir Eiswürfel reingetan«, sagte sie.

»Danke.« Ich nahm das Glas behutsam in die Hand und nippte nur an dem köstlichen, kühlen Getränk, damit ich lange etwas davon hatte. Normalerweise brachte Sophie mir nachts nur Wasser, wenn ich aufwachte.

»Wie fühlst du dich?«

»Schon wieder etwas besser.«

»Ein böser Traum?«

»Ja.« Als ich sah, dass meine linke Hand zur Faust geballt war, lockerte ich sie wieder. Ich fühlte mich seltsam schuldig wegen der Rebellion meines Körpers.

»Was hast du geträumt?«

»Es ist gekommen, um mich zu holen«, sagte ich, und sowie die Worte heraus waren, verwandelten sie sich in eine Sturzflut. »Es ist zur Tür hereingekommen und auf das Bett zugegangen, und es kam, um mich mit seinen Armen zu holen, an der Wand entlang …«

»Was?«

Ihr Tonfall ließ mich augenblicklich innehalten. Ich sah sie verwirrt an.

»Was hast du gerade gesagt?«

»Es kam, um mich zu holen …«

»Nein. Danach. Du hast gesagt, es hätte sich an den *Wänden* entlanggeschlichen?«

»Ja«, sagte ich. Meine Stimme kam mir so bedrückt und piepsig vor, als hätte ich die Worte am liebsten gleich wieder zurückgenommen. »Es schleicht sich immer an den Wänden entlang.«

Sophie sah mich an. Ihre Augen bohrten sich in meine, und

ich konnte spüren, dass sie ihre Worte abwägte, als versuchte sie, eine Entscheidung zu treffen. Auf ihrem Gesicht stand ein Ausdruck, den ich so gut wie nie an ihr gesehen hatte – fast schon Wut. Aber Sophie sah mich nie wütend an. Ich wusste nicht, was ich falsch gemacht hatte.

Es war, als hätte sie meine Gedanken gelesen. »Mach dir keine Sorgen, Mattie«, sagte sie und zog mich noch enger an sich. »Du hast nichts getan … es ist nicht deine Schuld …« Ihre Stimme verklang, und lange Zeit starrte sie ins Leere. Dann sagte sie: »Mattie, ich möchte, dass du scharf nachdenkst, einverstanden?«

Ich nickte.

»Dieses … dieses Ding, das du in deinem Traum gesehen hast. Hast du es vorher schon mal gesehen?«

»Ja«, sagte ich. »Schon oft. Das ist der böse Traum, den ich habe.«

Der Atem entwich ihr. »Okay. Das wusste ich nicht. Du hast es mir nie gesagt.«

»Ich hatte Angst. Wenn man daran denkt, kommt es zurück.«

»Nur keine Bange. Mattie, ich möchte, dass du gründlich nachdenkst, ehe du mir eine Antwort gibst. Du musst ganz sorgfältig nachdenken. Hast du … dieses Ding, das du im Traum siehst, schon mal woanders gesehen? Außer im Traum?«

Ich versuchte mich zu erinnern. »Nein. Nein, das glaube ich nicht. Es ist nur ein Traum.«

»Okay. Das ist gut. Ja, aber woher zum Teufel kommt es dann?«

Die Frage schien nicht an mich gerichtet zu sein, aber ich beantwortete sie trotzdem. »Ich weiß es nicht. Aber es hat kein Gesicht.«

»Hat es … einen Namen?«

Ich nickte. »Es heißt Ol' Grady. Kann ich noch ein Glas Saft haben?«

Sophie sah an mir vorbei ins Leere. »So viel du willst, Mattie«, sagte sie. »Ich hole dir gleich noch ein Glas. Fühlst du dich wieder besser?«

»Ja, ich glaube schon.«

»Ich kann es einfach nicht glauben«, murmelte Sophie, und wieder hatte ich das Gefühl, ihre Worte nur zu belauschen, das Gefühl, sie erwartete nicht von mir, dass ich etwas dazu sagte. Ich hielt den Mund. Nach langer Zeit schien sie das Schlafzimmer wieder wahrzunehmen. »Du wolltest noch Saft, oder?« »Bitte«, sagte ich.

»In Ordnung. Wenn ich zurückkomme, streichen wir dein Bettzeug glatt. Mist, du hast eine furchtbare Schweinerei angerichtet, Mattie. Du solltest heute Nacht besser in meinem Zimmer schlafen.«

»Darf ich das wirklich?« Ich war augenblicklich euphorisch, und der Albtraum fiel endlich von mir ab.

»Ja. Dieses eine Mal wird es nicht schaden. Aber jetzt bleib brav hier, solange ich dir noch ein Glas Saft hole. Und benutze solange wieder dein Inhaliergerät.«

»Okay«, willigte ich feierlich ein.

Als sie das Zimmer verließ, hörte ich, wie sie etwas vor sich hin murmelte. Sie hatte mir den Rücken zugekehrt, und doch konnte ich die Worte aufschnappen. »Nicht Ol' Grady, Mattie. Ol' *Greedy* hieß er.« Mit diesen Worten verschwand sie.

In jener Nacht rollte ich mich in Sophies Bett zusammen und schlief an ihren warmen Rücken geschmiegt. Wir schliefen beide tief und fest. Anschließend hatte ich lange Zeit keine Albträume mehr.

»Ol' Grady war damals schon zwei oder drei Jahre tot«, sagt er. »Ich kannte ihn nur aus Träumen. Als ich lange Zeit später darüber nachgedacht habe, ist es mir klar geworden.«

»Was?«

»Dass er zu dir auch gekommen sein muss. Und zwar über längere Zeit, weil du älter warst. Ich bin immer aufgewacht, bevor er mich erreicht hat.« Sein Blick ist durchdringend. »Du musst dich an ihn erinnern können, Sophie; ich meine, dich wirklich an ihn erinnern können, nicht nur in Form von Albträumen. Was ist passiert? Was ist passiert, nachdem er die Arme nach einem ausgestreckt hat? Was hat er getan?«

Ich starre ihn stumm an, denn ich weiß nicht, was ich sagen soll, wie ich damit umgehen soll. Bestürzt stelle ich fest, dass Schweiß auf seinem Gesicht schimmert.

»Früher habe ich oft versucht, es mir auszumalen«, sagt er bedächtig. »Und als ich älter wurde, wurden die Dinge, die ich mir ausgemalt habe ... immer grässlicher. Es heißt, Kindheitsängste seien bei weitem die schlimmsten, aber das ist noch lange nicht alles. Erst wenn die Kindheitsängste Gesichter bekommen, fängt man an, sich wirklich zu fürchten.« Er zögert. »Als ich begriffen habe, was du durchgemacht haben musst, konnte ich es einfach nicht glauben.«

»Was hast du dir vorgestellt?«

»Du hast nie wirklich über ihn geredet. Angedeutet hast du schon etwas, das ist mir klar, zum Beispiel als du mir gezeigt hast ... was von ihm übrig geblieben ist. Aber das ist etwas ganz anderes. Du hast nicht über dich selbst geredet.«

Ich schlucke schwer. »Glaubst du vielleicht, darin besteht das Problem?«

Er blinzelt. »Erinnerst du dich noch daran, wie wir zum Steinbruch gegangen sind?«, fragt er. Seine Stimme hat sich kaum wahrnehmbar verändert. »Inzwischen war es wirklich Sommer geworden.«

Die Kerzenflamme zischt einen Moment lang, ehe sie wieder zur Ruhe kommt. Der Wind hämmert gegen die Balken und Ziegel des Hauses, und in den Korridoren im oberen Stockwerk hallen deren Geräusche wider.

Die Sonne schien strahlend hell, als wir den Hügel zum Steinbruch hinaufstiegen, und schon jetzt ließ pulsierende Wärme den Vormittag vibrieren. Die Ränder des Steinbruchs wurden vom emporstrebenden Wachstum des hohen Unkrauts und von rosa- und purpurfarbenen wild wachsenden Blumen, die träge in der sachten Brise schwankten, fast vollständig verborgen. Meine stämmigen Beine trugen mich mit einem Selbstvertrauen, das sie in meiner Erinnerung bisher noch nie in diesem Maß besessen hatten, und als wir die Kuppe des Hügels erreichten, war ich von Stolz erfüllt, weil ich noch nicht einmal schwer atmete. Sophie war etwa einen Schritt hinter mir; sie lächelte und trug unser Picknick in einer großen Plastiktüte.

»Wir haben es geschafft!«, verkündete ich fröhlich.

»Okay. Dann wollen wir doch mal sehen, ob es überhaupt noch einen Weg durch dieses Dickicht gibt. Sieh dich vor, Mattie. Tritt erst das Unkraut platt, und pass auf, dass du nicht zu nah an den Rand kommst.« Ich nickte und kam mir wie ein Entdecker im Urwald vor, als ich mit einem Stock auf das Unkraut eindrosch und es lustvoll unter meinen Füßen zertrampelte. Nach etwa fünf Minuten hatten wir uns einen Pfad bis an den Rand gebahnt. Unter uns erstreckte sich der kahle Steinbruch, der bei direkter Sonneneinstrahlung eher weiß als grau wirkte. Nur an der Seite, in der die Stollen waren, wirkte der Fels dunkel, da er im Schatten der hohen Steilwand lag. Ich schluckte. Seltsamerweise wirkten die Stollen durch diesen offensichtlichen Kontrast noch unheimlicher. Fast so, als seien sie es, die den Steinbruch besudelten.

Als wir auf dem Grund angelangt waren, räumten wir eine Stelle von den größeren Steinen frei und machten es uns dort gemütlich. Zwischen den Steinen fand ich einen brauchbaren Amboss, und Sophie half mir, ihn dorthin zu tragen, wo wir unser Lager aufgeschlagen hatten. Hier breiteten wir auf sorgsam ausgewählten Steinen auch die diversen Bestandteile unseres Picknicks aus. Sophie und ich bestimmten abwechselnd einen Ort für die in Folie eingewickelten Päckchen, die sie an jenem Morgen vorbereitet hatte. Auf manchen klebten große weiße Etiketten.

»Die kannst du lesen«, sagte Sophie grinsend. »Da steht drauf, was drin ist.«

»Okay«, sagte ich, obwohl ich die Idee irgendwie ziemlich langweilig fand. Ich wandte meine Aufmerksamkeit dem ersten Päckchen zu, und nachdem ich das Etikett entziffert hatte, las ich es ein zweites Mal. Ich brach in hilfloses Gelächter aus und wippte auf den Fersen. »Da steht … da steht …«

»Was steht da?« Ihre Augen funkelten belustigt.

»Da steht *Hundescheiße* drauf!«, platzte ich schließlich heraus, und mir kamen vor Lachen die Tränen. »Auf das hier hast du *Hundescheiße* geschrieben!«

»Mach es auf, und sieh nach«, sagte Sophie ernst. Ich riss die Folie eifrig auseinander. Darin lagen etliche klebrige braune Dinger, die verschrumpelt wirkten. Ich kicherte wieder. Als ich, wenn auch nur mit beträchtlicher Mühe und immer noch schnaufend, endlich wieder einen Ton herausbrachte, gelang es mir hervorzustoßen: »Was *ist* das?«

»Du hast das Etikett gelesen, sag du es mir«, sagte Sophie, aber ich kannte sie zu gut und hatte das verstohlene Lächeln auf ihrem Gesicht gesehen. »Sag es mir, sag es mir«, schrie ich und kicherte immer noch. »Sag es mir!«

»Also gut, aber beruhige dich erst mal wieder«, sagte sie feixend. »Sonst explodierst du noch vor Lachen.«

»Was ist das?« Ich schaute in das Päckchen. »Es sieht tatsächlich so aus wie … wie das, was du draufgeschrieben hast.«

»Das sind getrocknete Bananen«, erklärte Sophie stolz. »Sie schmecken wirklich lecker. Du wirst sie mögen.«

»Wo hast du die her? Bananen? Hast du die selbst gemacht?«

»Man kann sie im Naturkostladen kaufen. Sie schmecken echt gut. Ein Mädchen in der Schule hatte sie in ihrem Frühstücksbeutel.«

»Was ist in den anderen Päckchen?«

»Vor ein Uhr darfst du sie nicht aufmachen. Aber du darfst die Etiketten jetzt schon lesen«, fügte sie hinzu, als sie meine geknickte Miene sah.

»He! *Tote Käfer!* Was ist das?«

»Das sag ich dir noch nicht«, rief sie mir zu. Während ich die restlichen Beschriftungen las und über einige von ihnen schallend lachte, machte sich Sophie auf den Weg, um die Steinbruchhefte zu holen. Sowie sie mit der Tasche zurückgekommen war, stürzte ich mich auf den Hammer und überließ Sophie schleunigst ihrem unsinnigen Gekritzel, während ich unter den Steinen, die um uns herum verstreut lagen, die interessanter aussehenden zerbrach. Innerhalb von ein paar Minuten hatte ich etliche von den gewöhnlichen Muscheln in Daumennagelform gefunden und war ganz und gar in meine eigene Welt versunken. Über zwei kleinen Kindern, die leise spielten und seltsam verloren wirkten, stieg die Sonne höher am Himmel hinauf.

Wir aßen das wunderbare Picknick, warfen Steine nach den Bierdosen und versuchten, eine von ihnen umzuwerfen, lagen in der Sonne und erfanden Geschichten füreinander. Ich lauschte Sophies Geschichten gebannt, und sie ließ meine unzusammenhängenden Bemühungen wohlwollend und geduldig über sich ergehen. Ihre Kritzeleien füllten eine Seite nach der anderen. Ich rannte am unteren Rand des Steinbruchs entlang und kostete diese Anstrengung aus, und die Freude verbannte jedes Gefühl von Enge aus meiner Brust. Eine halbe Stunde nach dem Mittagessen, zu dem wir mehrere Dosen Getränke geleert hatten, pinkelte ich an die Wand des Steinbruchs und malte mit dem glitzernden Urinstrahl dunkle Muster auf den Felsen.

Als der Abend nahte, nahm die tiefer sinkende Sonne ein fantastisches Dunkelrot an. Es ergoss sich in die Öffnungen der Stollen und ließ sie leuchten wie eine Reihe von lodernden Augen unter schweren, dunklen Lidern. Voller Neugier schlich ich mich näher heran, sodass ich schließlich direkt in eine der Öffnungen starrte. Es kam mir vor, als schaute ich in einen offenen Rachen. Die alten Bierdosen und die kleinen Steine auf dem Boden warfen kurze schwarze Schatten in die Tiefen der Öffnung. Die Gitterstäbe vor der Öffnung schnitten sich durch die Abfälle und den Stein und schlossen sich den dunklen Schatten weiter hinten an. Ich konnte nirgends ein Ende des Stollens entdecken. Unten packte Sophie unsere Sachen zusammen, damit wir aufbrechen konnten. Mein Herz schlug schnell, als ich einen Stein aufhob, ihn in den Stollen schleuderte und mich augenblicklich abwandte und losrannte. Ein schwaches Geräusch war zu hören, als er einen metallischen Gegenstand traf. Ich rannte hinunter und quer durch den Steinbruch, bis ich in sicherer Entfernung war, und erst dann drehte ich mich um und sah hin.

Nichts rührte sich in dem Stollen. Kein Geräusch war zu vernehmen, kein Echo. Es war, als sei der Stein geschluckt worden.

»Du bist heute ganz schön braun geworden«, sagte Sophie, die mich musterte.

»Ehrlich?«

4

Er hat sich von mir abgewandt und seine Ellbogen auf die Fensterbank gestützt. Die dunkle Scheibe spiegelt sein Gesicht wider und verzerrt es stellenweise leicht, weil das alte Glas Unebenheiten aufweist. Wenn ein Blitz den Himmel draußen spaltet, zeichnen sich die Konturen seiner Stirn und seiner Wangen für einen Moment wie ein gestochen scharfes Relief ab. Er hat schon seit einigen Minuten kein Wort mehr gesagt und scheint stattdessen auf der anderen Seite des gesprungenen Pressspans etwas zu suchen. Ein Fuß bewegt sich unruhig auf dem staubigen Küchenboden.

Ich nutze die Zeit, die Situation noch einmal gründlich zu überdenken und mir ins Gedächtnis zu rufen, was hier eigentlich geschieht. Ich habe das vage und unangenehme Gefühl, dass mir etwas Wichtiges entgeht, aber ich komme einfach nicht darauf, was das sein könnte. Ich versuche es zu ignorieren, werde aber dieses Gefühl nicht los.

Die Gründe für diesen Abend werden allmählich klarer. Ich versuche alles, was er sagt, im Kopf zu behalten und miteinander zu verknüpfen, bis es einen Sinn ergibt, denn ich weiß, dass meine einzige Chance, an ihn heranzukommen und Einfluss auf ihn auszuüben, darin besteht, ihn zu begreifen und zu verstehen, was er will. Nach außen hin kann ich gar nichts tun; jedes Mal, wenn ich versuche, meine Hände zu bewegen, werde ich wieder daran erinnert. Aber ich kann ihm zuhören, und bis zu einem gewissen Punkt kann ich sogar mit ihm reden. Wenn ich mich vorsehe. Und solange ich bloß nicht versuche, zu fix vorzugehen.

Ein Teil von mir sieht spöttisch zu, während ich mir das sage; aber mehr kann ich nicht tun, und *irgendetwas* muss ich schließlich tun.

Ich habe große Angst.

Es gibt Bereiche – ganze Territorien –, die zu erkunden er sich weigert. Jedenfalls bisher. Und es gibt Dinge, die er von mir nicht hören will. Die Schwellung auf meinem Gesicht ist jetzt weniger schmerzhaft, aber ich stelle fest, dass ich beinah geneigt bin, mir den Schmerz immer wieder bewusst zu machen, damit ich mich an die Gefahr erinnere. Hier gilt es, feste Regeln einzuhalten.

Wenn ich mich von der Unmittelbarkeit dessen, was hier vorgeht, löse, nehme ich ein seltsames Erstaunen wahr – es erstaunt mich, dass ich glauben konnte, jemanden so gut zu kennen, und dabei kenne ich ihn überhaupt nicht.

Er reibt sich mit einer Hand das Gesicht, streicht das Haar aus seinen Augen und dreht sich wieder zu mir um. Er will sich gerade hinsetzen, reißt sich dann aber doch zusammen, bleibt stehen und lehnt sich an die Wand. Ich erinnere mich an seine Worte: *Ich habe dich geliebt. Ich wollte ein Teil von allem sein, was du warst.* Ist das wahr? Oder ist es nur ein Vorwand? Und wenn ja, wofür? Ich glaube nicht, dass er gelogen hat; aber warum sitze ich dann hier?

Er lächelt gepresst. Er wirkt ruhiger.

Mein sechster Geburtstag war einer der glücklichsten meines Lebens. Die Woche hatte mit lachsrosafarbenen Wölkchen begonnen, die den Himmel in der Morgendämmerung säumten: Das wusste ich, weil ich so früh wie möglich wach geworden war. Die Woche meines Geburtstags war auch die Woche, in die Sophies Geburtstag fiel, und unter größter Geheimhaltung hatte ich meine Geschenke und eine Glückwunschkarte für sie vorbereitet. Das war ein Ritual, das so weit zurückreichte wie meine Erinnerung, denn sowohl Sophie als auch ich taten bis zu den jeweiligen Tagen, an denen wir tatsächlich Geburtstag hatten, ganz lässig so, als stünde nichts Ungewöhnliches bevor. Dieses Jahr handelte es sich bei meiner Karte für sie um ein umständliches und Zeit raubendes Projekt, denn sie war mit einer Menge gestohlener Silberfolie und den Verschlusskappen von Milchflaschen verziert. Am frühen Morgen, wenn Sophie und meine Mutter noch schliefen und die Welt ein stiller Ort war, arbeitete ich ungestört in meinem Schlafzimmer daran.

Meine Mutter beging unsere Geburtstage auf ihre eigene Weise. Nach der Schule wurde eine Auswahl von kleinen Törtchen, die hübsch aussahen, auf einer Porzellanplatte angerichtet und in den Salon getragen. Dazu gab es Limonade, die dabei half, gegen die Trockenheit der kleinen Küchlein anzukommen, denn mir schien es, als könnte die Backmasse mit dem Staub im Salon angereichert worden sein; sie rochen auch so modrig. Obendrein gab es Geschenke, die während meiner gesamten Kindheit eine gleich bleibende Eigenschaft aufwiesen, wenn ich diese auch erst später zu erkennen lernte. Sie waren ausnahmslos teuer und doch veraltet – die Form von Geschenken, wie sie Großeltern kaufen, denen jedes Gespür dafür abgeht, welches Spielzeug bei Kindern gerade groß in Mode ist. Sophie und ich packten unsere Geburtstagsgeschenke Jahr für Jahr in einen Wandschrank im Flur des oberen Stockwerks.

Mein Geschenk für Sophie war das Beste, was ich finden konnte. Ich hatte mich mit qualvollen Zweifeln herumgeschlagen und eingehende Gewissensforschung betrieben, ehe ich beschlossen hatte, es ihr zu schenken, anstatt es für mich zu behalten. Es war ein prachtvolles Geschenk, und ich war selbst ganz hingerissen. Eines Nachmittags war ich im Steinbruch darauf gestoßen, und etwas hatte mich zurückgehalten, ehe ich Sophie zu mir rief. Den ganzen Nachmittag hatte ich mich damit abgemüht und es allmählich aus dem grauen Stein gelöst, in den es so fest eingebettet war. Als es dann endlich heraussprang – auf der Rückseite fehlte ein ganz kleines Stück, aber es war kein allzu ernsthafter Schaden –, hatte ich es in meine Hosentasche gesteckt, statt es gemeinsam mit den anderen Muscheln in die Steinbruchtasche zu packen. Es war ganz anders als alles, was ich bisher im Steinbruch gesehen hatte: ein runder Panzer mit zahlreichen Windungen, so groß wie meine Faust und vollendet geformt. Im Vergleich zu den daumennagelgroßen Muscheln, die man in den Steinen reichlich finden konnte, war das ein Kunstwerk. Es hatte mich fast vier Stunden gekostet, es herauszustemmen, ohne es zu zerbrechen, aber Sophie, die ihre unverständlichen Notizen in die Steinbruchhefte kritzelte oder sich unter dem ovalen Himmel fröhlich sonnte, schien nichts davon zu bemerken. Am nächsten Tag nahm ich dieses Gebilde in die Schule mit, ein warmes, glattes Medaillon in der Tasche meiner Shorts. Als ich während der Spielstunde allein im Klassenzimmer zurückgelassen wurde, um ein Buch zu lesen, überzog ich meinen prächtigen Fund sorgsam mit farblosem Leim – die Sorte, die beim Eintrocknen eine glänzende Schicht Klarlack hinterlässt. Somit war mein Geschenk für Sophie fertig.

Ihr Gesicht, als sie das kleine, schlampig eingewickelte Päckchen auspackte, entschädigte mich für all die Zeit und Mühe, die ich investiert hatte. Sie drückte mich fest an sich. »Einfach phantastisch«, sagte sie. »Und dann noch dieser schimmernde Lack!«

Ich nickte selig. »Gefällt dir die Karte?«

»Die ist wunderschön. Ich werde sie in meinem Schlafzimmer an die Wand hängen, damit ich sie immer wieder ansehen kann. Du musst wochenlang die Verschlusskappen der Milchflaschen gesammelt haben.« Sie hielt die Glückwunschkarte auf Armeslänge von sich, um sie zu bewundern. »Das hast du super gemacht, Mattie«, sagte sie. »Das habt ihr bestimmt nicht in der Schule gelernt?«

»Nein«, sagte ich voller Stolz darauf, dass ich die Karte zu Hause gebastelt hatte. »Mrs. Jeffries sagt uns immer, wir sollen unsere Karten mit Buntstiften bemalen, aber ich wollte für dich eine, die glitzert.«

»Das ist dir echt gelungen. Sie schillert richtig, nicht wahr? Und deine Handschrift ist auch schon viel besser geworden.«

Ein paar Tage später war ich dann an der Reihe. Es gab wieder trockenen Kuchen und Limonade, und sowie wir das überstanden hatten, gab es weitere kunstvoll gearbeitete und absolut unbrauchbare Geschenke. Meine Mutter saß auf ihrem Sessel, sah mir nicht ein einziges Mal in die Augen und trommelte mit einem Fuß leicht auf den hochflorigen Teppich. Sobald wie möglich zogen Sophie und ich uns in ihr Schlafzimmer im oberen Stockwerk zurück, um mit der echten Geburtstagsfeier zu beginnen.

Ihr Geschenk für mich war ordentlich in rotes Papier eingewickelt und mit einer blauen Schleife geschmückt. Ich riss es eifrig auf. Darin fand ich ein kleines Buch mit festem Einband, einen Riegel weiße Schokolade und einen Anstecker, auf dem stand: *Ich bin 6.*

»Die Schokolade kannst du gleich essen«, sagte sie ernsthaft zu mir. »Ich wollte dir eigentlich das Buch *Jetzt sind wir sechs* aus der Pu-Bär-Reihe besorgen, aber das können wir in der Bücherei ausleihen. Das hier ist etwas ganz anderes. Was hältst du davon?«

Es war seltsam – sie wirkte fast besorgt, als fürchtete sie, ihr Geschenk würde mir vielleicht doch nicht gefallen. Ich drehte es behutsam in meinen Händen um. Auf dem Einband stand der Titel – *Das kleine Fossilienforscherbuch* – und darunter in kleineren Buchstaben: »In Farbe«. Aber das Aufregendste von allem war die Fotografie unter dem Titel, auf der genau das Fossil abgebildet war, das ich Sophie geschenkt hatte, und es sah fast genauso aus, wie dieses Gebilde ausgesehen hatte, als ich seine Spitze aus der Wand des Steinbruchs hatte lugen sehen.

»Wow!«, sagte ich.

»Gefällt es dir? Das Fossil, das du gefunden hast, ist ein Ammonit. Jetzt kannst du, wenn du willst, die Namen aller Fossilien im Steinbruch nachschlagen.«

»Das ist ja ganz toll.«

»Ich habe deinen Namen reingeschrieben. Siehst du? Ganz vorn.«

Das Ende des Schuljahrs nahte mit einem Wirbelwind von zusammengerollten Zeichnungen und Taschen und Kisten voller Bücher, ausgeleerten Pulten und verlorenen Gummistiefeln. Zwei Tage lang war Mrs. Jeffries' freundliches Klassenzimmer ein einziges chaotisches Durcheinander, bis mit der Zeit sterile Ordnung einkehrte, als mehr und mehr Arbeiten des vergangenen Schuljahrs nach Hause mitgenommen wurden, um an Kühlschranktüren und Schlafzimmerwände gehängt zu werden. Es entstand ein kleiner Tumult, als entdeckt wurde, dass ich meinen Namen mit einem Tintenstift auf die Innenseite meines Pultdeckels geschrieben hatte, und zu einer weiteren Aufregung kam es, als Chloe Webster sich mit einer Schere stach. Aber Mrs. Jeffries schien nicht gewillt zu sein, allzu viel Wirbel zu veranstalten. Nach der Abschlussversammlung wimmelte es auf dem Schulhof von Eltern. Die ältesten Kinder – die von der Schule abgingen – fanden sich in kleinen Grüppchen zusammen; die Jungen riefen einander spaßhafte Bemerkungen zu, prahlten und waren bemüht, sich gegenseitig in aussagekräftigen Flüchen zu überbieten, während die Mädchen sich in weinerlichen Trauben zusammendrängten und Leute umarmten, die sie noch nie gemocht hatten und denen sie wahrscheinlich schon am nächsten Tag ohnehin in der Ortschaft begegnen würden. Lehrer, die sich ein müdes Lächeln abrangen, scheuchten auf dem Weg zu ihren Autos Kinder auseinander.

Sophie und ich nutzten dieses heillose Durcheinander, um uns unbemerkt davonzuschleichen. Wir hatten natürlich früher als sonst Schulschluss, und da die Sonne schon jetzt grell und drückend am Himmel stand, liefen wir langsam den Weg hinunter, der zu unserem Haus führte. Die Bäume auf dem Hügel am Rand des Steinbruchs hatten ein dunkles Grün angenommen, das erfrischend kühl wirkte, und am Wegesrand waren Massen von Unkraut und Gräsern emporgeschossen. Die Sommerferien erstreckten sich wie eine Reise vor uns, und der Gedanke daran machte uns froh und munter.

Von meiner Mutter bekamen wir zunehmend weniger zu sehen. Im Sommer zog sie sich ohnehin stets zurück und suchte bis zum Anbruch des Herbsts Zuflucht in der muffigen Luft des Salons, als fühlte sie sich dort in konservierendes Formalin eingelegt. Diesen Sommer war es jedoch noch auffälliger als sonst. Je dicker ihr Bauch wurde, desto mehr zog sie sich ins Haus zurück und ließ sich nicht blicken. Ihre engen Kleider müssen unbequem gewesen sein. Sie schien zu versuchen, das Baby auf kleinstem Raum einzuzwängen, es in ihr Inneres zurückzuquetschen, es sich wieder einzuverleiben, ehe es ein allzu unüberwindliches Hindernis wurde.

Manchmal saßen Sophie und ich abends am Fenster meines Schlafzimmers und schauten auf die Landschaft hinaus, auf den Hügel und die Bäume, die sich gegen den Himmel absetzten. Wir erzählten einander Geschichten und warteten darauf, dass die Sterne und der Mond hervorkamen. Der Mond, hatte Sophie mir einmal erzählt, war ein Ort wie die Welt, aber ohne Meere und Flüsse und Bäume und Menschen, und dort war der Boden überall weiß, und es gab keine Luft zum Atmen. In den Geschichten bestand der Mond aus Käse. Ein Mann glaubte tatsächlich, er hätte den Mond in einem Teich gefangen, aber es stellte sich heraus, dass es nur sein Spiegelbild war. Ich saß verzaubert neben ihr und lauschte stundenlang, so erschien es mir zumindest, bis Sophie beschloss, es sei Zeit zum Schlafengehen. Wenn sie besonders gut gelaunt war, gönnten wir uns mitten in der Nacht beim Schein der Taschenlampe Kekse und Orangensirup.

Er fragt: »Wie fühlst du dich?«

Die Frage überrumpelt mich vollständig. Sie klingt aufrichtig, sogar besorgt. »Es geht so einigermaßen«, erwidere ich. Ich achte darauf, dass meine Stimme ruhig klingt.

»Gut, Ich werde nur schnell …« Er nimmt eine Kerze von der Fensterbank, zündet sie an der Flamme des Kerzenstummels an, der mitten auf dem Fußboden brennt, lässt etwas Wachs auf den Boden tropfen und drückt sie darauf fest. Es wird heller im Raum, und die Schatten weichen zurück, bis er die erste Kerze ausbläst. »Ich mag es nicht, wenn sie ganz herunterbrennen«, sagt er, mehr zu sich selbst als zu mir, und dann lacht er. »Irgendwie denke ich, das bringt Pech.« Ich weiß nicht, was er damit meint. Sein Tonfall erscheint mir seltsam, als hätte ihn der Vorgang, die Kerze zu ersetzen, verwirrt und ihn vorübergehend aus der Vergangenheit herausgerissen.

»Hast du es bequem?«, fragt er.

»Es geht so einigermaßen«, sage ich wieder. Die Bretter über den Fenstern klappern einen Moment lang, als der Sturm an ihnen reißt, und die frische Kerzenflamme flackert, legt sich schräg und bebt.

Er schüttelt den Kopf, als wollte er etwas abstreifen, und dann lässt er sich mir gegenüber auf dem Fußboden nieder.

»Ich habe mir so sehr gewünscht, zu sein wie du«, sagt er mit ruhiger Stimme. Zugluft, die durch den Spalt unter der Tür dringt, trifft mich, und ich erschauere.

In der zweiten Ferienwoche kam mein Vater wieder zu uns nach Hause. Der Esstisch war bereits zu seinem Empfang gedeckt, und etwa um halb zwölf tauchte er auf, als hätte dieses Ritual ihn herbeizitiert. Er war so groß und glatt rasiert und sah so gut aus wie sonst auch, und man konnte ihn auch ebenso leicht wie sonst gleich wieder vergessen. Er brachte Sophie und mir kleine Geschenke mit, die wir hastig auspackten – nachträgliche Geburtstagsgeschenke, die er uns aus Amerika mitgebracht hatte, wo er sich, wie wir jetzt erfuhren, die ganze Zeit aufgehalten hatte. Seine Anwesenheit verlieh dem Haus ungewohntes Leben, das nicht ganz und gar unangenehm war; auf irgendeine Weise musste er trotz seiner langen Phasen der Abwesenheit ein anerkannter Teil unserer Familie geblieben sein. Niemand erwähnte den Grund, der ihn diesmal zurückgeführt hatte.

Der stellte sich nach ein paar Tagen ganz von allein heraus.

Irgendwann mitten in der Nacht erwachte ich von Schritten im Korridor draußen vor meiner Tür. Im ersten Moment machte mein Herz vor Furcht einen Satz, doch dann wurde das Licht im Flur angeknipst. Es war Sophie. Auch von unten drangen Geräusche herauf, und das Läuten eines Telefons war zu hören.

»Sophie?«, fragte ich, immer noch vom Schlaf benommen. »Wie spät ist es?«

»Es ist alles in Ordnung, Mattie. Es ist … ungefähr zwei Uhr.«

»Was ist los?«

Sie kam auf mich zu und setzte sich auf meine Bettkante. »Mummy wird eine Zeit lang fortgehen, das ist alles«, sagte sie. »Sie packen gerade ihre Sachen und so weiter.«

»Warum?«

Sophie blickte finster. »Ich weiß es nicht. Ich denke mir, vielleicht …«

»Vielleicht was?«

»Vielleicht ist das Baby fertig. Aber ich weiß es nicht«, fügte sie eilig hinzu. »Es kann auch sein, dass es noch nicht an der Zeit ist. Jedenfalls gibt es keinen Grund zur Sorge. Okay?«

»Okay«, murmelte ich schläfrig. »Rufst du mich, wenn das Baby geboren ist?«

Sie lächelte. »Ja, klar«, sagte sie. »Schlaf gut, Mattie.« Sie strich mein Kissen und die Decke für mich glatt. »Morgen früh reden wir dann in Ruhe über alles.«

Ich nickte zufrieden und war gleich wieder eingeschlafen.

Der Vormittag hielt jedoch weitere Überraschungen bereit. Ich war schon in der Küche und hatte die Milch für meine Frühstücksflocken aus dem Kühlschrank geholt, ehe mir wieder einfiel, was in der vergangenen Nacht passiert war. Aber plötzlich war ich mir nicht sicher, ob es ein Traum war oder nicht. Verwirrt rannte ich nach oben, wo Sophie sich gerade im Bad die Zähne putzte.

»Sophie? Hat Mummy das Baby bekommen?«

Sophie sah mich an; auf ihrem Gesicht lag ein amüsierter Ausdruck. »Ach, dann erinnerst du dich also doch noch daran. Ich habe gesehen, wie du zum Frühstück nach unten gerast bist, und dachte schon, du hast es wohl vergessen.«

»Hat sie es?«, wiederholte ich.

»Ich weiß es nicht. Aber hier ist sie schon mal nicht. Und Daddy auch nicht.«

»Wo ist Daddy denn?«

Sie gurgelte und spuckte aus. »Du bist mit Zähneputzen dran. Ich glaube, er ist mit Mummy gegangen. Das ist …«

»Sind wir ganz allein?«, murmelte ich aufgeregt durch meine Zahnpasta.

»Wenn du einen Moment lang den Mund hältst, erzähle ich es dir. Darum ging es bei all den Anrufen letzte Nacht. Erinnerst du dich noch an Caitlyn?«

»An wen?«

»Sie ist unsere Cousine. Sie ist hergekommen, und sie bleibt hier, um sich um uns zu kümmern.«

Ich trocknete mir die Hände ab. »Katy? Wie ist sie?«

»Du hast sie vor zwei Jahren schon einmal gesehen. Nein? Na ja, vielleicht erkennst du sie wieder, wenn du sie siehst. Sie ist in Ordnung. Aber sie heißt Caitlyn, nicht Katy. Und jetzt hau ab, damit ich mich anziehen kann.«

Voller Vorfreude sprang ich wieder die Treppe hinunter und machte mich auf die Suche nach Cornflakes und Zucker. Wenn ich mich beeilte, gelang es mir im Allgemeinen, heimlich noch einen zusätzlichen Löffel Zucker über die Cornflakes zu streuen, den Sophie nicht sah. Damit ersparte ich mir Strafpredigten, in denen es um Löcher in den Zähnen und um Plomben ging. An jenem Morgen hatte das Haus eine eigentümlich veränderte Ausstrahlung, die sich an nichts Bestimmtem festmachen ließ. Da meine Mutter jetzt fort war, fiel es einem, wenn man die Salontür schloss, leicht zu glauben, sie hätte nie hier gelebt. Im Garten vor dem Küchenfenster zankten sich Stare auf dem Rasen. Ich beobachtete sie gerade, als jemand hinter mir in die Küche trat.

»Hallo, Mattie.« Eine junge Frau stand in der Tür. Sie wirkte sehr müde, und ihr Haar war unglaublich zerzaust. Sie trug einen bodenlangen dunkelblauen Morgenmantel. »Weshalb um alles in der Welt bist du schon so früh auf?«

»Bist du meine Cousine?«, fragte ich.

»Richtig. Gibt es hier Kaffee?«

Ich fand die Kaffeedose und reichte sie ihr stumm.

»Werdet ihr Kinder denn überhaupt nicht müde? Es ist nämlich erst halb acht. Kleine Bälger wie ihr brauchen doch bestimmt Schlaf oder so.«

Ich kicherte. Sie hatte eine freundliche Stimme, obwohl sie ganz seltsam klang – eben anders. »Ziehst du jetzt bei uns ein?«

»Ja, eine Zeit lang. Ich muss versuchen, euch in Schach zu halten, bis eure Eltern zurückkommen und das wieder selbst übernehmen. Hast du mich denn letzte Nacht nicht gehört? Um drei Uhr morgens musste ich hierher fahren. Das fand ich gar nicht komisch, das kann ich dir versichern.«

Sophie kam in die Küche. »Ich habe dich gehört«, sagte sie. »Du hast ein rotes Auto.«

»Ja, stimmt. Gut beobachtet.«

Die Seltsamkeit ihrer Stimme brachte mich auf etwas, was ich in der Schule gehört hatte. »Bist du aus Schottland?«, fragte ich.

Caitlyn lachte laut. »Nein, zum Teufel. Nein, ich bin von hier, genau wie ihr. Aber ich war gerade ein Jahr lang in Neuseeland. Ihr wisst doch, wo das ist? Schon gut, das macht nichts. Aber da reden die Leute anders. Das heißt, wenn ich in Neuseeland bin, sagen die Leute, ich hätte einen britischen Akzent, und wenn ich hier bin, finden die Leute, ich rede wie eine Neuseeländerin. Oder eine Australierin, falls sie den Unterschied überhaupt kennen. Versteht ihr?«

»Ja«, log ich. »Sophie sagt, Mummy hätte vielleicht ein Baby bekommen. Ist das wahr?«

»Also, im Moment weiß ich das selbst nicht so genau.« Caitlyn setzte sich an den Küchentisch. »Sophie, Schätzchen, könntest du mir vielleicht einen Toast machen oder so was? Tut mir Leid, aber ich habe noch keine Ahnung, was hier wo ist.«

»Das macht doch nichts«, sagte Sophie, aber ich konnte ihren Augen ansehen, dass es ihr ganz entschieden etwas ausmachte. Ich blinzelte überrascht. Ich fand Caitlyn nett.

»Aber sie könnte ein Baby haben?«, fragte ich beharrlich weiter.

»Also, ich glaube, da hast du Recht, Mattie«, sagte sie in gespieltem Ernst. »Ich weiß nur nicht, ob sie es schon bekommen hat. Ich würde aber eher meinen, dass es noch nicht da ist. Das wird noch ein Weilchen dauern. Und hinterher wird man sie dort behalten wollen, um für das Baby zu sorgen und so weiter. Der Kleine ist ein bisschen früher dran, als alle Beteiligten erwartet haben, und daher ist letzte Nacht ziemliche Panik ausgebrochen.«

»Wo kommt das Baby raus?«, fragte ich.

Caitlyn machte den Mund auf und zögerte dann. Sophie sagte: »Aus Mummys Bauch.«

Ich begriff, dass Sophie Caitlyn offenbar zu den Erwachsenen zählte. »Das weiß ich selbst«, sagte ich. »Ich meine, wohin sie gegangen ist, damit das Baby dort rauskommt. Warum ist sie nicht einfach hier geblieben?«

»Ach so, jetzt verstehe ich«, sagte Caitlyn. »Sie ist ins Krankenhaus gegangen, Mattie. Dort haben sie wunderbare Ärzte, die ihr eine große Hilfe sein werden. Hier habt ihr doch keine Ärzte, oder?« Sie tat so, als sähe sie unter dem Tisch nach.

Ich grinste. »Nein.«

»Na, siehst du. Sie ist eine Zeit lang fortgegangen, damit die Ärzte sich um sie kümmern können.«

»Hier ist dein Toast«, sagte Sophie. »Ich glaube, er ist ein bisschen verbrannt.«

»Das macht nichts.« Caitlyn riss den Mund zu einem Gähnen auf. »Hört mal, glaubt ihr, ihr kommt ein oder zwei Stunden allein zurecht, während ich versuche, noch ein Weilchen zu schlafen? Und dann setzen wir uns alle zusammen und beratschlagen darüber, was wir unternehmen werden.«

»Klar«, sagte Sophie. »Wir gehen raus und spielen im Garten. Du brauchst nur die Tür aufzumachen und uns zu rufen, wenn du willst, dass wir wieder ins Haus kommen.«

Caitlyn wirkte erleichtert. »Das ist ja prima. Ihr kommt doch klar, oder nicht? Fallt mir bloß nicht in irgendwelche Fallen für Tiger oder so.«

»Bestimmt nicht!«, sagte ich.

»Dann sehen wir uns später. Es wird nicht lange dauern.« Mit ihrem Kaffeebecher in einer Hand tappte unsere Cousine wieder nach oben.

Sophie wandte sich an mich: »Ich wette, vor dem Mittagessen sehen wir die nicht wieder«, sagte sie.

»Ist sie nicht zu alt, um unsere Cousine zu sein?«, fragte ich. »Thomas Wright hat eine Cousine, die in seine Klasse geht.«

»Es ist nicht wichtig, wie alt man ist«, sagte Sophie. »Es hat damit zu tun, wer deine Mutter ist. Mummys Schwester ist unsere Tante, und Caitlyn ist ihre Tochter.«

»Was?«

Sie seufzte. »Willst du jetzt rausgehen und spielen oder nicht?«

»O ja, gern.«

»Dann wirst du Schuhe anziehen müssen, nicht wahr?«

»Ich *mag* keine Schuhe.«

Sophie hatte Recht. Wir sahen unsere Cousine erst um die Mittagszeit wieder. Den größten Teil des Vormittags verbrachten wir damit, am Bach zu spielen. Der Gärtner hielt sich unten bei seinem Schuppen auf, rollte die Gartenschläuche auf und ging anderen, weitaus unergründlicheren Beschäftigungen nach, aber er ignorierte uns, und wir ignorierten ihn. Sophie wies mich auf ein paar schmale schwarze Fische hin, die so flink und wendig wie kleine Torpedos durch das Wasser schossen. Das Laub des einen Apfelbaums – oder waren es zwei? – ließ die morgendliche Sommersonne in unregelmäßigen Mustern auf das Gras fallen, und die Luft war warm. Den größten Teil des Vormittags war Sophie nicht ganz bei der Sache, als sei sie in ihre eigenen Gedanken vertieft. Als wir Caitlyns Stimme hörten, die uns ins Haus zurückrief, sagte Sophie: »Geh schon vor. Ich komme gleich nach. Sag ihr, es wird nicht lange dauern.«

Ich schob schmollend die Lippen vor. Nach diesem Vormittag war ich nicht mehr sicher, was Sophie nun wirklich von Caitlyn hielt. Schließlich wusste ich, dass sie den Toast absichtlich hatte anbrennen lassen. Trotzdem lief ich gehorsam über die Wiesen zum Haus zurück. Während ich rannte, vollzog der Garten um mich herum eine Metamorphose vom wirren Durcheinander zum gepflegten Strauchwerk, wie ein »Vorher« und »Nachher« in einem Fernsehprogramm über Gartenpflege. Ich hatte damit gerechnet, Caitlyn in der Küchentür stehen zu sehen, aber zu meinem Erstaunen war sie aus der Tür herausgekommen und stand auf dem Gras. Sie trug jetzt Shorts und ein weißes T-Shirt.

»Hallo, Mattie«, sagte sie. »Wo steckt deine Schwester? Ich habe Neuigkeiten für euch beide.«

»Sie hat gesagt, sie kommt gleich nach. Was tust du denn da?«

Sie sah mich ganz seltsam an. »Ich genieße die Sonne. Und ich dachte mir, da heute so schönes Wetter ist, könnten wir vielleicht auf dem Rasen zu Mittag essen. Was hältst du davon?«

»Prima!«

»Gut. Nur werdet ihr beide das Essen finden müssen und was wir sonst noch brauchen, weil ich mich bei euch noch nicht so gut auskenne. Aber im Kühlschrank steht Saft, und Kekse sind auch da, so viel weiß ich bereits.«

»Ich mag deine komische Stimme«, sagte ich. Es war mein Ernst, aber Caitlyn lachte.

»Vermutlich ist das ein Kompliment. Danke, Mattie. Ich mag dich auch. Ah – da kommt ja deine Schwester.«

Sophie kam über den Rasen gerannt. In einer Hand hielt sie einen Strauß wild wachsender Blumen, die sie – ich kannte die Stelle – in der Nähe der Mauer am hinteren Ende des Gartens gepflückt hatte.

»Die sind für dich«, sagte sie und hielt sie Caitlyn hin. Ich blickte schnell genug auf, um echtes Erstaunen und Freude über Caitlyns Gesicht huschen zu sehen.

»He, Sophie, vielen Dank. Die sind wirklich wunderschön. Mattie, jetzt brauchen wir was, wo wir sie reintun können. Gibt es irgendwo ein Marmeladenglas oder eine Vase oder so? Nein, Moment mal, wir wollen doch mit dem Wichtigsten anfangen.« Sophie und ich setzten uns. »Vor ein paar Minuten kam ein Anruf aus dem Krankenhaus«, sagte Caitlyn. »Eurer Mum geht es prächtig, und sie hat einen kleinen Jungen bekommen. Das ist doch toll, findet ihr nicht auch?«

»Doch«, sagte Sophie höflich. Ihr Gesicht war nahezu ausdruckslos.

»Euer Dad sagt, es sei alles bestens gelaufen, und in ein paar Tagen dürfen sie wieder nach Hause, und das ist doch auch nicht schlecht.«

»Prima.« Ein langes, unbehagliches Schweigen setzte ein.

Caitlyn zuckte die Achseln. »Tja, ich denke, wir sollten uns jetzt erst mal um das Essen kümmern. Wenn sie wieder hier ist, werdet ihr noch jede Menge Zeit haben, Wirbel um das Baby zu machen.«

»Ich gehe eine Vase suchen«, sagte ich und lief ins Haus, um nachzusehen, was ich finden konnte. Es war gut, dass Sophie beschlossen hatte, mit Caitlyn zu reden.

Wir fanden eine alte Tischdecke und breiteten sie auf dem Gras aus. »Na seht ihr!«, meinte Caitlyn. Das sagte sie oft, wenn sie sich freute. Wir steckten die Blumen in ein Marmeladenglas, stellten es mitten auf die Tischdecke und breiteten drum herum Kekse und Sandwichs und Gläser mit Orangensaft aus – es war frisch gepresster Orangensaft, den ich weniger gern mochte als Sirup, der aber zu den seltsamen Dingen, die wir hier taten, irgendwie besser zu passen schien. Aufregung sprudelte in mir hoch, als wir uns zum Essen um das Tischtuch herum setzten.

»Habt ihr euch denn schon überlegt, was ihr mit dem Nachmittag anfangen werdet?«

Sophie sagte: »Ich dachte, wir könnten einen Spaziergang machen oder so.«

»Klingt gut. Habt ihr was dagegen, wenn ich mitkomme? Das heißt, so lange ihr keine Berge besteigt.«

Ich kicherte.

»Das ist aber nicht nötig«, sagte Sophie verwirrt. »Mummy erlaubt es uns.«

»Klar, das weiß ich doch. Aber ich hätte gar nichts gegen einen Spaziergang einzuwenden. Andernfalls sitze ich ja doch nur im Garten und nehme ein Sonnenbad. Wenn ihr mich zu sehr ermüdet, kann ich schließlich immer noch versuchen, den Rückweg auf eigene Faust zu finden.«

»Also gut«, sagte Sophie. Ich konnte ihre Verwirrung verstehen. Niemand kam je mit uns, wenn wir uns vom Haus entfernten. Aber andererseits, sagte ich mir, kam auch niemand je auf den Gedanken, das Mittagessen auf dem Gras einzunehmen. Vielleicht war Caitlyn anders.

»Isst du dein Sandwich auf, Sophie? Wenn nicht, dann sind dort drüben ein paar Vögel, die den Eindruck machen, als hätten sie gern den Rest.«

»Das sind Stare«, sagte ich.

»Ach ja? Du bist ja ganz schön schlau. Wahrscheinlich könntet ihr beide mir viel erzählen, wovon ich keine Ahnung habe.«

»Ich habe ein Buch über Fossilien«, sagte ich. »Sophie hat es mir geschenkt.«

Nach dem Mittagessen schickte Caitlyn uns für eine halbe Stunde nach oben, damit sie sich in Ruhe fertig machen konnte. Als ich nach unten schlenderte, um nachzusehen, wie lange wir noch warten mussten, hörte ich ihre Stimme. Ich blieb auf der Treppe stehen und lauschte gebannt.

»Ja«, sagte sie gerade. »Mitten in der Nacht. Deshalb habe ich dich nicht angerufen, denn sonst hätte ich dich ja geweckt.« Sie führte ein Telefongespräch. »Wirklich? Das wäre phantastisch. Dann könnten wir alle miteinander einen Tagesausflug unternehmen. Ja, die Kinder auch. Natürlich müssen wir sie mitnehmen, du Dummkopf. Deshalb bin ich doch angeblich hier.« Es entstand wieder eine Pause, und dann lachte sie. »Ist es *das,* was dir Sorgen macht? Also, ich bin sicher, dass sie so etwa um neun beide im Bett sind, und kleine Kinder haben einen guten Schlaf. Ich weiß jedenfalls, dass ich als Kind immer tief und fest geschlafen habe.« Ich kratzte meinen Knöchel.

»Ja, ich weiß. Aber es ist nicht allzu schlimm. Keine echte Frühgeburt, nur etwas zu früh dran. Das sagt man mir zumindest. Dir ist doch wohl klar, dass ich seit mehr als zwei Jahren keinen Fuß in dieses Haus gesetzt habe? Ich weiß. Sie ist einfach grauenhaft.« Ich konnte hören, dass Caitlyn beim Reden die Füße auf einen Sessel legte. »Ich weiß nicht, wie Mum sie jemals aushalten konnte, es ist mir völlig unbegreiflich ... Ihr Dad kommt nicht mal nach Hause, er ist in irgendeinem Hotel in der Nähe des Krankenhauses abgestiegen. Man sollte meinen, er käme von selbst auf den Gedanken ... oh, die sind schon in Ordnung. Mattie ist ein goldiger kleiner Junge. Er ist der Jüngere, er ist sechs. Sophie ist acht. Sie ist auch ganz reizend. Ich habe das Gefühl, sie ist im Grunde genommen diejenige, die sich um ihn kümmert. Ja. Heute Nachmittag? Tja, wir brechen demnächst auf, um die Gegend zu erkunden. Nein, weit gehen wir bestimmt nicht weg. Halt den Mund!« Sie lachte wieder. »Wir brechen doch nicht zu einer Expedition durch die Arktis auf! Wir machen lediglich einen Spaziergang, das ist alles. Nein, ganz bestimmt nicht. Lass das, du furchtbarer Kerl. Ja ... ja, ich dich auch. Ich liebe dich auch. Okay, wir sehen uns dann morgen, ja? In Ordnung, mein Schatz. Tschüs, mach's gut.«

Ich hörte das Klappern, mit dem sie den Hörer auflegte und ihre Füße von dem Sessel schwang.

»Mattie! Sophie! Kommt schon. Lasst uns aufbrechen und nachsehen, ob die Eingeborenen friedfertig sind.«

Ich sage beiläufig: »Du mochtest sie.«

»Sie war verwirrend. Ich wollte, dass sie bleibt. Ja, ich mochte sie.« Er wirkt bedrückt, beinah verärgert. Abrupt streckt er die Hand nach dem Stummel der ersten Kerze aus und löst ihn vom Boden, wo er in seinem eigenen flüssigen Wachs festgedrückt war. Eine Zeit lang wirft er den verformten Brocken Wachs von einer Hand in die andere, ehe er ihn in die Schatten schnippt. Ich höre den Stummel ein Stück weit rollen, aber ich halte meinen Blick fest auf sein Gesicht gerichtet.

Er spricht weiter. »Wenn wir eine Mutter wie ... wie sie gehabt hätten, dann wäre wahrscheinlich alles anderes gekommen.«

»Bist du dir da sicher?«

»Ich sagte wahrscheinlich.«

»Wie viel Schuld gibst du ihr daran?«

»Mummy? Ich weiß es nicht. Vielleicht war sie der Auslöser. Ich denke, so muss es gewesen sein. Vielleicht wäre es aber auch ohnehin so gekommen. Nach einer Weile hat sich ihre Anwesenheit jedenfalls nicht mehr auf uns ausgewirkt.«

»Ich meinte nicht Mummy. Ich meine Caitlyn.«

Seine Augen werden groß. Er will etwas sagen und lässt es dann bleiben. Als er schließlich den Mund aufmacht, klingt seine Stimme grob vor Zorn.

»Lass diese Spielchen, Sophie. Damit ist jetzt Schluss, oder hast du das schon wieder vergessen? Darüber bin ich inzwischen hinausgewachsen.«

»Okay«, sage ich. »Tut mir Leid.«

»Vergiss es nicht noch einmal. Caitlyn hat mit nichts etwas zu tun. Sie ist lediglich auf der Bildfläche erschienen und kurz darauf wieder verschwunden. Was sollte ich ihr vorwerfen?«

Ich beschließe, es auszusprechen: »Dass sie dir eine Alternative aufgezeigt hat.«

Er hält mitten in der Bewegung inne. Einen Moment lang graut mir vor ihm; aber dann lockert sich seine Gesichtsmuskulatur wieder, und ich weiß, dass sich dieses Risiko gelohnt hat. Er lehnt sich ein wenig zurück, und ich sehe, dass er kaum wahrnehmbar nickt.

»Sehr gut«, sagt er, und zum zweiten Mal erkenne ich eine seltsame Form von Bewunderung in seinem Gesichtsausdruck. Ich senke den Blick und versuche, mir die Erleichterung und den Triumph nicht ansehen zu lassen.

5

Sophie lief voraus, und eine Zeit lang glaubte ich, wir gingen zum Steinbruch. Sie schlug den schmalen Pfad ein, der neben der Schiefermauer den Hügel hinaufführte, aber statt zu den Bäumen auf der Kuppe weiter zu laufen, führte sie uns zu einer Stelle, an der die Mauer zerbröckelt war, und auf der anderen Seite diagonal durch das Feld. Dieselbe Richtung hatten wir vor langer Zeit eingeschlagen, um Backsteine für den Ilex zu stehlen. Caitlyn hielt mühelos mit uns Schritt, und ich beschloss schnell, ihre Bemerkung, wir würden sie vielleicht ermüden, sei ein Scherz gewesen. Sie wirkte, als könnte sie den ganzen Tag weiterlaufen.

»Ihr kommt wohl oft hierher?«, fragte sie.

»Manchmal«, sagte Sophie. »Sonst gibt es hier nicht viel zu tun. Oder wir spielen im Garten.«

»Ach ja? Was zum Beispiel?«

»Alles Mögliche«, sagte Sophie ausweichend. »Da drüben kannst du unsere Schule sehen.«

»Was, etwa das kleine rote Gebäude dort? Ja, das kann ich deutlich erkennen. Es sieht hübsch aus.«

»Gehst du noch zur Schule?«, fragte ich. Caitlyn warf ihren Kopf zurück und lachte schallend.

»Das wäre ja noch schöner! Ich bin zu groß geworden, und sie wollten mich nicht mehr haben. Aber jetzt mal im Ernst, ich habe die Schule abgeschlossen.«

»Wie alt bist du?«

»Weißt du etwa nicht, dass man eine Dame nicht nach ihrem Alter fragt, Matthew Howard?« Sie zwinkerte mir zu. »Rate mal.«

»Äh … ich weiß es nicht.«

»Mach schon … rate.«

Wir liefen auf die gegenüberliegende Ecke des Feldes zu, wo ein kleines Dickicht stand. Ein paar hundert Meter weiter folgte ein größeres Waldstück, das wie der Steinbruch eingezäunt war.

»Äh … vierzig?«, riskierte ich mein Glück.

»Du ungezogener Bengel!«, rief Caitlyn. Sophie kicherte. »So alt bin ich nicht. Ich bin gerade mal dreiundzwanzig, und du musst wissen, dass ich wesentlich jünger aussehe, als ich bin!«

»Dreiundzwanzig ist aber immer noch alt«, sagte ich. »Ich bin sechs.«

»Das weiß ich.« Sie deutete voraus. »Ist das unser Ziel, Fährtensucher?«

Sophie nickte. »Es ist hübsch dort«, sagte sie. »Da gibt es einen großen Baum, der umgestürzt und vollständig mit Moos bewachsen ist. Und vom Waldrand aus hat man einen Blick auf die Ortschaft.«

»Meinst du, von dort aus könnten wir unser Haus sehen?«

»Nein. Es ist hinter dem Hügel verborgen. Siehst du?«

Sophie und Caitlyn schauten in die Richtung zurück, aus der wir gekommen waren. Unsere Cousine sagte: »Ja, ich verstehe. Was für ein Jammer. Du kennst dich ziemlich gut in der Gegend aus und hast einen guten Orientierungssinn, stimmt's? Bist du bei den Pfadfindern oder so? Nein, warte – in deinem Fall wären es wahrscheinlich die Füchse.«

»Einige meiner Freundinnen sind dabei«, sagte Sophie.

»Na siehst du! Warum du nicht? Auf diese Weise lernst du viele Kinder kennen. Und ihr dürft natürlich auch in übel riechenden Zelten schlafen.«

»Ich glaube nicht, dass mir das gefallen würde«, sagte Sophie, und ihre Stimme klang so kleinlaut, wie ich es nicht von ihr gewohnt war – ganz so, als sei sie in einem bestimmten Punkt verunsichert. Dann fügte sie mit ihrer gewohnten Zuversicht hinzu: »Schaut euch das an! Wir sind gleich da.«

»Sie hat schon wieder Recht, Mattie. Wie ist es eigentlich, eine Schwester zu haben, die immer Recht hat? Das muss doch ziemlich interessant sein. Keine Sorge, Sophie, ich mache nur Spaß. Und jetzt wollt ihr euch auf diesen Baum setzen oder was?«

Als ich am nächsten Tag wach wurde, lag eine herrliche Aufregung in der Luft. Die Sonne schien strahlend, und die sanfte Brise brachte den Geruch von Kornfeldern und fließenden Gewässern mit sich. Wieder einmal bekamen wir Caitlyn nicht vor elf Uhr zu sehen, und somit blieb uns mehr als genug Zeit, um mit dem Geld und dem Einkaufszettel, den sie uns hingelegt hatte, ins Dorf zu gehen. Schnell und mit geübtem Blick suchte Sophie einen Brotlaib, Käse, eine Flasche Orangensaft und ein Päckchen Kaffee von der Marke aus, die Caitlyn bevorzugte. Ich trug den Einkaufskorb für sie, bis er mit diversen Nahrungsmitteln gefüllt war. Caitlyn hatte uns etwas mehr Geld hingelegt und ganz unten auf die Liste die Anweisung geschrieben: »Vollmacht: Von dem Rest könnt ihr euch etwas kaufen.«

»Meint sie das ernst?«, fragte ich.

»Ich glaube, ja«, sagte Sophie. »Was möchtest du gern haben?«

Ich sah mich in dem kleinen Laden um. »Nichts von hier.«

»Dann gehen wir eben woanders hin. Möchtest du die Tasche tragen?«

»Ja.«

Im Schreibwarenladen an der Ecke kauften wir ein Malbuch zu Volksliedern und Märchen. Sophie steckte ihren Anteil des Geldes sorgsam ein. Auf dem Rückweg erzählte sie mir die Geschichten, die sich hinter den Bildern des Malbuchs verbargen. In einem Fall war es ein Lied, das »Raggle Taggle Gypsies« hieß, und Sophie sang es mir vor. Es war eine sehr traurige Geschichte, und die Melodie war sehr schön.

Wir ließen uns Zeit auf dem Heimweg, und als wir zu Hause ankamen, war Caitlyn offensichtlich schon in der Küche gewesen: Auf der Anrichte neben dem Spülbecken standen ein leerer Kaffeebecher und ein Teller mit den Rinden von zwei Scheiben Toast. Aus dem Bad drang das Geräusch von laufendem Wasser.

»Wir sind wieder da!«, rief ich. Das Wasser wurde abgestellt, und unsere Cousine tauchte am oberen Ende der Treppe auf.

»Hallo, du kleiner Schreihals«, sagte sie. »Wo steckt deine Schwester?«

»Sie ist in der Küche. Was machen wir heute?«

»Warte es ab, du wirst es schon noch herausfinden«, erwiderte Caitlyn und kam nach unten, um sich uns anzuschließen. »Anständiger Kaffee! Ausgezeichnet. Und was ist das? Buntstifte? He! So was habe ich schon seit Jahren nicht mehr gesehen. Lässt du es mich auch mal versuchen?«

»Wenn du willst«, meinte ich eingeschüchtert.

»Prima. Hallo, Sophie. Das ist aber ein hübsches Kleid.« Sophie machte den Mund auf, als wollte sie etwas sagen, doch dann schloss sie ihn gleich wieder. Sie wirkte überrascht. Caitlyn fuhr fort: »Heute werden wir mal etwas ganz anderes unternehmen. Wie spät ist es?«

»Kurz nach elf.«

»Das haut ja hin. Obwohl es eigentlich noch reichlich früh ist, findet ihr nicht auch?« Wir kicherten. »Also, ich habe mir gedacht, vielleicht sollten wir sehen, dass wir mal aus dem alten Haus rauskommen, und daher habe ich einen kleinen Ausflug arrangiert. Und außerdem werdet ihr meinen Freund kennen lernen. Er heißt Nick, und er ist wirklich umwerfend. Ich rate euch, nett zu ihm zu sein, denn sonst gibt's was hinter die Ohren. Okay?«

Wir nickten feierlich.

»Dann wäre das ja geklärt. Er wird fahren, damit wir drei ungestört miteinander plaudern können. Ihr kennt doch die Spielregeln, wenn ein Mädchen mit einem Jungen geht und so?«

»Erzähl's uns!«, sagte ich.

»Also gut. Die Regel Nummer eins ist die, dass die beiden total ineinander verknallt sind – das wusstet ihr doch sicher schon, stimmt's? Aber damit müsst ihr euch abfinden, das heißt also, wenn die beiden sich küssen und miteinander knutschen, dann wird nicht gekichert, kapiert?«

»Ja«, antworteten wir im Chor. Ich grinste Sophie an.

»Die zweite Spielregel lautet, dass ihr so tun müsst, als hätte ich die Einkäufe erledigt, und ihr müsst ihm vorschwärmen, dass ich wirklich ganz erstaunlich bin und mich echt toll um euch gekümmert habe. Habt ihr das auch kapiert?«

»Ja!«

»Tja, das war's dann auch schon.«

»Fahren wir mit deinem roten Auto?«, fragte ich. Ich hatte es auf der Einfahrt stehen sehen, als wir uns vor ein paar Stunden auf den Weg ins Dorf gemacht hatten, und es hatte mir gut gefallen.

»Nick hat selbst einen Wagen. Warum? Wolltest du lieber meinen nehmen?«

»Was für eine Farbe hat das andere Auto?«, fragte ich zweifelnd.

»Ah, jetzt kapiere ich. Es ist dunkelgrün. Nein? Oh. Dann werden wir ihn wohl fragen müssen, ob es ihm etwas ausmacht, stattdessen den roten Wagen zu fahren.«

»Manchmal bist du wirklich *albern,* Mattie«, sagte Sophie liebevoll.

Etwa zehn Minuten später fuhr der dunkelgrüne Wagen knirschend über den Kies vor dem Haus. Sophie ging mit mir nach oben, damit ich die Buntstifte in mein Zimmer brachte. Caitlyn und ich hatten damit gespielt und von einem der Bilder in dem Malbuch eine Ecke ausgemalt. »Lass ihnen ein paar Minuten Zeit für ihre Knutscherei«, sagte Sophie.

Nick machte einen sehr freundlichen Eindruck und hatte ein nettes Lächeln. Ich fand, er und Caitlyn passten gut zusammen.

»Hallo«, sagte er. »Ich habe gehört, dass wir heute den roten Wagen nehmen. Du musst Mattie sein, stimmt's?«

»Hallo«, sagte ich.

»Und du bist sicher Sophie. Hallo, du da.«

»Hallo«, sagte Sophie. Ich konnte ihr ansehen, dass sie versuchte, sich auf diese neue Person einzustellen, wie sie sich schon auf Caitlyn hatte einstellen müssen. Wahrscheinlich bemerkte dieses innere Ringen niemand außer mir, aber für mich war es klar zu erkennen. »Sehr erfreut.«

Caitlyn tauchte mit zwei großen Tüten aus der Küche auf. »Das Mittagessen und alles, was wir sonst noch brauchen«, kündigte sie an.

»Caitlyn hat die Einkäufe ganz allein erledigt«, sagte Sophie. »Sie stellt das wirklich sehr geschickt an.«

»Mich könnt ihr nicht zum Narren halten«, sagte Nick, als er Caitlyn die Tüten abnahm und auf die Haustür zuging. »Sie bringt jeden dazu, so über sie zu reden.«

»Erinnerst du dich noch daran, wie du ihr den umgestürzten Baum gezeigt hast?« Er wartet keine Antwort ab. »Das fand ich ziemlich seltsam, als ich später darüber nachgedacht habe. Irgendwie hat dir das gar nicht ähnlich gesehen.«

»Eine Zeit lang war alles anders, nicht wahr?«

Er nickt bedächtig. »Ja. Manchmal – hinterher – konnte ich mir fast einreden, nichts von alledem hätte sich wirklich abgespielt. Es sei nur ein Traum gewesen.«

»Hätte es dir gefallen, wenn alles so geblieben wäre?«

»Auch darüber habe ich mir Gedanken gemacht. Ich weiß es nicht. Dann wären wir andere Menschen.«

»Wäre das nicht vielleicht gut so?« Ich werfe einen Blick auf meine Handgelenke.

»Ich weiß es immer noch nicht. Das scheint mir eine viel zu simple Lösung zu sein.« Er holt Atem. »Ich will nicht darüber reden.«

»Okay«, sage ich.

In der einsetzenden Stille fällt mir wieder auf, dass mich etwas beunruhigt; nichts Offenkundiges, wie zum Beispiel die Situation, in der ich mich befinde, sondern etwas, was nur ganz am Rande damit zu tun hat, was ich aber wahrnehmen sollte. Die Ereignisse der letzten sechs Stunden sind so verschwommen und grob skizziert wie Erinnerungen, die unter Schock entstehen, aber ich habe das Gefühl, *das* ist nicht die Zeitspanne, in der ich nach einem Anhaltspunkt suchen sollte. *Hier* wären Antworten zu finden, wenn ich bloß die Fragen klar erkennen könnte. Es ist ein ärgerliches und quälendes Gefühl, und ich fürchte, dass es mich vom Wesentlichen ablenken wird. Ich schüttele leicht den Kopf, um wieder klar denken zu können, und diese Bewegung lässt den blauen Fleck auf meiner Wange neuerlich schmerzen. Der blaue Fleck, habe ich beschlossen, ist im Moment ein nützliches Hilfsmittel.

Matthew nimmt auf dem Fußboden eine andere Haltung ein. »Ich wünschte fast, sie wäre nie gekommen«, sagt er.

»Dir wäre es lieber gewesen, wenn uns keine Alternative vor Augen geführt worden wäre?«

Er schüttelt den Kopf. »Es gab nie eine Alternative. Wir waren Kinder, Sophie. Die Entscheidung, was aus uns wird, lag nicht bei uns. Trotzdem wäre es mir lieber gewesen, nicht zu wissen, dass es noch etwas anderes gibt.«

Ich verstehe vollkommen, was er damit sagen will.

Die Fahrt führte über die Hauptstraße, und es dauerte etwa eine Stunde, bis die beiden mit uns das Ziel erreicht hatten, das Caitlyn vorschwebte. Sowie der Wagen am Straßenrand geparkt war, liefen wir zehn Minuten lang querfeldein, bis wir einen breiten Bach erreichten, dessen klares Wasser zwischen den Grasbüscheln an beiden Ufern flink über die Kieselsteine im Flussbett strömte. Hier ließen wir uns nieder. Die Flaschen wurden in den Bach gestellt, um den Orangensaft und die Limonade zu kühlen, während Sophie und ich im Unterholz umherrannten. Überall waren Schmetterlinge, und wenn es in der Sonne zu heiß wurde, konnte man seine Arme oder Beine ins kühle Wasser tauchen. Das gelegentliche Motorengeräusch eines vorüberfahrenden Wagens drang aus weiter Ferne zu uns und diente nur dazu, die Abgeschiedenheit dieses Ortes noch mehr zu unterstreichen.

Wir aßen Brot, Käse und Gewürzgurken, tranken die köstlich kühle Limonade und faulenzten in der Sonne. Nach einer Weile begannen wir einander Geschichten zu erzählen, und allmählich legte Sophie einen Teil der wachsamen Schüchternheit ab, die sie im Lauf der letzten zwei Tage befallen hatte. Als sie sich schließlich ins Gespräch einmischte, waren sogar die beiden Erwachsenen beeindruckt. Am Anfang hatten wir Märchen erzählt, aber Sophie wechselte das Thema, und ich lauschte verzückt Geschichten über Helden und Götter und Geschöpfe aus der Unterwelt. Irgendwie gingen wir dann zu Witzen über, und anschließend hielten alle außer mir ein kleines Nickerchen in der Sonne. Ich brach auf, um am Ufer entlang zu laufen und zu sehen, wie weit ich in einer halben Stunde kommen würde. Ich hatte vorsichtshalber Sophies Armbanduhr mitgenommen.

Als ich zurückkam, war das Picknick schon wieder verstaut, und die drei lachten über einen Witz oder eine Anekdote, die ich verpasst hatte. Auf dem Rückweg zum Wagen hatte sich die Nachmittagssonne bereits orange gefärbt. Meine Taschen waren voller Kieselsteine und mein Kopf voller Fragen und Ideen.

Als wir die Haustür öffneten, läutete das Telefon. Caitlyn lief eilig darauf zu und nahm den Hörer ab.

»Ja? Am Apparat. Ja, richtig. Wie geht es ihr?«

Ich brachte die Steine in mein Zimmer und half Sophie dabei, das restliche Essen im Kühlschrank zu verstauen. Nick stand neben Caitlyn und belauschte das Telefongespräch.

Ich hörte, wie der Hörer aufgelegt wurde. Die beiden Erwachsenen kamen in die Küche.

»Das war euer Dad«, sagte Caitlyn strahlend. »Es scheint ganz so, als ginge es eurer Mummy wirklich gut. Morgen kommt sie nach Hause.«

Sophies Augen wurden groß, und dann wurde ihr Gesicht so ausdruckslos, als hätte jemand es abgeschaltet.

»Bringt Mummy das Baby mit?«, fragte ich.

»Ja, Mattie.«

»Wie heißt es denn?«

Caitlyn zuckte die Achseln. »Ich weiß es nicht. Ich nehme an, das werdet ihr früher oder später von selbst herausfinden.«

Nick fragte: »Wie geht es ihr?«

»Nach allem, was man so hört, geht es ihr gut. Sie muss eine Konstitution haben wie ein Maulesel«, murmelte Caitlyn klar verständlich. Dann sprach sie mit ihrer normalen Stimme weiter: »Bald könnt ihr euren kleinen Bruder sehen. Das sind doch gute Nachrichten, oder etwa nicht?«

»Doch«, sagte ich. »Bleibst du trotzdem hier?«

Caitlyn zögerte. »Äh ... weißt du, Mattie, nein, ich werde nicht hier bleiben. Jedenfalls nicht mehr lange. Aber bis dahin haben wir noch jede Menge Zeit, und wir werden das Beste daraus machen. Und wenn eure Mummy zurückkommt, wünsche ich mir, dass ihr beide viel Verständnis zeigt und ihr eine echte Hilfe seid, denn ich kann mir vorstellen, dass sie ziemlich erschöpft sein wird. Ihr wisst schon, ich meine, ihr könntet ihr das Frühstück ans Bett bringen und ihr ständig frischen Tee kochen und so weiter.«

»Ja«, sagte ich reichlich unschlüssig.

Einen Moment lang schien Caitlyn nicht weiter zu wissen. Dann grinste sie über das ganze Gesicht und sagte: »Jetzt komm schon. Lass uns ›Ich sehe etwas, was du nicht siehst‹ spielen. Möchtest du im Haus bleiben oder lieber rausgehen?«

An jenem Abend lag ich wach, blickte zu dem sommerlichen Himmel draußen vor meinem Fenster und überlegte mir, wie schön doch alles war. Ich dachte an den wunderbaren Nachmittag am Bach zurück und an den roten Wagen und die Buntstifte. Als ich mich umdrehte und die Augen schloss, fiel mir aber auch etwas anderes wieder ein. Ich war noch einmal nach unten gegangen, um mein Malbuch und die Buntstifte aus der Eingangshalle zu holen, wo ich sie liegen gelassen hatte. Die Tür zum Gästezimmer stand offen, und ich konnte Caitlyns Worte hören.

»Glaubst du, ich habe zu viel Sonne abgekriegt? Gestern war ich auch schon lange draußen. Ich sollte lieber aufpassen, damit ich keinen Sonnenbrand bekomme.«

Nick sagte: »Das wird schon nicht passieren. Hast du noch vor zu duschen?«

»O ja. Ich glaube, ich habe die halbe Heide in meinen Schuhen. Also, was meinst du dazu?«

»Wozu?«

»Du weißt schon. Was du von diesem Ort hältst. Von der ganzen Situation.«

Lange Zeit herrschte Schweigen. »Du willst die Wahrheit wissen? Ich weiß es nicht. So schlimm, wie du es hinstellst, ist es nicht. Die Kinder scheinen sehr nett zu sein.«

»Ja, ich weiß. Den kleinen Mattie würde ich auf der Stelle zu mir nach Hause mitnehmen, wenn sie es zuließen. Aber Sophie hat irgendetwas Seltsames an sich, als wüsste sie mehr, als sie sich anmerken lässt. Hast du nicht auch das Gefühl?«

Nick dachte darüber nach. »Nein, eigentlich nicht. Wie ich bereits sagte, finde ich sie ziemlich in Ordnung. Ein kluges Kind.«

»Du ahnst ja gar nicht, wie Recht du damit hast. Sie weiß Dinge, von denen ich nichts weiß. Und ihre Geschichten waren verflucht gut. Vielleicht neige ich im Moment aber auch zu Überreaktionen. Ich habe mich immer noch nicht von dem Schock erholt, in diese Einsiedlerklause verschleppt zu werden. Und noch dazu mitten in der Nacht. Ich habe mich fast zu Tode erschrocken.«

Ich tappte mit meinem Malbuch nach oben und strahlte vor mich hin, weil Caitlyn mich mochte. Die Stimmen von unten waren noch länger zu hören; manchmal murmelten sie, und manchmal lachten sie. Später im Bett fragte ich mich dann, wie es wohl wäre, an einem anderen Ort zu leben, mit jemand anderem fortzugehen und nie mehr zurückzukommen.

Am nächsten Tag kam meine Mutter nach Hause.

Es ging alles ganz schnell; mein Vater fuhr sie heim. Sie brachten eine Tragetasche aus weißem Plastik mit, in dem das Baby lag, stumm unter Zudecken und dick eingewickelt. Meine Mutter schien Sophie und mich ausnahmsweise einmal wahrzunehmen: Sie führte uns in die Küche, stellte die Tragetasche auf einen Stuhl und ließ uns das Baby anschauen. Sein winziges Gesicht war verquollen und finster, und vor dem Mund hielt es zwei winzige Fäuste, als hätte es gerade einen fürchterlichen Wutanfall.

»Das ist euer kleiner Bruder«, sagte meine Mutter. Wir sahen das Baby schweigend an, da wir unsicher waren, was jetzt von uns erwartet wurde. »Im Moment schläft er.«

Caitlyn kam in die Küche. »Ist er nicht entzückend?«, fragte sie. »Seht ihn euch nur an – wie eng er sich zusammengekringelt hat.« Meine Mutter warf ihr einen scharfen Blick zu.

»Haben sich Matthew und Sophie benommen?«, fragte sie.

»Oh, sie waren die reinste Freude«, sagte Caitlyn leichthin. »Nick! Komm her, und sieh dir den Kleinen an. Er ist ein Prachtexemplar.« Als ich ihr ins Gesicht sah, hatte ich jedoch plötzlich das sichere Gefühl, dass sie sich krampfhaft darum bemühte, das Richtige zu sagen und nicht etwa das, was sie wirklich empfand.

»Hallo«, sagte Nick unbeholfen zu meiner Mutter. Mein

Vater hielt sich irgendwo im Hintergrund auf, lief von einem Zimmer ins andere und brachte Dinge in Ordnung.

»Wie heißt das Baby?«, fragte ich.

»Hast du dich schon entschieden?«, fügte Caitlyn hinzu.

Meine Mutter nickte. Sie sah nicht müde aus, wie Caitlyn gemeint hatte, sondern genau so wie sonst auch. »Wir haben uns für David entschieden«, antwortete sie.

»Das ist ein hübscher Name«, sagte Caitlyn. »Hallo, Davey.« Das Baby ruckelte unbehaglich herum und hustete; es klang wie ein leiser Schrei.

»Wir dürfen dich jetzt nicht noch länger aufhalten«, sagte meine Mutter. »Es tut mir Leid, dass ich dir solche Umstände bereitet habe, es tut mir wirklich Leid.« Sie drückte Caitlyn einen verschlossenen Umschlag in die Hand. »Ich wäre dir wirklich dankbar, wenn ...«

»Jetzt hör bloß auf«, sagte Caitlyn. »So was kann man doch seinen eigenen Verwandten gegenüber nicht bringen. Und außerdem hat es mir wirklich Freude gemacht. Wir hatten doch viel Spaß miteinander, nicht wahr? Wir haben eine Menge unternommen, und die beiden waren unglaublich brav. Eigentlich ist es ein Jammer, dass ich sie nicht öfter zu sehen bekomme. Vielleicht könnten sie mich ja ab und zu mal besuchen? Das wäre überhaupt kein Problem.«

»Das ist sehr nett von dir«, sagte meine Mutter, und bei diesen Worten sah ich Sophies erwartungsvolles Gesicht herunterfallen.

»Es wäre wirklich zauberhaft«, sagte Caitlyn, aber da ich Sophies Reaktion bemerkt hatte, glaubte ich, jetzt auch aus Caitlyns Stimme herauszuhören, dass sie sich geschlagen gab. Sie legte den Umschlag auf den Tisch und ließ ihn dort liegen.

»Ich glaube, wir sollten jetzt besser aufbrechen«, sagte sie zu Nick. Dann bückte sie sich ganz spontan und drückte mir einen Kuss auf die Nasenspitze. »Tschüs, Mattie. Pass gut auf dich auf, hörst du? Und denk mal an mich, wenn du über deinem Malbuch sitzt.«

»Tschüs, Caitlyn«, sagte ich. Es war seltsam, aber ich war so gut wie gar nicht traurig.

Sophie gab sie auch einen Kuss. »Tschüs, Sophie. Der Baum, den du mir gezeigt hast, hat mir wirklich gut gefallen. Sieh dich vor, okay?«

»Tschüs«, sagte Sophie zurückhaltend. »Und danke, dass du auf uns aufgepasst hast.«

»Lauft jetzt los, ihr beiden«, sagte meine Mutter. Als wir aus der Küche in den Garten liefen, konnte ich hören, dass sie wieder mit Caitlyn sprach; die Erwähnung des Malbuchs schien meine Mutter auf etwas aufmerksam gemacht zu haben. Ich konnte sie sagen hören: »Lass mich dir wenigstens erstatten, was du …«

Am Morgenhimmel stand ein lang gezogener Wolkenfetzen, als ich Sophie in den Garten folgte. Nicht weit von der Stelle, wo wir auf dem Rasen zu Mittag gegessen hatten, sah ich den Schraubverschluss einer Flasche im Gras liegen. Sophie lief sehr schnell; sie hatte den Weg zum Ilex eingeschlagen.

»Warte auf mich!«, rief ich, aber sie ignorierte mich. Ich erreichte den Ilex erst kurz nach ihr, bahnte mir ungeschickt einen Weg durch den dichten Vorhang aus dunklem Laub und achtete nicht auf die Kratzer, die ich mir dabei zuzog. Sophie saß mit dem Rücken zum Stamm mitten im Zelt und atmete so schwer, als sei sie gerannt. Ich wusste genau, dass etwas nicht stimmte.

»Sophie? Fehlt dir etwas?«

Ihre Hände gruben sich in die Zeltleinwand, die auf dem Boden lag, und dann öffneten sich ihre geballten Fäuste wieder. Sie machte den Mund einen kleinen Spalt weit auf und gab einen Laut von sich, der fast wie der Beginn eines Schluchzens klang. Als sei das schon alles, was notwendig gewesen war, um das herauszulassen, was sie in ihrem Innern zurückgehalten hatte, schlug sie mit beiden Händen auf den Boden und schrie laut heraus: »Du verdammtes Miststück! Du verfluchtes schwanzlutschendes Miststück von einer Hure!« Tränen strömten über ihre Wangen, aber statt zu schluchzen, schrie sie eine wüste Beschimpfung nach der anderen heraus, Worte, die ich noch nie gehört hatte und auch nicht verstand. Ich saß da und schwieg voller Entsetzen, bis ihre Stimme ruhiger wurde und sie endlich damit aufhörte. Ihr Atem ging immer noch unregelmäßig und keuchend, aber ihr Gesicht sah wieder etwas normaler aus.

Sie schien mich zum ersten Mal wahrzunehmen. Der letzte Rest an Wut und Gewalttätigkeit wich aus ihr, und sie streckte die Arme aus und zog mich eng an sich. Mein Gesicht war an die tröstliche Wärme ihrer Schulter gepresst, als sie flüsterte: »Es wird schon werden, Mattie, es wird schon wieder alles gut werden. Mach dir keine Sorgen, alles wird gut werden.« Ich schlang meine Arme ebenfalls um sie, denn ich hatte Angst um sie, da ich nicht wusste, was hier vorging, und mir war auch nicht klar, dass etwas nicht stimmte oder weshalb ich mir Sorgen hätte machen sollen. Nach langer Zeit zog sie ihren Kopf ein wenig zurück und sah mir ins Gesicht.

»He«, sagte sie, und ich sah ein flüchtiges Lächeln über ihr Gesicht huschen. »Schau mich nicht so ängstlich an. Es wird alles wieder gut werden. Ich verspreche es dir. Dir wird nichts passieren. Ich werde mich um dich kümmern. Das weißt du doch, oder nicht?«

»Ja«, flüsterte ich.

Ich war erst sechs Jahre alt; ich glaubte wirklich, sie spräche mit mir.

6

Wir starren einander über die Bodendielen an. Seine Augenhöhlen sind in den Schatten getaucht, und die Kerze auf dem Fußboden zeigt die normalen Konturen seines Gesichts wie ein gespenstisches Umkehrbild. Das erschwert es mir, zu beurteilen, was er gerade denkt. Mir wird aber allmählich klar, dass es dringend notwendig ist, genau das herauszufinden.

Matthew jagt mir Angst ein. So habe ich ihn noch nie erlebt, und vor dem heutigen Abend hätte ich niemals gedacht, er könnte zu etwas Derartigem in der Lage sein. Ich bin überrumpelt worden, und jetzt muss ich sehen, wie ich mit der Situation fertig werde. Die Teile von Matthews Geschichte fügen sich zusammen. Losgelöste, bruchstückhafte Erinnerungen weichen einem einheitlicheren und beinah linearen Bericht. Ich weiß noch nicht, wohin das führt, aber ich bin sicher, dass das, was hier und jetzt in diesem Raum geschieht, von Dingen bestimmt wird, die sich vor Jahren ereignet haben.

Unser Gespräch, das teilweise wie ein Traum anmutet, setzt sich scharf gegen meine Wahrnehmung der Außenwelt ab – der Sturm, die Geräusche von Wind und Regen, das abrupte Flackern der Kerzenflamme, die sich mal hierhin, mal dorthin beugt. Einmal war ein lauter Knall zu hören, als eine Schieferplatte vom Dach gerissen wurde, auf einen harten Gegenstand traf und in Stücke brach. Zwischendurch sind immer wieder Momente vakuumartiger Stille eingetreten, wenn der Wind sich gelegt hat und nur noch das Trommeln des Regens im Hintergrund zu hören war. Ich kann mich an keine andere Nacht erinnern, in der ein so heftiges Unwetter getobt hat.

Ich muss dagegen angehen, stets aufs Neue zu bedauern, wie es überhaupt dazu kommen konnte, dass ich jetzt hier bin. Es ist zwecklos, und ich brauche meine Konzentration voll und ganz für das, was *jetzt* geschieht, nicht für das, was sich vor Stunden abgespielt hat. Aber immer wieder kommt mir unwillkürlich der Gedanke: Es muss eine Möglichkeit gegeben haben, wie ich das schon zu einem früheren Zeitpunkt hätte verhindern können! Ehe es so weit gekommen ist! Ich glaube allerdings nicht, dass diese Möglichkeit tatsächlich bestand. Matthew hat seine Geheimnisse zu gut bewahrt, und erst jetzt wird es mir gestattet, sie zu sehen, gestattet, an ihnen teilzuhaben.

Aber jetzt habe auch ich ein Geheimnis. Es ist noch kein großes Geheimnis, aber immerhin ein Vorgeschmack. Ich lerne Matthew Howard nämlich gerade zum ersten Mal richtig kennen, und obgleich ich noch nicht weiß, wie ich das, was ich hier entdecke, für meine Zwecke einsetzen soll, ist es doch der einzige Vorteil, den ich ihm gegenüber habe. Ich habe nicht die Absicht, diesen Vorteil ungenutzt zu lassen. Noch bleibt mir genug Zeit.

Das Leben kehrte fast wieder in seine früheren Bahnen zurück, aber nur fast, denn es gab geringfügige Unterschiede. Mein Vater hielt sich jetzt häufiger zu Hause auf. Meine Mutter, die in den letzten Monaten regelrecht aus unser beider Leben verschwunden war, sah man wieder ihre gewohnten Bewegungsabläufe in den Zimmern im Erdgeschoss aufnehmen. Oben wurden die Bücher und die Regale aus dem kleinen Zimmer am Ende des Korridors geräumt, und ein Kinderbettchen wurde vom Dachboden geholt und dort aufgestellt. Das

Baby, dessen normaler Gesichtsausdruck geballte Wut auszudrücken schien, nahm gelegentlich etwas mildere Züge an, die eine gewisse Ähnlichkeit mit Normalität aufwiesen, und über Nacht wurde es zu einem Teil unseres Lebens. Aus seinem weißen Zimmer mit den blassblauen Zudecken und Vorhängen waren manchmal Babygeräusche zu hören, wenn wir im oberen Stockwerk durch den Flur liefen. Eines Morgens kam unser Hausarzt, ein Hüne mit kühlen, trockenen Händen, sah sich das Baby an und erklärte es für gesund und munter. Vielleicht schaute er nur vorbei, weil er in unserer verschlafenen Ortschaft nichts Besseres zu tun hatte.

Ein Haus, in dem auf einmal fünf Menschen lebten, war für uns ungewohnt und löste Platzangst aus. Sophie und ich flüchteten in den Steinbruch.

Schon bald darauf waren die ersten Wespen im Garten zu sehen, suchten die Obstbäume ab und surrten um die Regenrinnen unseres Hauses herum. Sowie sich die anfängliche Aufregung über die Ankunft des Babys gelegt hatte, gewöhnte ich mich an den Gedanken, obgleich ein Baby nicht annähernd so viel Spaß machte, wie ich es mir ausgemalt hatte. So gab es beispielsweise keinen Kinderwagen, den man durch die Gegend schieben konnte, aber manchmal nahm meine Mutter die Tragetasche mit in die Sonne am Rande des Rasens. Allein schon das war ein Neubeginn, der von der üblichen Routine abwich; der Garten hinter dem Haus war für gewöhnlich ein Gebiet, in das sich meine Mutter niemals verirrte.

Sechs Jahre alt zu sein unterschied sich nicht nennenswert davon, gerade noch fünf gewesen zu sein. Ich spielte nach wie vor dieselben Spiele, fürchtete mich noch vor denselben Dingen und mochte weiterhin dieselben Geschichten. Das Älterwerden war ein fortlaufender Prozess, und den Beweis dafür sah ich erst später und aus einer neuen Perspektive.

Sophie und ich gingen Stichlinge im Teich hinter dem Hügel fischen. Die Sonne schien durch die Bäume und spielte auf meinem Rücken, als ich mich bückte und mühsam einen Wurm an das Ende meines Fadens band. Die kleinen Fische lebten in den alten Flaschen, Dosen und Metallstücken, die vor langer Zeit an einem Ende in den Teich geschüttet worden waren, und um sie herum. Wenn sie sich erst einmal an dem Wurm festgebissen hatten, konnte man sie geradewegs aus dem Wasser ziehen, weil sie nicht losließen.

Vergnügt und erschöpft kehrten wir nach Hause zurück. Meine Mutter hatte das Abendessen zubereitet, während wir draußen gewesen waren; wir nahmen es schweigend zu uns. Schon vor langer Zeit hatten wir es aufgegeben, sie für das zu interessieren, was wir unternommen hatten. Vor dem Schlafengehen erzählte mir Sophie eine Geschichte über einen Narren, der eine Prinzessin ehelichen durfte, weil er ihr eine tote Krähe und etwas Schlamm geschenkt hatte. Ich fand diese Vorstellung ungeheuer komisch und kicherte noch leise vor mich hin, als ich schon am Einschlafen war.

In der Nacht hörte ich im Traum ein Rascheln im Flur. Erst jetzt erkannte ich einige Dinge, die vorher nicht da gewesen waren: Die blauen Gardinen setzten sich dunkel gegen die bleichen Wände ab, und überall um mich herum waren Gitterstäbe. Das Licht, das durch den Türspalt fiel, wurde abrupt verdeckt, als sich draußen etwas vorbeischlich. Die Tür ging auf, und es kam in mein Zimmer geschlurft.

Mein Körper war regungslos erstarrt, und ich konnte nicht einmal atmen, als sich Ol' Gradys langarmige, gesichtslose Gestalt an der Wand entlangschlich und ihre gemurmelten Worte in meinem Gedächtnis Gestalt annahmen. *Wenn du ein böser Junge bist, Matthew, dann kommt Ol' Grady zu dir.*

Und während der Schrei aus meiner Kehle drang, erwachte ich zitternd.

Ich musste ziemlich viel Lärm veranstaltet haben. Das Licht im Flur wurde angeknipst, als ich nach dem Inhaliergerät tastete, das immer auf meinem Nachttisch lag. Sophie öffnete die Tür und schlich ins Zimmer.

»Was ist?«, flüsterte sie, als sie sich neben das Bett kniete. »Wieder derselbe Albtraum?«

Ich nickte hilflos und sog das Spray noch einmal tief ein. Allmählich löste sich die schmerzhafte Spannung im oberen Bereich meiner Brust, und das Ausatmen fiel mir wieder leichter.

»Okay, jetzt ist alles wieder gut«, murmelte sie und strich mir das Haar aus den Augen.

»Sophie, ich fürchte mich«, flüsterte ich zurück. »Da waren Gitterstäbe.«

»Gitterstäbe um dich herum?«, fragte sie, denn sie verstand mich augenblicklich.

»Ja.«

»Mist.« Sie überlegte kurz. »Mattie, du musst auf mich hören. Ol' Greedy ist jetzt fort. Er ist tot. Verstehst du das? Es war nichts weiter als ein böser Traum.« Sie sah so starr in meine Augen, als wollte sie mich mit bloßer Willenskraft dazu bringen, ihr zu glauben, doch sie sah selbst, dass es zwecklos war. Ein innerer Kampf zeichnete sich auf ihrem Gesicht ab, als sei sie nicht sicher, was sie jetzt tun sollte. Dann fasste sie anscheinend einen Entschluss.

»Fühlst du dich jetzt besser?«

»Ja«, sagte ich. »Ich glaube, es war wohl doch nur ein Traum.«

Sie strich mir über den Kopf und lächelte. »Du meinst, du weißt es ganz genau. Mehr war es nämlich nicht, Mattie, nichts weiter als ein böser Traum. Ol' Greedy ist schon lange tot. Möchtest du ihn sehen?«

Ich sah sie verständnislos an.

»Zieh dir eine Hose und Schuhe an«, sagte sie. »Und deinen Mantel. Es ist kalt draußen.«

»Gehen wir aus dem Haus?«, fragte ich. »Es ist mitten in der Nacht!«

»Ja, ich weiß. Mach dir keine Sorgen, ich bin ja bei dir. Zieh dir nur schnell etwas über, okay?«

»Okay«, willigte ich ein. Ich war zwar verwirrt, aber doch nicht bereit, mir die Gelegenheit entgehen zu lassen, etwas Spannendes zu erleben. Ich hatte keine Ahnung, was Sophie vorhatte. Sie ging stumm in ihr Zimmer zurück und tauchte wenige Minuten später wieder auf; auch sie hatte sich Kleidungsstücke über ihren Schlafanzug gezogen. Ich hatte Schwierigkeiten mit den Schnürsenkeln, und ausnahmsweise bestand Sophie nicht darauf, dass ich es selbst tat, sondern band sie mir schnell und ordentlich zu.

»Das hätten wir. Bist du so weit?«

»Wohin gehen wir?«, fragte ich fasziniert.

»Das erzähle ich dir auf dem Weg. Und jetzt sei leise. Du willst doch das Baby nicht wecken.«

»Nein«, stimmte ich ihr zu.

Wir gingen nach unten und liefen durch die verlassene Küche. Sophie zog den Riegel an der Hintertür zurück, und wir traten in den mondhellen Garten hinaus. Am Himmel prangten Sterne.

»Es ist dunkel«, sagte ich.

»Ich habe eine Taschenlampe«, erwiderte Sophie. »Mach dir keine Sorgen. Und jetzt hier entlang.« Wir liefen über den Rasen in Richtung Bach. Sophie redete auf dem Weg leise auf mich ein.

»Es ist nicht leicht zu verstehen«, sagte sie. »Ich möchte aber, dass du es trotzdem versuchst. Ol' Greedy existiert nicht. Er ist wie ein Märchen, kapiert?«

»Kapiert«, meinte ich unschlüssig.

»Er ist nichts weiter als eine Idee, um Leuten Angst einzujagen. Er ist ... äh ... so was wie der Butzemann.«

»Ich habe ein Buch über einen Butzemann«, flüsterte ich.

»Ja, ich weiß. Was ich damit sagen will, ist, dass Ol' Greedy dich zwar schon einmal erschreckt hat, aber er wird dich nie wieder erschrecken. Vorsicht, hier ist es glitschig.«

Wir überquerten die schmale Brücke und liefen durch den Obstgarten. Die kleine Ansammlung von Schuppen ragte in der Nacht vor uns auf. Sophie schaltete die Taschenlampe an, und die Schatten sprangen umher wie schwarze Flammen. Ich streckte zaghaft den Arm aus und schmiegte meine Hand in ihre.

Sie lächelte. »Es gibt nichts, wovor du dich fürchten müsstest«, sagte sie. »Aber ein bisschen gruselig ist es schon, findest du nicht auch?«

»Doch«, sagte ich kleinlaut.

»Aber das macht nichts. Ich bin bei dir.« Wir liefen an einigen Schuppen vorbei und blieben vor einem stehen, der an die Mauer am Ende des Gartens grenzte. Sophie zog einen Schlüssel heraus und hielt ihn in den Lichtstrahl ihrer Taschenlampe, während sie das Vorhängeschloss öffnete.

»Du darfst dich nicht fürchten, okay?«, sagte sie. »Du musst jetzt tapfer sein.«

Sie öffnete die Tür des Schuppens. Einen Moment lang war da nichts, und dann schnellte ein langer Arm aus der Öffnung und streifte den Türrahmen. Im ersten Augenblick setzte mein Herzschlag aus, und gleich darauf schlug mir das Herz bis zum Hals. Ich klammerte mich an Sophies Hand.

Jetzt schwang die Tür ganz auf. Innen an der Tür hing die Haut von Ol' Grady.

Sophie richtete die Taschenlampe darauf. »Siehst du?«, sagte sie.

Ich sah hin. Es war keine Haut; es war eine Art Mantel.

»Komm rein«, sagte sie. »Ich zeige es dir.«

Immer noch starr vor Angst folgte ich ihr ohne Widerspruch in den Schuppen. Sophie schloss die Tür sorgsam hinter uns, stellte die Taschenlampe auf einem Regal ab und setzte sich auf den Rand einer großen Metalltrommel. Stumm starrten wir Ol' Grady an.

»So, und was ist das nun?«, fragte Sophie, nachdem etwa eine Minute vergangen war.

Ich schluckte. »Ein Mantel«, antwortete ich.

»Aber du dachtest erst, es ist etwas anderes ...?«, fragte sie.

»Mhm«, gab ich zu. »Das sieht gruselig aus.«

»An einem Mantel ist nichts Gruseliges«, sagte Sophie. »Das hier ist ein ganz spezieller Mantel. Er ist für Regenwetter. Solche Mäntel tragen sie auf Booten. Ölzeug heißt das. Du siehst ja selbst, dass der Mantel ziemlich lang ist. Damit auch die Knie trocken bleiben.«

Auf diese nüchternen Aspekte reduziert schien die Haut von Ol' Grady tatsächlich einen Teil dessen zu verlieren, wovor mir derart gegraut hatte. Mein Griff lockerte sich ein klein wenig, aber ich hielt Sophies Hand immer noch fest.

»Es ist nichts weiter als ein Mantel«, sagte Sophie. »Wenn man ihn ganz normal anzieht, sieht er aus wie ein Regenmantel. Er hat auch eine Kapuze, siehst du?«

»Mhm.«

»Lass mich mal einen Moment los«, sagte sie. Sie nahm den Mantel vom Haken und hielt ihn hoch. »Mir ist er viel zu lang. Wenn ich ihn anziehe, sehe ich darin aus wie ein Zwerg.«

Ich kicherte nervös. »Willst du ihn anprobieren?«, fragte Sophie.

»Ich weiß nicht recht«, sagte ich. Allmählich fiel die blinde Panik, die ich verspürt hatte, als der Ärmel um die Tür herumgeschwungen war, von mir ab. Ich streckte entschlossen die Hand aus und berührte den Mantel. Er fühlte sich schwer und glatt an.

»Mach schon«, sagte Sophie. »Keine Sorge.« Sie half mir, die Arme in die Ärmel zu stecken, und dann zog sie den Mantel um mich. Der Saum hing auf den Boden. »Es ist nichts weiter als ein Mantel, richtig?«

Ich lachte. »Ja, es ist wirklich nur ein Mantel.« Gelächter sprudelte in mir auf. »Es ist nichts weiter als ein *Mantel!*«, bestätigte ich. Sophie nickte lächelnd.

»Möchtest du so tun, als wärst du Ol' Greedy?«, schlug sie vor.

»O ja. Wie geht das?«

»Zieh ihn aus.« Sie half mir dabei. »Und jetzt dreh ihn um, ja? Zieh ihn falsch rum an, mit dem Vorderteil nach hinten. Jetzt siehst du nämlich gar nicht mehr so aus, als hättest du einen Mantel an. Und wenn du jetzt noch die Kapuze aufsetzt, siehst du aus, als hättest du kein Gesicht. Mach schon, probier es aus.« Nervös zog ich mir die Kapuze über den Kopf. Innen roch der Mantel warm und leicht verschwitzt. Ich stellte fest, dass in dem Stoff ein Riss war, durch den ich schauen konnte.

»Wow«, sagte Sophie. »Ganz schön gruselig, Mattie. Ich glaube, du solltest jetzt am besten heulen wie ein Gespenst.«

Ich kicherte. »Huuuh!«, sagte ich leise.

»Lauter. Hier kann uns niemand hören.«

»Huuuh! Huuuh!«

»Das war schon besser. Du bist wirklich ein gruseliges Gespenst.«

»Im Ernst?«

»Ja.«

Ich wedelte mit den Armen. »Mich gruselt es tatsächlich.« Sophie grinste.

»Und wenn du mit dem Rücken an der Wand läufst, kann niemand die Öffnung sehen«, fuhr sie fort. »Verstehst du? Und deshalb sieht es erst recht nicht mehr nach einem Mantel aus.«

»Du warst ein böser Junge, Matthew«, sagte ich. »Wenn du ein böser Junge bist, kommt Ol' Grady.« Ich zog mir die Kapuze wieder vors Gesicht. »Dann gibt es Ol' Grady also gar nicht?«

»Nein. Er ist nichts weiter als ein alter Mantel. Ziemlich albern, was?«

»Ja«, sagte ich. »Das ist wirklich albern.« Ich unterbrach mich. »Die Stangen …«

»Die Gitterstäbe in dem Traum?«

»Ja. Das könnten die Stäbe eines Kinderbetts sein, oder nicht? Das Baby hat so eines.«

»Richtig. Ich glaube, so war es, Mattie.«

»Aber das ist doch schon lange her, und jetzt ist Ol' Grady tot.« Ich gähnte. »Ich glaube, ich habe es verstanden.«

»Alles klar? Willst du jetzt wieder ins Bett?«

»Okay«, sagte ich und gähnte noch einmal. »Häng Ol' Grady wieder auf.« Wir hängten den Mantel an den Haken zurück und gingen in die Dunkelheit hinaus. Hinter den Hügeln im Osten begann sich der Himmel gerade aufzuhellen. Ich hielt die Taschenlampe, während Sophie den Schuppen abschloss, und dann eilten wir durch die kalte Nachtluft zur Küchentür.

Als wir im Haus waren, brachte Sophie mich wieder ins Bett. »Fühlst du dich jetzt besser?«

»Ja«, sagte ich.

»Okay. Du bist ein ganz schön tapferer Junge, findest du nicht auch?« Ich errötete.

Sie schloss leise die Tür hinter sich, und ich hörte ihre Schritte im Flur und dann das Klicken, mit dem sich ihre Tür schloss.

Er reibt sich voller Unbehagen die Hände, und seine Stimme klingt jetzt angespannt. Ich lehne starr an der Wand, rühre mich nicht, sage kein Wort und bemühe mich, mir nicht ansehen zu lassen, was ich denke.

Er sagt: »Älter als fünf kannst du nicht gewesen sein. Was hast du getan, Sophie? Wie hast du Ol' Grady umgebracht?« Einen Moment lang versinkt er in Schweigen. Dann fährt er fort: »Es schien immer so, als fürchtete sie sich. Vor dir. Als hasste sie dich einerseits, fürchtete dich aber andererseits zu sehr, um etwas zu unternehmen.« Sein Lachen klingt rau. »Wer von euch beiden endete eigentlich in der Rolle des Opfers? Kannst du mir das verraten? Anfangs warst du es, aber dagegen hast du dich verdammt schnell gewehrt. Du hast den Spieß umgedreht. Als du erreicht hattest, was du wolltest, war Ol' Grady tot und Mummy nur noch eine leere Hülle. Gehässig, das schon, aber das war gar nichts im Vergleich zu dem, was sie früher einmal gewesen sein muss. Als du sie kanntest.«

»Ich weiß nicht, was du meinst.« Aber wenn ich ehrlich bin, glaube ich allmählich, dass ich es doch weiß.

»Du hast Ol' Grady getötet, und du hast sie in ihren staubigen Salon zurückgedrängt, aber du warst zu spät dran, um den Träumen Einhalt zu gebieten. Und daran ließ sich nichts ändern. Die Erinnerungen waren immer noch da, irgendwo verschüttet. Man konnte sie nicht in derselben Form einfach aus der Welt schaffen. Das muss dich … erbost haben. Es muss dir vorgekommen sein, als seist du gescheitert. Und das Gefühl, versagt zu haben, hat dir gar nicht behagt.«

»Du meinst, ich wollte immer alles im Griff haben?«

»Genau.« Ich lächle vor mich hin. Er sagt: »Es muss dich gequält haben. Das kann ich verstehen. Ich weiß, wie dir zumute war.«

Diese Worte lassen mich blinzeln. Wie viel hat Matthew inzwischen begriffen? Wie viel war ihm schon damals klar gewesen? Das ist ein erschreckender Gedanke. Wenn man ihn reden hört, könnte man meinen, er ahnte nicht das Geringste von den Realitäten, die sich um ihn herum abspielten, und die Wahrheit darüber, was – wer – Ol' Grady war, sei ihm ewig lange verschlossen geblieben. Oder wünscht er sich nur, es wäre so gewesen? Ich höre lediglich das, was er sagt. Und seine letzte Bemerkung erscheint mir fast wie ein Eingeständnis.

Nach einer Weile fährt er fort. »Weißt du, ich war nämlich wieder im Steinbruch.« Das scheint eine rein zufällige Bemerkung gewesen zu sein, und ich warte darauf, dass er näher darauf eingeht, aber das tut er nicht. Stattdessen springt er auf, läuft in der Küche auf und ab und späht durch die Ritzen um die Sperrholzplatten vor den Fenstern hinaus. Es blitzt jetzt seltener, und sein Gesicht bleibt im Dunkeln. Er scheint nach etwas Ausschau zu halten, und mir geht schlagartig auf, dass er versucht, die Hügelkuppe hinter dem Haus zu sehen, wo der Steinbruch liegt. Der Regen prasselt unvermindert herab, und das alte Haus um mich herum krächzt und murmelt. Während er reglos dasteht, ist es für kurze Zeit fast so, als sei ich allein. Ich verspüre einen unbändigen, beinah übermächtigen Drang zu weinen, mein Gesicht in meine Arme zu legen und zu vergessen, wo ich bin. Das wäre ganz einfach.

Ich frage: »Was kannst du erkennen?«

Meine Stimme überrascht ihn, und er dreht sich zu mir um. »Nicht viel. Nicht bei diesem strömenden Regen …« Geistesabwesend wendet er sich wieder dem Fenster zu. Er bleibt noch eine Zeit lang dort stehen, und dann kehrt er zu seinem Platz mir gegenüber zurück. Die Kerze wirft seinen Schatten groß und flackernd auf den Verputz der Wand, und in diesem Moment kann ich mir ausmalen, wie sich Ol' Grady an die Wände des Kinderzimmers presst, als er sich anschleicht und die Arme durch die Gitterstäbe nach ihm ausstreckt.

Der Sommer war schon fast vorüber. Manchmal trug eine Brise den Geruch der rauchenden Feuer vom Bauernhof zu uns.

Es passierte mitten in der Nacht, und als Sophie mich wach rüttelte, waren schon Fahrzeuge zu hören, die draußen die Auffahrt hinaufkamen. Von unten drangen Stimmen herauf. Ein Krankenwagen war gekommen, und Doktor Roberts war auch da. In der Küche erzählte er meiner Mutter, während Sophie und ich stumm dabeistanden, von Fällen von plötzlichem Kindstod und dass es jederzeit grundlos dazu kommen konnte. Es gab nichts, sagte er, was sie hätte tun können. Mein Vater war nicht zu Hause. Meine Mutter saß da wie eine Statue und hatte ihre Hände so makellos wie Alabaster auf der glatten Tischplatte gefaltet.

Hinterher fragte ich Sophie: »Ist das Baby jetzt tot?«

»Ja«, sagte sie.

»Oh«, sagte ich. Wir saßen auf der Treppe. Aus der Küche kamen noch Stimmen, und dann knirschte der Kies der Auffahrt, als ein Wagen eintraf.

»Ist Mummy traurig?«

»Ich weiß es nicht.

»Doktor Roberts hat gesagt, es gibt nichts, was wir hätten tun können«, sagte ich.

Sophie nickte. »Ja, ich weiß.«

Eine Tür wurde zugeschlagen. Wir saßen da, und keiner schenkte uns Beachtung, während die übrigen Anwesenden umherliefen und sich um ihre eigenen Angelegenheiten kümmerten.

7

Ich ringe nach Worten, um das Schweigen zu brechen. Schließlich sage ich dann: »Was hast du empfunden? Damals?«

»Ich kann mich kaum noch daran erinnern.« Seine Stimme ist heiser und unangenehm. »Seitdem ist viel geschehen, bist du nicht auch der Ansicht? Es ist nicht so einfach, alles andere außer Acht zu lassen.«

»Kannst du es denn nicht … versuchen?«

Er seufzt. »Ich weiß nicht, was ich empfunden habe. Vermutlich eine Art Enttäuschung. Nicht allzu viel. Niemand schien etwas empfunden zu haben. Es ging nicht nur mir so.«

»Glaubst du nicht, dass sie ihre Gefühle einfach nur verborgen haben?«

Er schüttelt den Kopf. »Ich weiß es nicht. Das klingt … menschlicher, nicht wahr? Vielleicht war es ja wirklich so.«

Seine Augen huschen blitzschnell im Raum umher, als suchte er etwas. Er sagt: »Das nächste Mal habe ich Caitlyn auf Mummys Beerdigung gesehen. Sie war älter. Sie hat mich gesehen, aber sie hat mich entweder nicht erkannt, oder sie wollte mich nicht erkennen. Sie war mit einem Mann da, den ich noch nie gesehen hatte. Ich glaube, sie waren verheiratet.« Er fährt sich gereizt mit einer Hand durchs Haar. »Es hat mir nichts ausgemacht. Inzwischen war sie nur noch eine von vielen Personen, die aus unserem Leben verschwunden waren. Es ist seltsam. Sie wirkte nicht glücklich, und das hat mich gefreut.«

»Würde es dich heute immer noch freuen?«

»Das glaube ich kaum. Ich war erst elf. Alles war … war dabei, in Stücke zu brechen. Das weißt du doch. Vielleicht hatte ich das Gefühl, sie hätte es verdient.«

»Warum?«

»Verdammt noch mal, halt endlich den Mund.« Er fährt sich wieder mit einer Hand durch das Haar und lässt seine Stirn in die Handfläche sinken. Er sitzt da und wiegt den Kopf, und ich beobachte ihn wortlos. Wieder ängstigt mich das, worauf ich einen flüchtigen Blick erhascht habe.

Wenn Matthew berechenbar wäre, wäre alles in Ordnung; aber das ist er nicht, und seine Stimmungsschwankungen und die abrupten Themenwechsel erschrecken mich. Wenn ich ehrlich bin, weiß ich, dass ich hier in noch größerer Gefahr schwebe, als ich anfangs dachte. Ich weiß auch, dass ich, realistisch gesehen, nur sehr geringe Chancen habe, die Dinge zu meinem Vorteil zu beeinflussen. Ich bin noch nicht einmal sicher, ob das, was ich hier tue – warten und beobachten –, das Klügste ist, was ich im Moment tun kann, oder ob ich stattdessen versuchen sollte, wieder einmal eine Konfrontation zu erzwingen. Ich drücke mein rechtes Auge zu und spüre meine Wange brennen; nein. Ich habe es schon versucht, und es ist nichts dabei herausgekommen.

Inzwischen verstärkt sich mein Gefühl, dass es nichts gibt, was ich tun kann – dass es aus dieser Situation keinen Ausweg gibt. Matthew, der mir gegenübersitzt, mit gesenktem Kopf und ohne ein Wort zu sagen, ist mein Feind und zugleich meine einzige Hoffnung. Ich weiß nicht einmal genau, wie das Los aussieht, dem ich zu entrinnen versuche.

Ich habe mein kleines Arsenal an Waffen: die geschwollene

Stelle auf einer Seite meines Gesichts, die Erinnerungen an die Außenwelt, die winzigen, bruchstückhaften Informationen über Matthew, von denen ich mir immer wieder sage, dass sie sich mit der Zeit zu etwas zusammensetzen werden, was ich verwenden kann. Was ist, wenn es niemals dazu kommt? Was ist, wenn das, was er sagt, unzusammenhängendes Gerede ist? Die eigentliche Ironie aber ist die, dass ich, um diesen undurchschaubaren Wahnsinn zu verhindern, darauf angewiesen sein werde, ihm zu vertrauen, selbst wenn es sich als noch so schwierig erweist. Ich beiße fest auf meine Unterlippe. Ich weiß, dass ich es schaffen kann, wenn ich weiterhin stark bleibe.

Er hebt den Kopf, legt seine Handflächen vor dem Mund zusammen und starrt mich an. Mir wird klar, dass ich diesen Mann so gut wie gar nicht kenne.

»Was denkst du gerade?«, fragt er.

»Nichts.«

»Sag es mir.«

»Ich weiß es wirklich nicht. Ich fürchte mich zu sehr, um einen klaren Gedanken zu fassen.«

Er sieht mich überrascht an. »Du brauchst dich nicht zu fürchten. Aber wenigstens sagst du jetzt die Wahrheit. Das ist gut.«

Ich muss mir ein Lachen verkneifen. Das Geständnis war nicht beabsichtigt, es kam rein zufällig über meine Lippen. Ich fürchte mich tatsächlich zu sehr, um einen klaren Gedanken zu fassen. Diese Überlegung ernüchtert mich, und mir wird klar, dass ich, wenn ich weiterhin sage, was mir durch den Kopf geht, einen Fehler machen werde – früher oder später. Das unterdrückte Gelächter in meinem Innern löst sich augenblicklich in Luft auf.

Zwischen dem Tod des Babys und meinem neunten Geburtstag herrschte eine Flaute, in der sich nichts tat, was große Freude oder große Traurigkeit auslöste, und mein Gedächtnis hat diese Phase zu einigen wenigen scharf umrissenen Bildern verdichtet: auf den Feldern auf der gegenüberliegenden Seite des Weges in der Abenddämmerung die Kaninchen beobachten; eine Prügelei auf dem Schulhof, aus der ich ausnahmsweise als Sieger hervorging; Sophies Verdruss, weil sie im Alter von neun Jahren eine Zeit lang eine Zahnspange tragen musste, um eine kleine Unregelmäßigkeit zu korrigieren – obwohl ich mich erinnere, dass niemand sie damit aufzog; mit Elizabeth Anne nach der Schule Händchen halten und inbrünstig hoffen, dass niemand es bemerkt hat; einen Vogel einfangen, der durch die offene Tür in die Küche geflogen ist, und seinen irrsinnigen Herzschlag spüren, ehe ich ihn loslasse. Schöne Erinnerungen, alle miteinander. Und natürlich wurde ich größer und älter und trug zum ersten Mal auf dem Schulweg eine lange Hose.

Aber in all der Zeit gab es immer noch nur uns beide. In den Sommerferien, in denen Sophie elf wurde und ich neun, spielten wir wieder an denselben Orten wie schon vor drei Jahren, obwohl sich unsere Spiele vielleicht von den früheren unterschieden.

Auf dem Heimweg von der Schule roch die Luft stark nach dem Rauch der Feuer, in denen die Gartenabfälle verbrannt wurden. Eine silberne Wolkenbank hing tief am Himmel im Westen, obwohl es ein klarer Tag war. Die Hecken und Straßenränder waren von den Braun- und Rottönen des Herbstes durchsetzt, und an den Kastanienbäumen hingen schwer die stacheligen Früchte. Unsere Klasse nahm im Naturkundeunterricht Früchte und Samen durch, und daher kannte ich jetzt einige der üblicheren Gewächse bei ihrem Namen und begriff, wie die Windbestäubung bei Löwenzahn und Platanen funktionierte, nicht aber beim Ilex. Sophie und ich plauderten unbeschwert darüber, was wir an jenem Tag gelernt hatten, welche Lehrer wir mochten und was sich zugetragen hatte. Im Lauf des Tages sahen wir einander seltener als früher; unter den älteren Kindern verhärteten sich die Grenzen zwischen verschiedenen Jahrgängen, sodass wir sogar in den Pausen kaum noch miteinander redeten.

»Ich baue ein Flugzeug«, sagte ich.

»Wohin wirst du damit fliegen?«

»Sei nicht so albern. Ein Modellflugzeug. Wir sind zu viert, und die Flügel haben wir schon fast fertig. Es ist aus Balsaholz, und wir werden es mit Papier und Lack und solchem Zeug überziehen.«

»Ach ja? Wann werdet ihr es fertig haben?«

»Noch vor den Herbstferien«, sagte ich leichthin. Es hatte Auseinandersetzungen darüber gegeben, wer die Tarnung entwerfen sollte, und meine Zeitangabe war reichlich optimistisch.

»Ich würde mir das gern ansehen, wenn es fertig ist«, sagte Sophie. Sie deutete auf den Hügel, an dem wir gerade vorbeikamen. »Siehst du das?«

»Was?«, fragte ich. Dort stand der alte Bauernhof, wo wir früher einmal Backsteine gestohlen hatten.

»Sie verkaufen ihn«, sagte Sophie. »Tessas Dad arbeitet manchmal dort. Eine richtig große Firma hat sich hier niedergelassen und alles aufgekauft. Ich weiß nicht, was sie damit anfangen werden, aber offenbar sind sie hinter Land hier in dieser Gegend her.«

»Glaubst du, sie würden unser Haus wollen?«, fragte ich.

»Ich weiß es nicht. Wir liegen etwas weiter ab vom Schuss,

verstehst du. Und bisher ist mir nichts aufgefallen.« Das hieß im Klartext, dass sie noch nichts in Erfahrung gebracht hatte. »Wahrscheinlich nicht. Wir sind in einer komischen kleinen Senke, verstehst du? Durch die der Bach geht. Also ist das Grundstück für solche Leute wahrscheinlich ungeeignet.«

»Werden die Felder deshalb nicht bestellt?«

»Die hinter dem Haus? Ja, genau. Aber all diese Felder hier werden auch bald verschwinden.« Mit einer Handbewegung beschrieb sie das Ackerland neben der Straße. »Jedenfalls dachte ich, es könnte nützlich sein, darüber Bescheid zu wissen. Hier tut sich normalerweise so wenig.« Sie schüttelte den Kopf.

»Mr. Fergus wollte dich sprechen, das stimmt doch?«, fragte ich.

»Ja.«

»Weshalb?«

Sie drehte sich grinsend zu mir um. »Du neugieriger kleiner Knirps. Er wollte mit mir über Schulen sprechen. Du weißt schon, wohin ich anschließend gehe. Nächstes Jahr finden die Prüfungen statt.«

»Warum hat er nicht mit Mummy darüber geredet?«

»Ich glaube, er hat es getan. Sie scheinen anzunehmen, ich könnte ein Stipendium bekommen. Das würde zusätzlichen Unterricht und dergleichen bedeuten.«

»Und? Wirst du es versuchen?«

»Ich weiß es nicht. Fergus will doch nur seine beschissene kleine Schule aufgewertet sehen. Und schließlich sind wir ja finanziell nicht auf ein Stipendium angewiesen. Ich weiß also wirklich noch nicht, was ich tun werde. Ob ich überhaupt ein Stipendium haben will.«

»Dann wirst du dich also dumm stellen?«

Sie lachte leise. »Ja, das kann schon sein. Ich nehme an, sie glauben, sie hätten das alles unter sich geregelt. Ich werde es mir überlegen.«

Wir liefen eine Zeit lang schweigend weiter und freuten uns an dem herbstlichen Farbenspiel. Ein kräftiger Wind kam auf; seine volle Wucht konnten wir in der Ferne sehen, wo am Horizont die Silhouetten zerzauster Bäume aufragten.

»Ich dachte mir, wenn das Flugzeug erst mal fertig ist, könnte ich es vom oberen Rand des Steinbruchs fliegen lassen«, sagte ich. »Um zu sehen, ob es wirklich fliegt.«

»Ja, warum nicht? Aber bring keinen von den anderen mit, okay? Es ist immer gut, einen Ort zu haben, den man ganz für sich allein hat.«

»Ich weiß«, sagte ich. »Wenn es rechtzeitig fertig wird, könnten wir es in den Herbstferien fliegen lassen. Das heißt, falls ich es mir für ein paar Tage ausleihen kann. Und natürlich nur, wenn es nicht regnet«, fügte ich zweifelnd hinzu.

»Eine unberechenbare Angelegenheit, diese Zukunft«, sagte Sophie. »Man kann nie sicher sein, was alles passieren könnte. Man kann es sich noch nicht einmal zuverlässig ausmalen. So viel zur Chaos-Theorie.«

Wir liefen gerade um die zweite Straßenbiegung und unser Haus kam in Sicht, auf dem Grund einer Senke in den lang gestreckten Garten gekauert. Auf der Auffahrt war deutlich der Wagen meines Vaters zu erkennen.

»Was glaubst du wohl, was Daddy hier macht?«, fragte ich.

»Keine Ahnung. Das ist wohl wieder mal einer seiner Überraschungsbesuche. Vielleicht bekommen wir heute zur Abwechslung etwas Anständiges zum Abendessen.« Ihr Tonfall war hart und unwirsch.

»Es ist doch nicht seine Schuld«, sagte ich voller Unbehagen.

Sophie warf mir einen Blick zu und zog eine Augenbraue hoch.

»Was ist nicht seine Schuld?«

»Dass er die ganze Zeit fort ist.«

»Ach was? Glaubst du etwa, es läge an seiner Arbeit oder so was, dass er dauernd weg ist?«

Ich starrte sie an und wusste nicht, was ich dazu sagen sollte.

»Verdammter Mist, das hast du doch nicht im Ernst geglaubt, oder?« Sie schüttelte wieder den Kopf. »Himmel. Hast du etwa nicht den Eindruck, dass er keine besonders große Lust hat, mit uns allen zusammen zu sein?«

»Ich weiß es nicht«, sagte ich.

Sie seufzte und versetzte mir dann einen sachten Klaps auf den Arm. »He. Tut mir Leid. Ich wollte dich nicht anschnauzen.«

»Ist schon gut.« In der Nähe des Waldes flogen Vögel über den Himmel, und ich folgte ihnen mit den Augen, bis sie aus meiner Sicht verschwanden.

»He«, sagte Sophie nach einer Pause. »Habe ich dir eigentlich schon erzählt, dass ich meine Periode habe?«

»Ehrlich?«

»Ja. Ich glaube, ich bin die Erste in meiner Klasse.«

»Und wie ist das?«

»Eigenartig. Aber nicht schlimm. Irgendwann habe ich wirklich angefangen, mir Sorgen zu machen wegen all diesem Zeug, das man so hört, über Schmerzen und Krämpfe und so weiter, aber nichts von alledem ist passiert.«

»Hast du es Mummy gesagt?«

»Nein. Wieso? Findest du etwa, ich sollte es ihr erzählen? In den Salon spazieren und sagen: ›Hallo, Mummy, wusstest du schon, dass deine Tochter jetzt eine funktionsfähige Frau ist?‹«

Sie kicherte. »Nein, ich glaube, das lasse ich lieber bleiben. Ich habe Klopapier benutzt und mir dann Binden und so weiter gekauft.«

»Woher hattest du denn das Geld?«, fragte ich. Sie sah mich ganz seltsam an.

»Ich habe gespart«, sagte sie. »Warum? Glaubst du, ich hätte es gemopst?«

»Nein«, sagte ich eilig. »So meinte ich das nicht.«

Einen Moment lang starrte sie mich beinah zornig an, und dann veränderte sich ihr Gesichtsausdruck, und ihre Züge wurden freundlicher. »Ach, Mist. Natürlich habe ich es geklaut. Aber wer hätte es mir denn geben sollen? Ich habe gelernt, für mich selbst zu sorgen.« Wir bogen in die Auffahrt ab, unter unseren Füßen knirschte der Kies. »Und noch etwas, Mattie: Falls du mal Bargeld für irgendetwas brauchst, dann versuch um Himmels willen nicht, es selbst zu beschaffen. Du würdest alles vermasseln. Sag mir Bescheid, und ich gebe dir, was du brauchst, okay?«

»Okay«, sagte ich, doch insgeheim war ich reichlich schockiert. Dann blieb ich stehen, weil wir das Haus schon fast erreicht hatten. »Sophie?«

»Ja?«

Ich zögerte. »Was hast du … ich meine, wie hast du es angestellt? Hast du es aus ihrer Tasche genommen?«

Ein bedächtiges Lächeln breitete sich auf ihrem Gesicht aus. »Nein, du Dummkopf«, sagte sie und gab mir wieder einen leichten Klaps. »Das würde ihr doch auffallen. Ich habe ihre Karte für den Bargeldautomaten an mich gebracht. Den PIN-Code hat sie ins Telefonbuch geschrieben. Das ist ganz schön dämlich, weil die Vorwahl fehlt und die Telefonnummern in dieser Gegend fünfstellig sind.« Sie zuckte die Achseln. »Komm jetzt, lass uns sehen, ob wir was zu essen kriegen.«

Was Sophie über meinen Vater gesagt hatte, ließ mir keine Ruhe. Als ich an jenem Abend im Bett lag, wurde mir klar, dass sie zweifellos Recht hatte, und es verwirrte mich, dass ich nicht von allein zu derselben Schlussfolgerung gelangt war. Fünf Kinder in meiner Klasse hatten Eltern, die geschieden waren oder getrennt lebten, aber ich wäre niemals auf den Gedanken gekommen, mich als eine mögliche Nummer sechs dazu zu zählen. Meine Eltern lebten nicht getrennt; mein Vater lebte schlicht und einfach so gut wie nie mit uns zusammen, das war alles. Als ich begann, unter diesem neuen Gesichtspunkt über die Situation nachzudenken, stellte ich fest, dass ich mich fürchtete und mir Sorgen machte. Ich konnte die seltsame Beziehung zwischen meinen Eltern nicht mehr länger als eine dauerhafte Beziehung ansehen. Am nächsten Tag ging ich mit einigen dieser Ängste zu Sophie. Wir schlenderten am Waldrand entlang und suchten angeblich Samen für eines meiner Projekte.

»Man sagt, ein quietschendes Tor hält am längsten«, sagte sie. »Das heißt, selbst dann, wenn etwas nicht in Ordnung zu sein scheint, kann es noch Jahre halten. Und manche Dinge, die nach außen hin wunderbar funkeln und glänzen, können innerlich morsch sein. Das bedeutet, es gibt auch den umgekehrten Fall.«

»Da hast du vermutlich Recht«, sagte ich. »Aber besonders nett kann das nicht gerade sein.«

»Du bist ein echter Romantiker, stimmt's?«, fragte sie. »Natürlich ist das nicht gerade besonders *nett.* Aber andererseits könnte ich auch nicht behaupten, dass Mummy eine besonders *nette* Person ist, oder kannst du das etwa?«

»Glaubst du, es ist ihre Schuld?«, fragte ich.

»Ja«, sagte Sophie mit scharfer Stimme.

Wir hatten eine Plastiktüte zur Hälfte mit diversen geflügelten und pelzigen Samen gefüllt. Am Waldrand in der Nähe des umgestürzten Baums, zu dem wir vor ein paar Jahren einmal einen Spaziergang mit unserer Cousine unternommen hatten, blieben wir stehen und schauten auf dic Farm hinunter.

»Glaubst du, dort steht alles leer?«, fragte ich.

»Ich weiß es nicht. Da unten wächst ein Kastanienbaum«, fügte Sophie hinzu. »Und Samen gibt es auch dort.«

»Können wir hingehen und welche holen?«

»Wenn du magst. Das da unten sind übrigens Esskastanien. Wir könnten sie sammeln und sie später rösten.«

»O ja!«

Sie grinste. »Na, komm schon. Da können wir uns dann auch gleich noch auf dem Bauernhof umsehen.«

Selbst damals hatte ich schon den Verdacht, Sophies wahrer Grund dafür, an jenem Tag gemeinsam mit mir querfeldein zu laufen, sei der, dass sie sich ansehen wollte, was aus dem alten Bauernhof geworden war – ob er wirklich verkauft worden war oder nicht. Wir krochen unter Stacheldraht durch und kletterten über eine niedrige Schiefermauer und gelangten auf einen gewundenen Pfad, der zwischen der Straße und den Farmgebäuden verlief. Die drei Bäume mit den Esskastanien waren etwas weiter weg, den Kastanienbaum erreichten wir als Ersten. Wir verbrachten eine vergnügliche halbe Stunde damit, stachlige Kastanien aus dem welken Laub zu scharren und sie mit unseren Schuhsohlen zu reiben, bis sie aufplatzten und ihre schimmernden braunen Früchte freiwillig herausrückten. Eilig häufte ich eine große Sammlung an und packte sie ganz unten in die Tüte. Die beeindruckendsten Exemplare steckte ich mir in die Taschen. Dann liefen wir den Weg weiter hinunter zu den Esskastanien. Hier fanden wir jedoch nur unbrauchbare Früchte, die so dünn wie Waffeln waren. Trotzdem beschlossen wir irgendwann, wir hätten genug für ein ordentliches Festmahl.

»Also gut«, sagte Sophie schließlich. »Wenn wir diesen Weg nehmen, können wir uns hier noch unauffällig umsehen.«

Die Gebäude waren niedrig und grau. Der Bauernhof war nicht annähernd so groß wie der auf der anderen Straßenseite, zu dem eine Anzahl von großen roten Traktoren gehörte, aber auch eine einäugige Katze, die auf der Mauer saß und fauchte. Stattdessen gab es hier zwei Wohngebäude, einen Schuppen, in dem Ölfässer standen, und eine lange Scheune aus Wellblech. Wir schlichen uns auf den Hof, und nachdem wir uns vergewissert hatten, dass niemand dort war, begannen wir ihn zu erkunden. Eines der richtigen Gebäude hatte zugenagelte Fenster, und daher konnten wir nicht hineinschauen, wogegen das andere – von dem ich annahm, es sei das eigentliche Bauernhaus gewesen – vollständig ausgeräumt war. Wir guckten im Stall herum und wollten die Tür der Scheune öffnen, aber sie war abgeschlossen. Sophie schien jedoch keineswegs enttäuscht zu sein.

»Das genügt«, sagte sie. »Wir sollten jetzt lieber sehen, dass wir nach Hause kommen, ehe es dunkel wird. Am Wochenende steigen wir in den Steinbruch hinunter und rösten Kastanien. Was hältst du davon?«

»Prima!«, sagte ich.

»Du hast es viel eher begriffen als ich«, sagt er. »So ziemlich alles, nehme ich an. Für mich gab es nicht mehr viel herauszufinden.«

Ich bleibe stumm, denn ich habe Angst davor, ihn wütend zu machen. Ich hatte geglaubt, meine Panik überwunden zu haben, als wir uns angeschrien und miteinander gerungen haben, ehe er mich geschlagen hat. Jetzt aber scheint es, als hätte ich mich getäuscht; ich kann spüren, wie sie von innen her beharrlich an mir zerrt und mich zerreißen will. Ich schlucke. Ich *muss* ruhig bleiben, selbst wenn es nur äußerlich ist. Und ich kann es mir nicht leisten, zusammenzubrechen. Jetzt nicht.

Er redet immer noch. »Das Einzige, was ich tatsächlich selbst herausgefunden habe, war das über dich, und selbst da hast du mich mehr oder weniger an der Hand gehalten und mich mit der Nase darauf gestoßen.« Er lächelt. »Mehr oder weniger.«

»Du meinst die ... die Steinbruchhefte?«, sage ich.

Ihm fällt auf, dass meine Stimme verändert klingt. »Sophie? Stimmt etwas nicht mit dir?«

»Mir fehlt nichts«, sage ich. Es klingt etwas verrückt. Wieder muss ich mich zusammenreißen, um nicht laut zu lachen.

»Wenn du meinst«, sagt er bedächtig. »Ja, die Steinbruchhefte. Stimmt. Ich hätte sie eher holen sollen, aber – na ja, du weißt ja. Es ist viel passiert.«

Ich bin keineswegs sicher, dass ich verstehe, was er meint. Ich nicke, um ihn anzuspornen.

»Ich verliere die Dinge aus den Augen«, sagt er geistesabwesend. »Wir haben die Scheune gefunden. Das erscheint mir immer wieder wie ein Meilenstein. Nein, das stimmt nicht. Ein Wendepunkt. Etwas Einschneidendes.« Sein Blick ist starr auf mich gerichtet. »Warum wolltest du nicht, dass sich etwas ändert?«

Mit dieser Frage überrumpelt er mich restlos, und ich antworte, ohne nachzudenken. »Weil ich Angst hatte.«

Er bleibt einen Moment reglos sitzen, und dann sacken seine Schultern kaum merklich nach vorn. »Ja. Das dachte ich mir.« Es klingt, als hätte ich ihn irgendwie enttäuscht.

Wir standen da und sahen uns die Tür ganz genau an. Eine Kette, die robust wirkte, war durch die Griffe gezogen und mit zwei Vorhängeschlössern versehen. Sophie kratzte sich die Nase und zog probeweise an der Tür.

»Das gefällt mir überhaupt nicht. Aber was soll's. Sehen wir doch mal an den Seiten nach.«

Wir liefen langsam um die Scheune herum und untersuchten die Wellblechverkleidung genauer. Unkraut war aus dem Boden geschossen, und stellenweise war das Metall verrostet und wies Löcher und Ritzen auf, aber das Gebäude wirkte recht stabil. Es war Samstagvormittag.

»Ich sehe keinen zweiten Eingang«, sagte ich.

»Das liegt daran, dass es keinen gibt. Komm mit.« Sie lief über den Hof zu dem Schuppen voraus, in dem die Ölfässer aufbewahrt wurden, und sah sich dort nach etwas um. »Damit könnte es gehen.« Aus einem Regal auf einer Seite zog sie ein altes, stark verrostetes Eisenrohr, das gut einen halben Meter lang war. »Was hältst du von einem netten kleinen Einbruch?«

»Damit bekommst du die Kette niemals auf«, sagte ich zweifelnd.

»Doch nicht die Kette, du Dummkopf. Die Platten sind angenietet. Ich denke, wir werden es schaffen, die Köpfe von den Nieten abzuschlagen.« Einen Moment lang blickte sie finster. »Jetzt könnten wir einen Meißel oder so etwas gebrauchen. Wenn es mit diesem Eisenrohr nicht klappt, werden wir den Meißel aus dem Steinbruch holen müssen.«

Wir drehten eine zweite Runde um die Scheune. »Die Stelle hier sieht gut aus«, sagte ich.

»Die ist unbrauchbar. Sie ist auf der Seite, die zum Dorf weist. Wir wollen doch nicht riskieren, dass man uns sieht. Die Stelle, die wir brauchen, muss auf der anderen Seite sein, dem Hügel zugewandt. Was hältst du davon?«

Ich starrte auf den Bereich, auf den sie deutete. »Ja, warum nicht. Was glaubst du, was da drin ist?«

»Oh, Schätze und Prinzessinnen«, meinte Sophie leichthin und brach dann in Gelächter aus, als sie meinen Gesichtsausdruck sah. »Also wirklich, Mattie – was glaubst du denn? Ein Haufen vermodertes Heu, wenn wir Glück haben. Nun mach schon.«

Wir wechselten uns ab und hieben mit hingebungsvoller Begeisterung auf die vorstehenden Köpfe der Nieten ein. Die Scheune hallte nicht etwa wie ein Gong, was ich eigentlich erwartet hatte, sondern gab bei jedem unserer Schläge nur ein dumpfes metallisches Dröhnen von sich. Der erste Kopf sprang mühelos ab, da er bereits fast durchgerostet war. Mit der zweiten Niete verhielt es sich genauso. Aber als wir uns an der Platte weiter hocharbeiteten, wurden sie zäher und widerstandsfähiger, bis wir schließlich – auf einer Höhe von vielleicht fünfundsiebzig Zentimetern – eine Niete erreichten, deren Kopf einfach nicht abbrechen wollte.

»Vergiss es«, sagte Sophie. »Wir machen uns erst mal an die hier.« Sie deutete auf eine Reihe von Nieten, die, einen guten halben Meter weit entfernt, parallel zu der verlief, die wir uns gerade vorgenommen hatten. »Wenn wir die auch abschlagen können, sollten wir es schaffen, die Platte zurückzubiegen und die Nieten am oberen Ende abspringen zu lassen.«

Wir machten uns an die Arbeit. Einer nach dem anderen gaben die Köpfe der Nieten unserem unaufhörlichen Hämmern nach und sprangen ab. Schließlich legte Sophie das Eisenrohr hin und richtete sich auf.

»Okay. Und jetzt heben wir die Platte am unteren Ende an, als wollten wir sie hochklappen. Aber wir müssen daran ruckeln, damit sie sich *hier* löst«, fügte sie hinzu, »da aber nicht. Wenn wir eine der oberen Ecken befestigt lassen, dient das als eine Art Angel für diese Platte, und sie wird besser halten. In Ordnung?«

»Ja«, sagte ich. Jeder von uns nahm eine der unteren Ecken in die Hand.

»Bist du so weit?« Ich nickte. »Also gut. Und jetzt los.«

Wir hievten die rostige Platte hoch und versuchten, nicht an die Brennnesseln und die schärferen verrosteten Kanten zu kommen. Sowie wir die Platte in einen brauchbaren Winkel gebracht hatten, begannen wir zu ziehen und wieder zu drücken und die Platte dabei ein wenig zu biegen, um den größten Teil des Drucks auf eine der beiden verbleibenden Nieten auszuüben. Nach drei oder vier Anläufen sprang die Niete plötzlich mit einem hörbaren Knacks entzwei.

»Sieh nur!«, keuchte ich. Wir traten einen Schritt zurück und begutachteten unsere neue Tür.

»Bis auf zehn Meter Entfernung wird keinem etwas auffallen«, sagte Sophie beifällig. »Und wir können sie auch wieder wesentlich gerader biegen, als sie jetzt ist.« Sie sah mich an und grinste breit. »Komm schon. Lass uns nachsehen, womit wir es hier zu tun haben.«

Wir schwangen die Platte zur Seite und krochen auf allen vieren durch den Spalt. Sophie streckte die Hand wieder nach draußen und zog die Platte an ihren ursprünglichen Platz zurück, wodurch der Sonnenschein abrupt ausgesperrt wurde. Wir standen auf und schauten uns in dem düsteren Gebäude um.

»Wow«, sagte ich immer noch schnaufend. »Diese Scheune ist wirklich riesig.«

Sophie trat einen Schritt vor. »Nicht schlecht«, hörte ich sie murmeln.

Innen war die Scheune geräumiger als die Aula unserer Schule. Der Fußboden bestand aus festgetrampeltem Lehm, war uneben und mit einer Schicht Spreu bedeckt. An einem Ende stand ein großer, leerer Tisch, und daneben lagen aufeinander gestapelte Düngemittelsäcke. Ansonsten lagen überall Strohballen herum. Durch zwei schmale Fenster, jedes an einem Ende und beide hoch oben in der Wand, fiel Licht, in denen Staubkörnchen schwirrten und so träge dahintrieben, als versuchten sie in Zuckerrübensirup zu schwimmen.

»Ist das Heu?«, fragte ich Sophie.

»Ich glaube nicht. Ich denke, es ist Stroh.« Sie schnupperte daran. »Noch dazu wahrscheinlich das vom letzten Jahr. Ich verstehe nicht, warum es hier noch rumliegt. Wenn es Heu wäre, hätten sie es wahrscheinlich verkauft.« Fast zaghaft trat sie noch einen Schritt weiter vor und sah sich um. »Das sieht hier alles ziemlich spannend aus«, sagte sie.

»Finde ich auch«, bestätigte ich und ging auf das Ende mit dem Tisch zu. Hier befand sich auch das Tor, das in Richtung unseres Hauses wies. Auf der gegenüberliegenden Seite, die zum Dorf wies, lag das Stroh. Ein schwerer, modriger Geruch hing in der Luft, der an Kühe, Sonne und Hitze erinnerte. Es roch nicht unangenehm. Meine Kehle juckte, aber nicht bedrohlich; es hatte nichts von der erstickenden Enge in meiner Brust, die der Traum mit sich brachte. Ich schlenderte an der Wand entlang zu der Stelle zurück, an der Sophie auf einem Strohballen stand.

»Ich glaube, die könnten wir von der Stelle bewegen«, sagte sie. »Wenn wir jeder ein Ende nehmen. Ich habe versucht, einen hochzuheben, aber er wiegt eine ganze Menge. Doch zu zweit könnten wir es schaffen.«

»Wir könnten eine Burg daraus bauen!«, schlug ich vor.

»Klar könnten wir das«, sagte sie und lächelte mich an.

»Und sogar noch bessere Dinge. Du könntest Tunnel anlegen und oben mit anderen Ballen abdecken und was dir sonst noch einfällt. Hier liegt genug Zeug rum.« Sie dachte wieder eine Zeit lang nach. »Allerdings werden wir Taschenlampen und eine Menge Batterien brauchen«, sagte sie.

»Warum?«

»Denk doch mal nach. Glaubst du etwa, es wäre eine gute Idee, hier drinnen Kerzen anzuzünden?«

Ich sah das Stroh an. »Nein«, sagte ich und kicherte.

»Na also. Aber wenn wir hier einen abgeschlossenen Raum bauen, haben wir gar kein Licht mehr. Ich werde heute Nachmittag Taschenlampen besorgen.«

»Sophie?«

»Ja? Was ist?« Sie drehte sich auf dem Ballen im Kreis und machte sich ein Bild von den Möglichkeiten, die ihr neues Reich bot.

»Wie viel Geld hast du?«

»Ah«, sagte sie und feixte. »Willst du das wirklich wissen?«

»Ja«, sagte ich eifrig.

»Nun, ich nehme an, ich kann es dir ruhig sagen.« Sie unterbrach sich. »Du willst es *wirklich* wissen?«, fragte sie noch einmal, und ihre Augen funkelten.

»Sag es mir!«

»Ein paar hundert Dollar.« Mein schockierter Gesichtsausdruck bereitete ihr ganz offensichtlich Vergnügen. »Nicht schlecht, was?«

»Wow«, sagte ich lahm.

»Ich dachte mir, kleine Summen oder ungerade Beträge fielen ihr bestimmt auf. Aber wenn gleich mehrere Hundert auf einmal fehlen, wird sie sich wahrscheinlich denken, sie hätte sich geirrt. Ich wette, sie kommt gar nicht auf den Gedanken, über ihre Ausgaben Buch zu führen.« Sie lächelte. »Wir werden uns ein paar gute Taschenlampen besorgen und einen größeren Vorrat an Batterien anlegen. Aber das ist dann auch schon alles. Das restliche Geld ist nur für wichtige Ausgaben da, nicht für Süßigkeiten oder Comics oder irgendwelchen Mist.«

»Wo hast du es versteckt?«, fragte ich.

»An einem sicheren Ort. Komm, sieh dir das an.« Sie kletterte auf den Ballen zu der Ecke der Scheune hinauf, in der sie am höchsten gestapelt waren. »Das wird eine Pracht, wenn wir es richtig anpacken.« Sie blickte finster. »Diese verfluchte Schule. Ich wünschte, wir hätten jetzt Sommerferien. Wir werden an den Wochenenden daran arbeiten müssen. Wir können ja ein Picknick mitnehmen. Mummy ist ohnehin froh, wenn wir ihr nicht im Weg sind, und daher sollten wir keine Probleme bekommen.«

Ich konnte fast fühlen, mit welcher Geschwindigkeit ihr Verstand arbeitete und ausklügelte, was wir zu tun hatten. In solchen Situationen war es im Allgemeinen zwecklos, wenn ich versuchte, noch irgendetwas beizusteuern, und daher setzte ich mich auf einen Strohballen und streckte die Beine aus.

»Die Taschenlampen und was wir sonst noch brauchen, werden wir in verschiedenen Geschäften einkaufen müssen, immer nur eine. Das gilt auch für die Batterien«, sagte sie. »Gott sei Dank, dass ich kleine Scheine habe.«

Ich blickte zu dem hohen Dach der Scheune auf, das von Metallstreben und Holzbalken getragen wurde. Obwohl es nach Kühen roch und die Luft staubig war, kam ich mir vor wie in einer Höhle in einem Märchen. Ich saß mit offenem Mund und zurückgelegtem Kopf da und malte mir die wundervollen Dinge aus, die wir hier tun würden. Ich hörte ein Poltern, als Sophie neben mir auf den Boden sprang.

»Wir sollten jetzt besser nach Hause gehen«, sagte sie. »Wir sind schon seit eineinhalb Stunden hier, und wenn wir uns nicht beeilen, verpassen wir das Mittagessen. Heute Nachmittag gehen wir dann einkaufen und besorgen die Dinge, die wir brauchen.«

»Könnten wir nicht auch Süßigkeiten kaufen? Nur ein paar? Um es zu feiern?«

»Hm. Ich denke schon, dass sich das machen lässt.«

»Prima«, sagte ich begeistert.

8

»Die Scheune hat mich verwirrt«, sagt er. »Ich wusste zwar, was sie war – ein weiteres Versteck, ein geheimer Ort wie der Steinbruch und der Ilex. Aber sie hat sich von diesen Orten unterschieden, war fast schon zu leicht zugänglich. Seltsam. Das ist mir natürlich erst später klar geworden.«

Ich fühle mich besser. Zwar spüre ich schon seit einer ganzen Weile immer wiederkehrende Panik, die sich wie kleine Splitter in mich zu bohren scheint. Zwischendurch bin ich jedoch ruhiger. Mir ist aufgegangen, dass es sich bei dieser ungewöhnlichen Phase der Ruhe, die sich über mich herabgesenkt hat, als Matthew mit seiner Geschichte begann, vielleicht um einen Schock gehandelt hat. Das wäre einleuchtend. Gleichzeitig weiß ich, dass ich mich daran klammern muss, wenn meine Ruhe auch noch so unnatürlich erscheinen mag. Ich kann es mir nicht leisten, die Nerven zu verlieren.

Die Fakten sehen folgendermaßen aus: Ich bin eine Gefangene. Ich habe mich hier umgesehen, und ich kann keinen Fluchtweg entdecken. Ich glaubte den Mann, der mich hier festhält, zu kennen, aber ich habe mich geirrt und muss noch einmal von vorn anfangen und ihn kennen lernen. Es wird seine Zeit brauchen, in Erfahrung zu bringen, wer er ist, und ich habe keine Ahnung, ob mir dieses Wissen helfen wird. Ich weiß auch nicht, ob ich diese Zeit überhaupt habe. Aber da es keinen Fluchtweg gibt, habe ich einen Entschluss gefasst. Ich werde ihn beobachten, ihm zuhören, ihn so gut wie möglich kennen lernen. Und dann sehe ich vielleicht etwas, was mir helfen wird. In der Zwischenzeit versuche ich den Gedanken zu verdrängen, dass es zwecklos ist, und ich bemühe mich, nicht zu weinen.

Ich wünschte, ich wäre stärker.

Er sagt gerade: »Manchmal frage ich mich, was du ohne die Scheune getan hättest. Vermutlich hättest du einen anderen Ort gefunden. Du hast schon immer diese wilde Entschlossenheit besessen.«

Wir verbrachten fast jeden Abend und einen großen Teil des Wochenendes in der Scheune. Im Lauf der Tage stapelten wir die Strohballen mit großer Mühe immer ordentlicher in einer Ecke, und allmählich bildeten sie zwei Seiten eines umschlossenen Raums, dessen zwei andere Seiten das Gebäude selbst bildete. In die Planung unserer Burg müssen eine Menge Überlegungen eingeflossen sein. Während ich mir in meinen Tagträumen ausgemalt hatte, welche Spiele wir darin spielen könnten, wenn sie erst einmal fertig war, hatte sich Sophie offenbar voll und ganz darauf konzentriert, sorgfältig auszutüfteln, wie unser Werk gestaltet werden musste, wenn es robust und sicher sein sollte. Ihr Entwurf bestand aus zwei Teilen, und da wir unten beginnen und Schicht für Schicht aufeinander bauen mussten, erkannte ich erst nach der Fertigstellung, wie genial er war.

Der größte Teil der Strohballen war jetzt so aufgeschichtet, dass er auf etwa zwei Dritteln seiner Höhe einen recht großen Raum umschloss. Diesen konnte man über ein paar kurze Stufen erreichen, die Sophie kunstvoll in der Nähe der Rückwand des Schuppens verborgen hatte. Wenn man erst einmal drinnen war, konnte man über die Zinnen hinauslugen, in denen auch etliche Gucklöcher angebracht waren. Der gesamte Boden der Scheune war für die Verteidiger dieser Burg aus Stroh klar zu überblicken, von der nahen Ecke bis zu dem Ende, wo der Tisch gestanden hatte.

Den Tisch hatte Sophie als Erstes von der Stelle gerückt. Er war groß und bestand aus dicken, massiven Holzbrettern, und er war gut drei Meter lang. Es kostete uns fast drei Abende harter Arbeit, ihn von einem Ende der Scheune ans andere zu rücken, und doch schien Sophie nie ungeduldig zu werden. Dem Umstand, dass wir noch Kinder waren, was einige Arbeiten außerordentlich erschwerte, hatte sie von Anfang an Rechnung getragen. Als die Burg fertig war, war der Tisch unter Strohballen begraben und vollständig verschwunden.

Er sorgte dafür, dass inmitten der Burg ein Hohlraum bestehen blieb, mehrere Ballen tief unter dem Raum, der anscheinend das eigentliche Kernstück war. Wenn man einen der Ballen aus dem Stapel zog, der die Rückwand unseres Beobachtungsstandes bildete, legte man einen Schacht frei, durch den man hinunterrutschen konnte, indem man die Zehen ins Stroh grub und sich an einem Seil festhielt, das am oberen Ende des Schachts befestigt war. Die Geheimtür konnte dann von innen problemlos wieder geschlossen werden.

Am unteren Ende des Schachts bewahrten wir unsere Taschenlampen auf, große Modelle mit Gummiüberzug, für die man eckige Batterien brauchte.

An einem späten Samstagnachmittag, eine Woche nachdem wir erstmals in die Scheune eingebrochen waren, stellten wir das Projekt fertig. Wir saßen im Schein der Taschenlampen unter dem Tisch und lächelten einander triumphierend an.

»Das ist wirklich prima«, sagte ich noch einmal. »Hier könnte man sich ewig lang verstecken, und niemand würde je etwas davon erfahren.«

Sophies Lächeln wurde strahlender. »Richtig«, sagte sie.

»Ich habe mir gedacht, dass wir für die meisten Dinge den oberen Bereich nutzen und diesen hier nur für das, was wirklich geheim ist.«

»O ja!« Ich sah mich voller Bewunderung in unserem Versteck mit dem Eichendach und den Strohwänden um.

Im Lauf der nächsten zwei bis drei Wochen beförderten wir langsam eine Vielzahl von nützlichen Gegenständen in die Scheune. Der verborgene Raum wurde mit einem alten Teppich ausstaffiert, und an die Wände hängten wir eine Reihe von Plakaten mit Abbildungen von Kampfflugzeugen, die ich gesammelt hatte.

Die Taschenlampen wurden sorgfältig platziert, eine in jeder Ecke des Raums und eine weitere am oberen Ende des Schachts, damit wir das Seil deutlich sehen konnten. Die Taschenlampe am oberen Ende legten wir jedes Mal, wenn wir fortgingen, wieder in ihr ausgehöhltes Fach im Stroh zurück. Der Teppich bedeckte den nackten Lehmboden, damit wir uns bequem hinsetzen konnten. Das Dach bot zwar reichlich Raum, doch um auf Stühlen oder Holzklötzen oder was auch immer zu sitzen, war es zu niedrig. Wieder brachten wir Backsteine an uns, um Podeste für die Taschenlampen zu haben. Es roch immer noch nach Kühen, und schon bald ging Sophie dagegen an.

»Wir werden wirklich vorsichtig sein müssen«, sagte sie. »Sieh also genau hin. Hier sind Dosen mit Wasser, eine da und eine dort, okay?«

Ich nickte. »Okay.«

»Und der Eingang ist offen. Es ist zwar ziemlich unwahrscheinlich, dass etwas schief geht, aber es wäre doch ziemlich blöde, wenn wir uns nur deshalb grillen, weil uns der Geruch nicht passt.« Ich kicherte nervös.

Sophie hatte im Dorf eine Packung Räucherstäbchen gekauft, und drei davon hatten wir mitten auf dem Fußboden in eine halbe Kartoffel gesteckt. Sophie zündete bedächtig ein Streichholz an und hielt es an die Enden der Räucherstäbchen, bis alle drei brannten. Dann ließ sie das Streichholz in eine der Wasserdosen fallen, wartete einen Moment, bis die drei kleinen Flammen ruhig brannten, und pustete sie dann aus. Stumm und fasziniert beobachteten wir, wie die drei hellen Lichtwürmchen so langsam, dass es kaum wahrzunehmen war, an den Stäbchen hinunterkrochen und einen betörenden aromatischen Duft in dem geheimen Raum ausbreiteten. In dieser räumlichen Enge war der Geruch durchdringend und kräftig. Nach kurzer Zeit begann sich direkt unter der Decke ein Rauchschleier zu bilden.

Sowie die Stäbchen heruntergebrannt waren, warf Sophie auch sie ins Wasser. »Gut. Und jetzt lass uns die Tür zumachen, damit es über Nacht einwirken kann. Ich hoffe, bis morgen ist es besser.«

Ich schnupperte. »Es riecht nach parfümierten Kühen«, sagte ich, und Sophie lachte.

»Ja, das haut ziemlich genau hin. Komm schon. Du nimmst diese Wasserdose mit und steigst als Erster hinauf. Ich kümmere mich um die andere und die Taschenlampe.«

In der Schule kroch der Unterricht ohne denkwürdige Ereignisse dahin. Mein Naturkundeprojekt über Samen trug mir einen Mars-Riegel und ein *Gut gemacht, wirklich sehr gut* ein, und der Spitfire rückte seiner Fertigstellung so langsam entgegen, dass es zum Verrücktwerden war. Die Stunden zur freien Gestaltung, die unsere Klasse zweimal in der Woche hatte, verbrachten wir unter größter Geheimhaltung in einem heruntergekommenen Anbau des Raums für Kunsterziehung. Mehr Zeit als für die tatsächliche Konstruktion des Flugzeugs verwandten wir darauf, neugierige Schnüffler zu vertreiben. James hatte auf Fett abweisendem Papier seine Pläne für eine authentische Tarnung aus der Farbensammlung seines älteren Bruders entworfen und für die Oberseite des Rumpfs eine Reihe von schmutzigen Braun- und Grüntönen zusammengemischt. Für die Unterseite dagegen hatte er ein hübsches Blau gewählt, das an Enteneier erinnerte. Da er aus etlichen Farbdosen jeweils nur eine kleine Menge entnahm, war es ihm gelungen, eine ziemlich große Farbmenge zu mischen, ohne von seinem Bruder erwischt zu werden. In dem kleinen Anbau hingen die Gerüche sämtlicher Schritte unserer Bastelarbeiten in der Luft: Ölfarbe, Leim und Lack. Unsere Aufgabenbereiche waren klar aufgeteilt: James war der künstlerische Leiter, Jerry war für die Konstruktion zuständig – was in erster Linie zusammenleimen hieß –, Simon für den Entwurf (er zeichnete die Umrisse auf das dünne Balsaholz), und ich war der Chefingenieur und erledigte mit einem beeindruckenden Federmesser den größten Teil des Ausschneidens. Zusätzlich zu diesen vier Hauptbeschäftigungen sprangen wir alle auch als Sicherheitskräfte ein, um unser Kunstwerk vor jeglichen Übergriffen zu bewahren. Auch das Federmesser hatte eine Doppelrolle übernommen und diente in dieser Funktion zur Abschreckung. Die meisten offiziellen Bezeichnungen für unsere Posten und Aufgaben dachte sich Simon aus. Wir verbrachten unsere Zeit vorwiegend damit, auf das Trocknen des Klebstoffs, der Farbe oder des Spannlacks zu warten und dabei miteinander zu quatschen.

»Mein Bruder hat Pornohefte unter seiner Matratze versteckt«, sagte James. »Ich habe sie letzten Sommer gefunden. Meine Mum würde ausflippen, wenn sie das wüsste.«

»Wie sind die denn so?«

»Ich habe nur kurz reingeschaut. Sie waren ziemlich gut«, fügte er lässig hinzu. Simon nickte wissend.

»Ich habe meine Cousine mal gesehen«, sagte Jerry und

legte um der Wirkung willen eine Pause ein. »*Nackt.* Sie ist siebzehn.«

»So ein Blödsinn.«

»Doch, wirklich! Sie war gerade dabei, sich auszuziehen.«

»Ich glaube, Jerry redet Blödsinn«, sagte Simon. »Echten und ehrlichen Blödsinn.«

»Das ist nicht wahr. Ich habe sie gesehen.«

Einen Moment lang herrschte gebanntes Schweigen. Dann flüsterte Simon mit einer albernen theatralischen Stimme: »*Nackt.*« James und ich brachen in brüllendes Gelächter aus und kicherten wie die Irren. Es wurde an die Tür geklopft.

»Macht nicht so viel Lärm da drinnen!«, rief der Kunsterzieher. Wir konnten unser Gelächter nur mit Mühe ersticken.

»Jedenfalls«, fuhr Simon leiser fort, »wüsste ich gern, wie es kam, dass du sie … *nackt* gesehen hast?«

»Halt den Mund«, sagte Jerry.

»Ja, jetzt erzähl schon«, drängte James. »Hast du sie etwa tatsächlich gesehen?«

»Ja, das habe ich euch doch schon gesagt. Wir waren bei meiner Tante zu Besuch, und ich bin spät am Abend noch mal aufgestanden, um zum Pinkeln zu gehen. Ich denke, so um elf rum. Vielleicht auch etwas später.«

»Jetzt mach schon«, fiel ihm Simon ins Wort.

»Jedenfalls stand ihre Tür einen Spalt weit offen, und ich habe sie gesehen. Dann hat sie einen Morgenmantel angezogen.«

Wir starrten ihn fragend an. James sagte: »Ist das … ist das schon alles?«

»Ja. Wieso?«

»Wie war sie?«

Simon sagte: »Sie war … *nackt.*« Ich bekam vor lauter Lachen einen Schluckauf und setzte mich auf die Tischkante.

»Ich glaube, das ist jetzt trocken genug«, wechselte James das Thema und klopfte behutsam auf die Tragfläche. »Haben wir noch Zeit, um weiterzumachen?«

Ich warf einen Blick auf meine Armbanduhr. »Heute nicht«, sagte ich.

An jenem Wochenende war die imprägnierte Stofftasche feucht, und auf dem Grund des Steinbruchs hatten sich große, flache Pfützen ausgebreitet. In der Nacht hatte es geregnet, und jetzt war der Himmel so dunkelgrau wie Rauch. Sophie zog die Keksdose heraus und schüttelte sie, damit die Wassertropfen abperlten.

»Du könntest deine Steinbruchhefte in der Scheune aufbewahren«, sagte ich. »Dann werden sie nicht nass.«

»Hier werden sie doch auch nicht nass«, sagte Sophie und öffnete die Dose. »Siehst du? Dazu sind die Plastiktüten da.«

Ich rieb meine Ellbogen und sah über ihre Schulter auf die vier oder fünf Schreibhefte, die unversehrt und trocken in der Dose lagen. »Mir ist kalt«, sagte ich.

»Du kannst ja wieder ins Haus gehen, wenn du magst«, bot Sophie an.

»Nein«, sagte ich und schlenderte durch den Steinbruch ans andere Ende, wo das Unkraut, das im Sommer aus dem Boden geschossen war, jetzt feucht und braun geworden war. Wir waren schon seit Wochen nicht mehr im Steinbruch gewesen, und ich stellte überrascht fest, dass ich auf einmal nicht wusste, was ich mit mir anfangen sollte. Die Fossilien im Schiefer waren nicht so aufregend wie der Spitfire aus Balsaholz, und ich hatte nicht daran gedacht, ein Buch mitzunehmen. Ich schlang die Arme um meinen Oberkörper und dachte – nicht zum ersten Mal –, dass Sophie manchmal schon sehr seltsam war. Die Steinbruchhefte verstand ich nicht, obwohl sie so konstant in meiner Erinnerung verankert waren, dass ich sie schon als einen festen Bestandteil des Lebens akzeptierte. Dennoch erschienen mir ihre Ausflüge zum Steinbruch mit dem Ziel, dort irgendeinen Unsinn zu kritzeln, mehr und mehr kindisch. Ich schwang meine Füße, die in Turnschuhen steckten, immer wieder im hohen Bogen durch die Luft und brach dabei Unkrautstängel ab.

Im Rückblick scheint mir die Kluft zwischen Sophie und mir damals jedoch etwas schmaler geworden zu sein. Im Alter von neun hatte ich bereits mehr eigene Interessen und war eigenständiger, sodass Sophie sich nicht mehr ganz so viel um mich kümmern musste. An manchen Abenden unternahmen wir unabhängig voneinander verschiedene Dinge. Doch wenn es Zeit zum Schlafengehen war, trafen wir immer wieder zusammen. Die größere Bewegungsfreiheit führte zu einer etwas größeren Nähe.

Er steht auf und läuft – ein wenig unsicher – durch den Raum zum Fenster. Diesmal scheint er jedoch nicht durch die Ritzen hinauszuschauen, sondern sein eigenes Spiegelbild in der dunklen Glasscheibe zu betrachten. Ein Lufthauch spielt mit seinem Haar. Ohne mich anzusehen fragt er: »Hast du das auch so empfunden?«

»Dass wir uns näher waren?«

»Mhm.« Er stützt seine Ellbogen auf die Fensterbank. »Natürlich ist es mir erst später richtig bewusst geworden; aber das trifft schließlich auf vieles zu. Während die Dinge geschehen, ist einem nicht klar, wie viel man tatsächlich versteht. Es ist alles da, aber man kann es nicht in Worte fassen. Das heißt, ich konnte es jedenfalls nicht. Du warst anders.«

»Geht das nicht jedem so?«

»Ja. Weitgehend. Aber du hattest das dringende Bedürfnis auszudrücken, was du empfunden hast, es irgendwie rauszulassen. Für dich war das eine Notwendigkeit. Nur gab es niemanden, der dir zugehört hat.«

»Dich gab es«, sage ich zaghaft.

Ich kann seiner Stimme anhören, dass er lächelt. »Aber du hast mir nie wirklich etwas erzählt, oder? Du wusstest, dass ich es nicht verstehen würde.«

»Verstehst du es denn jetzt?«

»Ja.« Er zögert. »Nein. Ich bin nicht sicher. Es gab einen Punkt, an dem ich glaubte, ich hätte alles verstanden. Aber ... seitdem hat sich, nun ja, vieles verändert ...«

Seine Worte reißen ab, und mir bleibt nichts anderes übrig, als ihm wortlos zuzustimmen. Es hat sich tatsächlich vieles verändert. Ich spiele mit dem Gedanken, mich zu fragen, wann genau er glaubte, alles verstanden zu haben. Es gibt so vieles, was er mir noch nicht erzählt hat.

Schließlich sagt er: »Manchmal kommt es mir vor, als hätte ich meine gesamte Kindheit damit verbracht, meine eigene Kindheit zu begreifen. Falls du verstehst, was ich meine.«

»Ja«, sage ich. »Das verstehe ich sehr gut.«

Miss Finch war unsere Klassenlehrerin, und sie unterrichtete uns in Geschichte. Eine Dame mit krausem stahlgrauem Haar, einer scharfen Zunge und einem ausgeprägten Gerechtigkeitssinn. Von allen Lehrern, die ich kannte, mochte ich Miss Finch am liebsten. Bei ihr konnte man sich darauf verlassen, dass sie mit jedem Problem fair umging, und außerdem zeigte sie ein echtes Interesse an ihren Schülern. Vor den Herbstferien, die ohnehin nur ein paar Tage dauerten, hatten wir den Stoff durchgenommen, der für unseren Geschichtskurs auf dem Lehrplan stand, und als die Ferien nahten, fand Miss Finch, wir hätten genug trockene Fakten gebüffelt.

»In einer knappen Woche beginnen die Herbstferien«, sagte

sie und wandte sich dabei an die ganze Klasse. »Mir ist bekannt, dass einige von euch über die freien Tage Arbeit mit nach Hause nehmen werden, und ich möchte euch nicht zu viele Hausaufgaben aufgeben. Es tut gut, ab und zu ein paar Tage frei zu haben. Aber«, fuhr sie fort, als einige Schüler einander hoffnungsvoll angrinsten, »ich würde euch gern mit einem kleinen Projekt beauftragen. Es braucht nicht zeitaufwändig zu sein; es handelt sich dabei eher um eine Art Miniprojekt, und ihr habt dabei freie Hand. Wenn ihr euch anstrengt, könntet ihr es noch vor den Ferien erledigt haben. Ich werde euch jetzt einzeln aufrufen, und wir werden miteinander besprechen, woran sich jeder von euch vielleicht gern einmal versuchen würde. Der Rest der Klasse kann da weiter machen, wo wir gestern aufgehört haben.«

Ich sah mir noch einmal genau an, was ich gestern mitgeschrieben hatte. Es dauerte nicht lange, bis mein Name aufgerufen wurde und ich vortrat und neben Miss Finchs Pult stehen blieb.

»Hallo, Matthew«, sagte sie. Sie sprach uns immer mit unserem vollen Namen an – eines der wenigen Dinge an ihr, die ich nicht mochte. »Die Geschichte, die du als Hausaufgabe geschrieben hast, hat mir gut gefallen.«

»Danke«, sagte ich.

»Also, für dich schwebt mir als Projekt vor, dass du dich mit etwas – oder jemand – Neuem befasst und dich an etwas versuchst, was du bisher noch nie getan hast. Was meinst du dazu?«

»Okay.«

»Im Lehrerzimmer habe ich gehört, dass du gerade ein Flugzeug bastelst. Stimmt das?«

Dieser gänzlich unerwartete Schwenker ließ mich erstaunt blinzeln. »Ja. Ich und Simon basteln es im Werkunterricht.«

»Simon und ich«, korrigierte Miss Finch mich mit einem kleinen Lächeln. »Das klingt, als würde es Spaß machen. Also dachte ich mir, vielleicht hättest du Lust auf ein Projekt über diesen Mann.« Sie schob eine Fotokopie über ihr Pult. »Weißt du, wer das ist?«

»Nein«, gestand ich.

»Also, er heißt Leonardo da Vinci. Auch er hat viel Zeit damit zugebracht, Dinge zu konstruieren. Zwar keine richtigen Flugzeuge, aber er hat etliche interessante Flugmaschinen entworfen. Er wurde 1452 geboren.«

»Von dem ist doch auch dieses Gemälde«, sagte ich. »Die *Mona Lisa*.«

Miss Finch wirkte überrascht. »Richtig, das ist von ihm. Er war aber nicht nur Künstler, sondern auch Wissenschaftler und Ingenieur und noch so einiges mehr. Wahrscheinlich ist er eine der interessantesten historischen Gestalten. Mir ist klar, dass es über jemanden wie ihn eine ganze Menge zu sagen gibt, aber ich dachte, du könntest dich auf seine Flugmaschinen konzentrieren. Ich habe vorhin dieses Buch durchgeblättert, und darin sind ein Fallschirm und eine Art Hubschrauber abgebildet. Und etliche Skizzen von Flügeln, die man sich anschnallt.«

Sie reichte mir ein dickes Buch mit farbigen Illustrationen. »Das darfst du dir über die Ferien ausleihen, aber achte gut darauf, dass es heil und ganz zurückkommt. Was hältst du davon?«

»Das klingt prima«, sagte ich und meinte es wirklich ernst. Miss Finch musste es gemerkt haben, denn sie lächelte mich freundlich an.

»Gut. Dieses Projekt soll nämlich Spaß machen. Konzentriere dich also auf die Dinge, die du wirklich interessant findest. Das Buch kannst du mitnehmen. Wer kommt als Nächster dran? Vivien Jenkins! Du bist jetzt an der Reihe.

Ich kehrte mit dem Buch an mein Pult zurück, und sowie ich mich hingesetzt hatte, blätterte ich es mit großem Interesse durch. Es hatte jede Menge Fotos und Bilder, die von einigen der Erfindungen, die da Vinci gemacht hatte, Modelle zeigten, und von anderen Diagramme, die darstellen sollten, wie sie vielleicht ausgesehen hätten. Es war auch eine Art Panzer darunter und ein Gegenstand, an dem Dreschflegel befestigt waren.

Ich blätterte die Seite um und schlug eine Fotografie von einer seiner Originalskizzen auf, die er auf bräunlich gelbes Papier gezeichnet hatte, umgeben von eng geschriebenen Zeilen. Ich sah mir die Zeilen mit zusammengekniffenen Augen ganz genau an, aber der Text schien vollkommen unsinnig zu sein. Verwirrt sah ich noch genauer hin. Es sah fast so aus, als handelte es sich um unsinnige Kritzeleien, die mich jedoch an etwas erinnerten.

Der Asthmaanfall kam unerwartet. Er erwischte mich so plötzlich, dass es mir vorkam, als hätte mir jemand Watte in die Kehle und den Brustkorb gestopft. Erst hatte ich längere Zeit keine Ahnung, was ich tun sollte, und dann fiel mir das Inhaliergerät in meinem Pult wieder ein. Als ich die Klappe nach oben stieß, flogen das Buch und meine Papiere in hohem Bogen auf den Fußboden, und Miss Finch blickte abrupt auf. Ich umklammerte das Gerät, hielt es schnell an meinen Mund und drückte dabei automatisch auf den Knopf. Wieder entstand eine lange Pause, und die Geräusche im Klassenzimmer schienen aus weiter Ferne zu kommen. Das Pult vor mir, auf das ich meinen Blick starr gerichtet hielt, hatte begonnen, sich an den Rändern rötlich zu verfärben. Ich konnte sehen, dass Miss Finch durch das Klassenzimmer auf mich zukam, aber ihre Bewegungen waren langsam und verzerrt. Ich drückte ein zweites Mal auf den Inhalierer, konnte aber noch nicht einmal sagen, ob es mir gelungen war, einen Teil des Sprays einzuatmen.

Miss Finch war jetzt an meiner Seite und versuchte mir zu helfen. Ich spürte, dass sie mir das Mundstück des Inhalierers fester in den Mund stieß, und ich hörte, dass sie mir in einem Befehlston etwas ins Ohr schrie. Gehorsam sog ich das Spray ein, so tief ich konnte, und endlich löste sich der rote Dunst vor meinen Augen auf.

Ganz allmählich stellte ich fest, dass ich wieder in der Lage war, richtig zu atmen. Lange Zeit saß ich da, und mein Brustkorb hob und senkte sich, während ich mühsam gegen mein Zittern ankämpfte. Tränen rannen unabsichtlich über mein Gesicht, und es war still im Klassenzimmer. Miss Finch löste meine verkrampften Hände von meinem Gesicht und legte den Inhalierer auf mein Pult zurück.

»Wie geht es dir jetzt?«, fragte sie leise.

»Ich glaube, es ist wieder gut«, sagte ich. Die Worte klangen rau, als sei in meiner Stimme etwas gerissen.

Sie nickte. »Möchtest du ein Glas Wasser?«

»Nein, danke.«

»So.« Sie richtete sich in dem Moment wieder auf, als die Glocke die nächste Schulstunde einläutete. »Charlotte? Könntest du eurem nächsten Lehrer bitte von mir ausrichten, dass Matthew Howard sich eventuell verspäten könnte? Danke.« Die anderen Kinder verließen das Klassenzimmer, bis wir allein miteinander waren. Im Korridor vor der Tür waren Schritte und Gespräche zu hören.

»So«, sagte Miss Finch noch einmal. »Was um alles in der Welt war der Auslöser? Vor ein paar Minuten ging es dir doch noch gut.«

»Ich weiß es nicht«, sagte ich. »Manchmal passiert es eben.«

»Warst du deswegen schon beim Arzt?«

»Ja«, sagte ich. »Deshalb habe ich doch den Inhalierer.«

»In der letzten Zeit, meine ich«, erwiderte sie. »Bist du in den letzten sechs Monaten beim Arzt gewesen?«

»Äh, nein«, sagte ich.

»Woher bekommst du dann dein Spray?«

»Mummy besorgt es mir«, sagte ich.

Ihre Lippen kniffen sich kaum merklich zusammen. »Ich werde deine Mutter anrufen und ihr nahe legen, dich gründlich untersuchen zu lassen«, sagte sie.

»In Ordnung«, willigte ich kläglich ein. Es war absolut zwecklos, Miss Finch zu widersprechen.

»Hast du das Gefühl, dass du jetzt wieder am Unterricht teilnehmen kannst? Wenn du auch nur die geringsten Bedenken hast, bringe ich dich zu Mr. Fergus, und du kannst nach Hause gehen.«

Ich dachte kurz über diesen Vorschlag nach. »Mir fehlt nichts«, sagte ich dann, als ich mir vorstellte, wie es wäre, jetzt nach Hause zu gehen. »Ich glaube, es ist vorbei.«

Miss Finch wirkte unschlüssig. »Tja, wenn du ganz sicher bist«. Dann hob sie mit ihrer gewohnten Entschlossenheit die verstreuten Papiere auf und legte sie gemeinsam mit dem Buch wieder auf mein Pult. »Dann machst du dich jetzt am besten auf den Weg. Ich packe die Sachen für dich weg. Vergiss nicht, dich für deine Verspätung zu entschuldigen.«

»Nein, ganz bestimmt nicht«, sagte ich und stand auf, obgleich mir nicht ganz wohl war. Dann kämpfte ich gegen mein plötzliches Herzklopfen an und sagte: »Miss Finch?«

»Ja?«

Ich schlug das Buch auf der richtigen Seite auf. »Warum kann ich das nicht lesen?«

Sie warf einen Blick auf die Seite. »Dir geht es tatsächlich wieder besser. Das freut mich. Ich glaube, wir waren vorhin alle recht besorgt um dich.« Sie lächelte. »Sehen wir doch mal. Ach ja. Nun, Leonardo war Italiener, und was er schreibt, kannst du nicht lesen, weil es in einer anderen Sprache geschrieben ist.«

»Ist das alles?«

Sie sah mich an, und ihr Gesicht nahm einen ganz seltsamen Ausdruck an. »Nein, es ist außerdem verkehrt herum geschrieben, wie Spiegelschrift, verstehst du. Leonardo wollte nicht, dass jemand seine Notizen liest, und daher hat er das als eine Art Geheimschrift ersonnen.«

»Damit es niemand versteht?«

»Genau. Das kannst du übrigens auch alles in dem Buch finden, falls du es liest.«

»Ich werde es ganz bestimmt lesen«, versprach ich.

Als an jenem Tag der Unterricht vorbei war, wartete Sophie am Schultor auf mich, und wir machten uns gemeinsam auf den Heimweg. Ich hatte mir ein Ringbuch und das Buch unter den Arm geklemmt, das mir Miss Finch gegeben hatte. Aus diversen Gründen war ich bedrückt, und zu viele Dinge gleichzeitig gingen mir zu schnell durch den Kopf, um sie zu analysieren.

»Du bist so still heute«, bemerkte Sophie.

»Mhm.«

»Fehlt dir etwas?«

»Ich hatte im Geschichtsunterricht einen Asthmaanfall«, sagte ich.

»Ach ja?«

»Miss Finch hat gesagt, sie würde Mummy anrufen und ihr sagen, dass ich zum Arzt gehen soll.«

Sophie nickte nachdenklich. »Ich verstehe. Und?«

»Ich weiß nicht recht.« Ich seufzte. »Ich will nicht, dass Mummy sauer auf mich ist.«

»He«, sagte sie beunruhigt. »Mach dir deshalb bloß keine

Sorgen. Es wird schon alles gut gehen.« Ihr Tonfall war aber nicht gerade sorglos, und das half mir auch nicht weiter. »War sonst noch etwas?«

»Ich werde ein Projekt über Leonardo da Vinci machen«, sagte ich.

»Ach ja. Der Maler.«

»Der war wirklich schlau«, sagte ich und warf einen Seitenblick auf sie, weil ich ihre Reaktion sehen wollte. »Er hat viele Sachen entworfen, zum Beispiel Panzer und so.«

»Stimmt. Wie geht es mit dem Flugzeug voran?«

»Ganz gut«, sagte ich. »Ich weiß aber nicht, ob es vor den Herbstferien fertig wird. Wie lange ist es noch bis dahin?«

»Dieses Wochenende noch nicht, aber nächstes Wochenende ist es dann so weit.«

»Wir haben die Tragflächen fertig«, fügte ich hinzu. »Aber die waren nicht besonders schwierig.«

»Ich freue mich wirklich schon darauf, dieses grandiose Projekt zu sehen, wenn es fertig ist«, sagte Sophie.

»Echt wahr?«

»Echt wahr.«

Als wir nach Hause kamen, ging Sophie nach oben. Ich fand Sirup in der Küche, goss mir etwas davon ein und füllte das Glas mit Wasser auf.

»Matthew«, sagte meine Mutter, die in der Tür stand. »Würdest du bitte mitkommen. Ich habe etwas mit dir zu besprechen.«

Sie machte einen ziemlich ruhigen Eindruck. Ich stellte das Glas ab, folgte ihr in den Salon und schlüpfte wie üblich an der Tür aus meinen Schuhen. Mummy war zielstrebig auf ihren normalen Platz zugegangen, den hochlehnigen Ohrensessel, doch im letzten Moment blieb sie stehen, wandte sich ab und trat stattdessen ans Fenster. Von dort aus bot sich ein begrenzter Ausblick auf den Rasen und etwa ein Viertel des Gartens hinter dem Haus. Meine Mutter blieb lange Zeit mit dem Rücken zu mir stehen, und in dem ansonsten dunklen Zimmer hüllte das Licht, das durch das einzige Fenster einfiel, sie in einen Heiligenschein.

Endlich sagte sie, wobei sie weiterhin aus dem Fenster schaute: »Ich habe heute Nachmittag einen Anruf von einer Miss Fitch bekommen, Matthew. Kennst du sie?«

»Äh, Miss Finch«, sagte ich. »Das ist meine Klassenlehrerin.« Ich konnte jetzt schon spüren, dass sich meine Brust zuschnürte, und ich kämpfte nach Kräften dagegen an.

»Diese …« Mummy unterbrach sich. »Diese Miss Fitch sagt, du hättest in ihrem Unterricht eine Art Anfall gehabt. Stimmt das?«

»Ja«, sagte ich kläglich. »Ich …«

»Danke. Sei still.« Sie stieß hörbar die Luft aus. »Matthew, mir ist durchaus klar, dass manche Themen langweilig sein können. Schließlich bin ich selbst mal zur Schule gegangen und habe nicht vergessen, wie es dort war.«

»Ich …«

»Sei bitte still.« Sie drehte sich endlich zu mir um. »Aber ich dulde nicht, dass du dich derart … erniedrigst und Schande über die Familie bringst, und das nur, um Aufmerksamkeit zu erregen. Hast du mich verstanden?«

Ich sah sie verständnislos an.

»Antworte mir«, sagte sie mit leiser Stimme.

»Ja.«

»So. Dir ist also klar, was du getan hast, und du hast es trotzdem getan. So ist es doch?« Der Geruch nach Staub wurde stärker, und ich spürte, wie sich meine Brust kaum wahrnehmbar noch enger zuschnürte.

»Ich …«

»Glaube bloß nicht, dass ich dich nicht durchschaue, Matthew. Ich durchschaue dich voll und ganz.« Sie holte bebend Luft. »Du bist wie dein Vater. Das Einzige, was dich interessiert, bist du selbst, immer nur du, du, du. Und an *mich* denkst du wohl nie? So ist es doch, oder etwa nicht?«

Sie hatte die Stimme erhoben. Ich schüttelte benommen den Kopf, aber sie schien es kaum wahrzunehmen. Ihr Blick war starr auf eine Stelle hinter mir gerichtet, und ihre Augen nahmen mich überhaupt nicht wahr. Ich fürchtete mich.

»Ich weiß *alles*«, sagte sie noch einmal. »Flecken auf den Bettlaken. Glaubst du etwa, das sei mir nie aufgefallen?«

Ich machte den Mund auf, aber es kam kein Laut heraus.

»Auf *meinen* verfluchten Bettlaken!«, schrie sie, und die Wucht ihres Schreis ließ mich einen Moment lang auf den Füßen wanken. »Du verfluchter Mistkerl, ich weiß sogar, wer sie war, ist dir das überhaupt klar? Ich weiß, wo sie gewohnt hat, wo diese Hure ihr Apartment hatte. Hast du ihre Laken auch beschmutzt, um wie ein Tier dein Territorium zu markieren?!«

»Hallo, Mummy«, sagte Sophie. Der Kopf meiner Mutter fiel mit einem Ruck nach hinten, als sei sie geohrfeigt worden, und sie verstummte. Die Stille, die sich plötzlich über den Raum legte, zog sich entsetzlich in die Länge. Sophie, die in der Tür stehen geblieben war, betrachtete meine Mutter mit einem ruhigen und festen Blick; ihr Gesichtsausdruck war beinah traurig. Endlich schien der Atem meiner Mutter die Kraft zu finden, aus ihrem Körper zu entweichen.

»Zieh die Schuhe aus«, sagte sie, und ihre Worte waren fast ein Flüstern. »Das hier ist der Salon. Zieh sie aus.«

»Ich finde, das genügt, meinst du nicht auch?«, erwiderte Sophie. »Matthew und ich gehen jetzt spielen. Um unser Abendessen kümmern wir uns selbst.«

Meine Mutter sackte auf ihren Sessel, als hätte Sophies Blick ihr alle Kraft genommen. »Zieh deine verdammten Schuhe aus«, murmelte sie, aber sie schien nicht mehr mit uns zu reden.

»Komm, Mattie«. Sophie nahm mich zart bei der Hand und über ihre Schulter hinweg sagte sie: »Gar nichts weißt du, Mummy. Merk dir das gut.« Wir schlossen die Tür des Salons behutsam hinter uns.

Als wir oben waren, fragte sie: »Bist du okay?«

»Ja«, sagte ich, wenn auch etwas unsicher. »Wovon hat sie gesprochen?«

»Von Dingen, die vor langer Zeit passiert sind. Mit dir hat das aber nichts zu tun.« Sophie strich mir das Haar aus den Augen und lächelte betrübt. »Tu so, als sei sie gar nicht da. Dir kann eigentlich nichts passieren. Sie führt sich manchmal auf wie eine Verrückte, aber sie kann dir nichts mehr tun.«

»Wirklich?«

»Wirklich. Ich verspreche es dir. Das ist jetzt alles vorbei.«

»Ich habe mich gefürchtet«, sagte ich. »Ich verstehe nicht, wovon sie geredet hat. Miss Finch hat doch nur angerufen …«

»Psst«, sagte Sophie. »Ich weiß. Es ist nicht deine Schuld.« Wir saßen gemeinsam auf meiner Bettkante, und als ich Sophie ansah, war ihr Blick starr auf eine ferne innere Landschaft gerichtet, die ich niemals zu sehen bekommen würde.

9

Ich hatte geglaubt, Matthew zu kennen, aber jetzt sehe ich ihn in einem anderen Licht. Seine Ticks, seine gewohnheitsmäßigen Bewegungen, seine Formulierungen – ich beobachte sie alle mit der gebannten Faszination, die mit der Furcht einhergeht.

Immer wieder überlege ich, wie ich flüchten könnte. All meine Ideen sind undurchführbar. Es gibt keinen Ort in der Nähe, an den ich gelangen könnte, selbst dann nicht, wenn ich es irgendwie schaffen würde, diesen Raum zu verlassen. Die nächste Farm ist eine Meile, wenn nicht noch weiter entfernt, und steht so leer wie dieses Haus. Mir ist vollkommen bewusst, dass es zwecklos ist, mich immer wieder mit denselben Gedanken herumzuschlagen, aber ich kann nichts dagegen tun. In dem Moment, in dem ich aufhöre, mich auf das zu konzentrieren, was sich unmittelbar vor meinen Augen abspielt, laufe ich in meiner Fantasie von hier fort und lasse ihn mit seinen Kerzen und seinen Erinnerungen zurück. Ich bemühe mich, realistisch zu bleiben. In mir wächst die Überzeugung, dass ich einen Fluchtweg finden werde. Wenn ich es schaffe, mir ein klares Bild von seiner Vergangenheit zu machen, wird sich die Gegenwart von selbst regeln.

Ich hoffe, ich habe Recht. Es klingt relativ einfach, aber ab und zu mache ich mir Sorgen, dass ich mich damit nur selbst beruhigen will, weil mein Verstand bereits erkannt hat, wie wenig ich tun kann – nämlich gar nichts. Ich habe das Gefühl, mir selbst Streiche zu spielen.

Aber seltsamerweise hilft mir Matthews Geschichte weiter. Nicht nur weil sie mir mehr Einzelheiten über ihn und seine Vergangenheit mitteilt. Sie lässt mich die Sophie aus Matthews Kindheit durch seine Augen sehen. Und ob es ihm passt oder nicht und ganz gleich, ob er mir und sich selbst einreden will, er sei jetzt Herr der Lage – ich weiß, dass er in mir noch immer dieses kleine Mädchen sieht. Anfangs glaubte ich, das könnte mir gefährlich werden, aber inzwischen hoffe ich, dadurch eine Waffe in die Hand zu bekommen, die ich gegen ihn einsetzen kann. Ich bin ganz sicher, dass er das nicht so sieht. Das spielt aber keine Rolle. Wenn ich eine Möglichkeit sehe, diese Waffe einzusetzen, werde ich es tun.

Plötzlich geht mir inmitten all dieser Gedanken auf, dass er auch im Recht sein könnte. Was tue ich denn schließlich anderes, als Geheimnisse für mich zu behalten, die Wahrheit nach Möglichkeit vor ihm zu verbergen und Ränke gegen ihn zu schmieden? Es ist fast so, als hätte er in jeder Hinsicht Recht.

An einem anderen Ort wäre dieser Gedanke amüsant, aber nicht hier. Ich ziehe die Beine noch dichter an meinen Körper, bis die Knie an meine Brust stoßen, und schlinge die Arme um meine Schienbeine. Das Klebeband hat sich stellenweise verdreht und schneidet in meine Handgelenke, aber das soll mir recht sein. Ein weiterer Kunstgriff, mir meiner prekären Lage bewusst zu bleiben.

Er sagt: »Was denkst du gerade?«

Ich blinzele. »Was?«

»Du wirkst, als dächtest du nach.«

»Ich habe gerade an die Scheune gedacht«, sage ich.

Er nickt. »Ja. Ich auch.« Er kratzt sich am Hals und blickt zur Decke auf.

Am Sonntagmorgen brachen wir erst spät auf. Die Sonne über den Hügeln jenseits des Waldes hing hinter einem dünnen, wie mit Aquarellfarben aufgetragenen Wolkenschleier groß und bleich am Himmel. Kein Windhauch regte sich, und die Farben des Waldes waren noch prachtvoller als am Vorabend auf dem Heimweg. Wir schlugen den Pfad ein, der vom Gartenende aus bergauf führte, bis wir etwa auf halber Höhe des Hügels zum Steinbruch gelangten. Dann stiegen wir durch die Lücke in der brüchigen Mauer und liefen querfeldein. Krähen stoben auseinander, und die grauen und rostroten Gebäude des verlassenen Bauernhofs wurden langsam größer. Es war kalt, und der belebende, scharfe Geruch des bevorstehenden Winters wurde von den kräftigen Düften nach herbstlicher Erde und moderndem Laub, Fallobst und dem Rauch der Feuer aus angezündeten Gartenabfällen gemildert. In der Nähe der Kastanienbäume trafen wir auf den Feldweg.

Die Wellblechplatte bewegte sich jetzt geschmeidig an der verbliebenen Niete, die als Angel diente, denn Sophie hatte Öl darauf getröpfelt. Wir hielten sie einander auf, während wir hineinhuschten. In der alten Scheune war es düster und kühl. Ich rannte bis ans hinterste Ende, da ich die Weite des Raums genoss, während Sophie in die Burg hinaufstieg.

»Mattie?«

»Ja?«, rief ich zurück.

»Komm doch bitte mal einen Moment her, ja!«

Ich rannte zurück, freute mich darüber, dass ich gut Luft bekam, und folgte ihr, bis ich den Kopf über die Zinnen strecken und in den oberen Raum schauen konnte. »Was ist?«

Sie wies mit einer Kopfbewegung auf die Buntstifte und Blätter, die verstreut herumlagen. »Du hast doch nichts angerührt, oder?«

»Nein«, sagte ich.

»Bist du ganz sicher? Du bist nicht zufällig mit dem Fuß an etwas gestoßen?«

»Nein. Da spiele ich ohnehin nicht. Ich spiele dort drüben.«

»Ja, ich erinnere mich.«

»Warum fragst du? Stimmt etwas nicht?«

Sie schaute unbeirrt auf die kindliche Unordnung hinunter. Ich folgte ihrer Blickrichtung und konnte nichts Auffälliges entdecken. In meinen Augen sah hier alles noch genauso aus wie gestern. »Irgendetwas hat sich hier verändert«, sagte sie. »Es ist jemand hier gewesen.«

Schlagartig verfinsterte sich meine Stimmung. Ich begriff, dass wir unmöglich wissen konnten, wer die Eindringlinge waren. »Was ... ich meine, glaubst du, sie kommen wieder?«, fragte ich.

»Ich weiß es nicht«, sagte Sophie. »Komm mit. Wir sollten besser sehen, dass wir vorbereitet sind.«

Die Vorstellung, dass jemand von der Scheune wusste, ließ mir einen Schauer der Aufregung und der Furcht über den Rücken laufen, und ich war begierig darauf, Sophie bei ihren Vorbereitungen zu helfen. Als Erstes sah sie sich in unserem geheimen Versteck um.

Kurz darauf erstattete sie mir Bericht. »Nein, dort unten ist alles unverändert. Das heißt, sie wissen nur von dem oberen Raum, und das ist gut so. Trotzdem wird es schwierig werden.« Sie unterbrach sich versonnen. »Wir können davon ausgehen, dass es Kinder oder Jugendliche sind, denn Erwachsene würden sich nicht die Mühe machen, auf die Ballen zu klettern oder unsere Sachen in Unordnung zu bringen. Wahrscheinlich werden sie wiederkommen.«

»Wann?«, fragte ich.

»Heute wahrscheinlich«, sagte Sophie. »Schließlich haben wir heute Sonntag, und an den Werktagen haben sie Schule oder so. Aber alles schön der Reihe nach. Als Erstes müssen wir verschwinden.«

Mit diesen Worten ging sie voraus und verließ die Scheune. Nach dem düsteren Licht im Innern ließ mich der Sonnenschein blinzeln; Sophie sah sich schnell nach allen Seiten um. »Ich sehe niemanden. Und du?«

»Ich auch nicht«, sagte ich.

»Also gut. Wir brauchen einen Ort, von dem aus wir die Scheune sehen können, ohne selbst gesehen zu werden. Lass uns den Weg nehmen.« Wir kletterten über die niedrige Mauer, aber statt zu den Kastanienbäumen hinunterzulaufen, stiegen wir den Hügel etwas höher hinauf, bis die Hecke neben der Mauer dichter wurde. Hier blieben wir stehen, da sich uns ein guter Ausblick auf den Bauernhof und die Seite der Scheune bot, in der unsere Tür war.

»Wir werden abwechselnd Wache halten«, sagte Sophie. »Schau einfach nur durch die Hecke, und achte darauf, ob jemand auftaucht. Magst du ein belegtes Brot?«

»Klar. Was ist denn drauf?«

»Schinken und Käse.«

Wir lösten uns beim Beobachten der Scheune im Viertelstundentakt ab und redeten über die Schule und unsere Mitschüler. Die Sonne schien jetzt etwas wärmer, da es auf die Mittagszeit zu ging. Von der anderen Seite des Dorfs konnte ich in einer mittleren Entfernung die Rauchfahne eines Laubfeuers aufsteigen sehen, die träge auf uns zu trieb, ehe sie von unsichtbaren Luftströmen zerteilt wurde.

Sophie saß auf der niedrigen Schiefermauer und schlenkerte nachdenklich mit den Beinen.

»Immer noch niemand?«

»Nein«, bestätigte ich. »Was glaubst du wohl, wann sie kommen werden?«

»Vielleicht kommen sie heute gar nicht mehr«, räumte sie ein. »Obwohl es eigentlich ziemlich wahrscheinlich wäre. Und ich will nicht in der Scheune sein, wenn sie kommen. Ich will sie mir erst in Ruhe ansehen.«

»Und was tun wir dann?«, fragte ich.

»Das hängt ganz davon ab, wer es ist«, sagte Sophie. »Es könnte passieren, dass wir die Scheune aufgeben müssen.«

»Wir könnten einen Club gründen und sie in den Club aufnehmen«, überlegte ich laut und dachte dabei an die Gruppe, die das Modellflugzeug bastelte.

»Ja, oder so etwas Ähnliches«, meinte sie vage. »Wir werden es ja sehen.«

Wir warteten bis ein Uhr, und es ließ sich immer noch niemand blicken.

»Mir ist langweilig«, sagte ich. »Wie lange müssen wir denn noch warten?«

»Was möchtest du denn stattdessen lieber tun?«

»Ich weiß es nicht«, sagte ich. »Vielleicht in den Wald gehen?«

Sophie zuckte die Achseln. »Okay. Lass die Brotzeitdose ruhig auf der Mauer stehen. Wir nehmen sie dann später mit.«

Das Wäldchen, auf das wir zuliefen, erstreckte sich jenseits des Feldes am oberen Ende des Weges; zu unserer Linken befand sich, etliche Felder weit entfernt, die Lichtung mit dem umgestürzten Baum. Wir liefen jedoch geradewegs bergauf, bis wir uns mühsam einen Weg durch das struppige Dickicht von Schösslingen und Sträuchern am Waldrand bahnten. Als wir weiter in den Wald hineinkamen, lichtete sich das Unterholz ein wenig, bis nur noch eine dicke Lage welkes Laub den Boden bedeckte; die oberste Laubschicht war braun und spröde. Ich trat sie in die Luft und zog meine Füße nach, um tiefe Spuren zu hinterlassen, und Sophie lachte und machte es mir nach. Tiefer im Wald ertönten die alarmierten Rufe von Vögeln, und hoch über uns sahen wir in den Baumkronen vereinzelt Krähennester.

Zwischen den Wurzeln mancher Bäume glitzerten Giftpilze. Von einer Rosskastanie erbeuteten wir einige ziemlich aufgeweichte Früchte, die ich nach den Giftpilzen warf, woraufhin sie in verblüffend weiße Stücke zersprangen. Die Luft schien dünn und sauber zu sein.

Wir verbrachten vielleicht eine gute Stunde in den Wäldern und liefen in einem großen Kreis, der uns fast an unseren Ausgangspunkt zurückführte. Als wir den Weg wieder hinabstiegen, rollte ich die rundesten Steine vor uns her, um zu sehen, wie weit sie kullern würden. Die eckige weiße Brotzeitdose war gerade auf der niedrigen Mauer zu erkennen, als Sophie warnend eine Hand hob.

»Warte«, sagte sie. »Sieh mal.«

Ich schaute in die Richtung, in die ihr Finger deutete. Auf dem Gelände des verlassenen Bauernhofs waren zwei Gestalten in leuchtend bunten Anoraks zu sehen. Während wir sie beobachteten, liefen sie eine Zeit lang ziellos durch die Gegend, blieben vor den vernagelten Fenstern stehen und untersuchten sie genauer, sahen sich in dem Schuppen mit den Ölfässern um und kamen schließlich um die Scheune herum auf die Seite, die uns zugewandt war. Sie sahen sich nach einer Öffnung um, und nach mehreren erfolglosen Versuchen fanden sie die lose Wellblechplatte und schlüpften in die Scheune.

»Tja«, sagte Sophie. »Da sind sie also. Komm, wir schleichen uns näher heran.«

Wir rannten den Hang bis zu der Stelle hinunter, an der die Hecke dichter war; dort blieben wir stehen und starrten gebannt die fensterlose Seite der Scheune an. Wir konnten nichts hören, und es war auch nichts zu sehen, was darauf hinwies, dass hier etwas nicht stimmte.

»Und was tun wir jetzt?«, fragte ich.

»Ich will wissen, wer die beiden sind«, sagte Sophie. Sie schien einen Moment lang nachzudenken und fügte dann hinzu: »Bleib hier. Ich sehe mich mal um. Es wird nicht lange dauern.«

Ich sah ihr nach, als sie über die Mauer kletterte und den Weg zu dem Bauernhof unter uns einschlug.

Fast eine Viertelstunde ging vorüber, ehe Sophie wiederkam. Nachdem zehn Minuten vergangen waren, begann ich mir Sorgen zu machen. Ich hatte sie um die Scheune herumlaufen sehen; zwischendurch war sie stehen geblieben und hatte ihr Gesicht dicht an das Metall gepresst, als schaute sie durch ein kleines Guckloch, und dann war sie zum Eingang gelaufen und hineingekrochen. Anschließend hatte ich niemanden mehr gesehen und auch keinen Laut gehört. Ich war schon sichtlich aufgeregt und nervös und fragte mich gerade, ob ich ihr nach unten folgen sollte, als die Platte wieder zur Seite geschoben wurde. Mir schlug das Herz bis zum Hals, als einer der Fremden herauskam – der mit dem roten Anorak. Im nächsten Moment folgte der andere. Plötzlich wurde ich von Panik gepackt und glaubte schon, Sophie würde gar nicht mehr herauskommen, doch dann sah ich, wie sich ihre kleinere Gestalt im Schatten der Scheune aufrichtete. Sie blieben alle drei ein Weilchen dort stehen – und redeten miteinander, vermutete ich –, ehe sie sich trennten. Sophie lief über das Feld auf mich zu, während die beiden Fremden querfeldein liefen, um weiter unten, in der Nähe der Hauptstraße, auf den Weg zu stoßen. Ich wartete ungeduldig auf Sophies Eintreffen.

»Was ist passiert?«, fragte ich. »Wer waren die beiden?«

»Um Himmels willen, lass mir doch einen Moment Zeit. Ich erzähle dir alles, sobald ich wieder Luft bekomme.« Sie setzte sich auf die niedrige Mauer und schlenkerte mit den Beinen. »Also gut. Wir hatten Recht, es sind Kinder. Älter als wir.« Ein seltsamer Ausdruck huschte über ihr Gesicht. »Einer von ihnen ist dreizehn, der andere fünfzehn. Äh … sie heißen übrigens Andrew und Steven.« Sie lächelte beinah. »Erinnerst du dich noch daran, wie du in der Schule verprügelt worden bist? Vor ein paar Jahren?«

»Nein«, sagte ich verwundert.

»Oh, doch. Man hat uns für den Rest des Tages frei gegeben, weil ich mir einen Zahn abgebrochen hatte.«

»Ach ja«, sagte ich. »*Du* warst diejenige, die verhauen worden ist.«

»Siehst du, du erinnerst dich doch noch daran. Also, dieser Andrew, der gerade in der Scheune war, ist auch der Andrew, der auf dem Schulhof die kleineren Kinder schikaniert hat – der, den sie dann rausgeworfen haben. Und Steven ist sein älterer Bruder.«

Ich wusste nicht, was ich dazu sagen sollte. Die Einzelheiten des weit zurückliegenden Vorfalls waren in meiner Erinnerung verblasst und verworren. Ich war noch nicht einmal sicher, ob ich die Gesichter der Jungen wieder erkennen würde, die in den Vorfall verwickelt waren, und außerdem waren sie, sowie sie die Schule verlassen hatten, so vollständig aus meinem Leben verschwunden, dass ich nie mehr auch nur einen Gedanken an sie verschwendet hatte.

Ich fragte: »Heißt das … ich meine, erinnert er sich noch an dich? Und daran, was er dir getan hat?«

Sophies seltsamer Gesichtsausdruck wurde jetzt noch auffälliger. »Ja, mit Sicherheit. Aber weißt du, Menschen verändern sich mit der Zeit. Ich glaube nicht, dass er … heute noch andere schikaniert, falls es das ist, was dir Sorgen macht.« Sie gähnte ungerührt. »Ich dachte mir sogar, es könnte Spaß machen, sie näher kennen zu lernen. Sie kommen am Mittwoch wieder, und dann treffen wir beide uns mit ihnen.«

»Ich dachte, du wolltest, dass die Scheune etwas ganz Besonderes ist?«, fragte ich reichlich erstaunt.

»Ja, aber das heißt noch lange nicht, das wir keine Freunde dorthin einladen können. Du hast doch selbst etwas von einem Club gesagt, oder nicht?«, fügte sie fröhlich hinzu, als fiele es ihr gerade wieder ein.

»Ja, vermutlich schon«, sagte ich.

»Na prima. Es wird schön sein, ein paar Leute zu haben, mit denen man reden kann. Andrew wirst du wahrscheinlich mögen. Und Steven ist auch ganz in Ordnung.« Sie strich sich einzelne Haare aus den Augen. »Ich glaube, mir reicht es jetzt. Hast du Lust, noch in den Steinbruch zu gehen?«

Leonardo fiel mir wieder ein, und das erinnerte mich an meinen Vorsatz, mir die Steinbruchhefte genauer anzusehen, daher nickte ich zustimmend. »Ja, das wäre schön.«

Er sieht mich an, fast schon anklagend. »Erzähl mir von der Scheune«, fragt er.

»Was willst du wissen?«, frage ich in der Hoffnung, Zeit zu gewinnen.

»Sag mir einfach nur, warum du sie ausgesucht hast.«

Das ist ein Test, so viel erkenne ich inzwischen deutlich. Er will mich auf die Probe stellen. Mein Instinkt sagt mir, dass ich ihm diese Frage beantworten kann; ich rufe mir wieder ins Gedächtnis zurück, als was er mich ansieht. Warum ausgerechnet die Scheune?

Doch im selben Moment weiß ich, dass ich richtig liege.

»Die Scheune war eine Falle«, sage ich und bemühe mich, mir die glühende Freude über diesen Treffer nicht anhören zu lassen. »Für jeden zugänglich und daher als geheimes Versteck nicht geeignet, Mattie. Aber trotzdem vor Erwachsenen sicher. Etwas für ganz spezielle Zwecke. Ein Ort, wie ihn sich nur Leute wünschen würden, die …«

»Leute wie du«, beendet er meinen Satz. »Leute, die etwas zu verbergen haben.« Seine Stimme ist extrem leise, fast schon ein Flüstern, aber seine Augen wirken durchdringender denn je. »Du hast diese Falle aufgestellt. Und mit welcher Lässigkeit. Die Scheune war kein Ort wie der Steinbruch.«

»Nein«, stimme ich ihm zu.

Er reibt sich das Gesicht. »Das darf doch nicht wahr sein.« Er legt eine Pause ein. Dann sagt er: »Du hast mich Mattie genannt.«

»Habe ich das getan?« Ich kann mich nicht erinnern. Vielleicht habe ich ihn tatsächlich so genannt. Aber nur, weil er sich selbst ständig so nennt.

»Ja, du hast es getan.« Seine Augen funkeln im Kerzenlicht. »Seltsam. Manche Dinge verändern sich nie.«

Schlagartig fürchte ich mich wieder, und ich bin alles andere als sicher, welche Wendung das Gespräch gerade genommen hat. Ich kann spüren, dass wir an vergangenen Dingen rühren, die ich nicht verstehe. »Du hast gesagt, mit der Zeit ändern sich die Dinge.«

Er lacht leise. »Sehr gut, Sophie. Sehr gut. Aber das habe nicht ich gesagt, das hast *du* gesagt. Also lass diese verfluchten Spielchen bleiben, ja? Ich bin kein Kind mehr. Und ich kenne dich.«

Ich nicke benommen. Er hat die Stimme nicht erhoben, aber zum ersten Mal, seit er mich geschlagen hat, fürchte ich um mein Leben.

Er schweigt. Dann fährt er fort: »Also, lass uns zum Thema zurückkommen.« Ich stelle fest, dass ich gegen meinen Willen unkontrolliert zittere.

Als wir an dem sanften Hang des Steinbruchs hinunterschlitterten, glitten wir immer wieder auf dem losen Geröll aus. Die Steine waren glatt vom Regen der vergangenen Nacht. Das braune Unkraut an dem einen Ende des Steinbruchs war noch struppiger als beim letzten Mal, während am anderen Ende direkt unter den Gitterstäben vor den Stollen Schmutzspuren den Fels verunstalteten. Sophie machte sich auf den Weg, um die Tasche zu holen, während ich mangelndes Interesse vortäuschte, Steine in das Unkraut warf und ziellos umherschlenderte.

Nach einer Weile kehrte Sophie zurück und legte die Tasche auf einem großen Stein ab. Ich wirkte immer noch unschlüssig, als ich zu ihr lief, in die Hocke ging und in den alten Fossilien in der Tasche herumwühlte. Sie sah mich an – ich glaubte, Neugier in ihrem Blick zu erkennen –, und ich sagte: »Wenn das Flugzeug fertig ist, könnte ich es von dort drüben fliegen lassen. Von ganz oben.« Ich deutete auf den Rand des Steinbruchs über den Stollen.

Sophie nickte, ihre Neugier schien befriedigt zu sein. »Ja, warum nicht? Wenn es eine Bruchlandung macht, wird es allerdings ziemlich übel aussehen.« Sie öffnete die Keksdose, zog die Plastiktüte mit den Heften heraus und griff hinein.

»Was schreibst du heute?«, fragte ich, obwohl ich genau wusste, dass ich keine klare Antwort bekommen würde.

»Nichts weiter«, sagte sie. »Was sich eben so getan hat, du weißt schon.«

»Ja.« Ich stand auf, schlenderte wieder umher und spürte, wie mir ganz komisch im Magen wurde. Ich hatte immer noch keinen Blick in die Steinbruchhefte geworfen. Es war wichtig, nicht zu viel Interesse daran zu zeigen, andererseits brannte ich vor Neugier. Der ständige Umgang mit Sophie hatte mein Gespür dafür geschärft, wie man es richtig anstellt, zu lügen, und zu meinem Erstaunen – und nicht ohne eine gewisse Befriedigung – stellte ich fest, dass ihr an mir bisher anscheinend nichts Ungewöhnliches aufgefallen war. Sie war über das Heft gebeugt und kritzelte etwas mit ihrem Kugelschreiber hinein, während ich am äußeren Rand des Steinbruchs so langsam wie möglich eine Runde drehte. Ich sah zum Himmel auf und bemühte mich, an den Spitfire aus Balsaholz zu denken; ich hätte alles getan, um so auszusehen wie sonst auch. Das Problem bestand nur darin, dass ich keine klare Vorstellung davon hatte, wie ich normalerweise aussah, wohingegen Sophie es nur zu gut wusste. Ich machte kehrt und schlug wieder die Richtung ein, aus der ich gekommen war. Ich lechzte danach, schneller zu gehen, wagte es aber nicht. Ich hob Steine auf, warf sie in die Luft und summte Melodien, die ich im Radio gehört hatte. Wenn ich noch länger wartete, hätte Sophie schon alles aufgeschrieben und die Bücher würden wieder weggepackt werden. Ich dachte daran, dass ich jederzeit allein zum Steinbruch zurückkehren und mir die Hefte in aller Ruhe ansehen könnte: Diesen Gedanken verwarf ich jedoch augenblicklich. Der Weg auf den Hügel über dem Steinbruch war nicht weit – man ging fünf oder höchstens zehn Minuten –, aber der schmale Trampelpfad, der an der Schiefermauer entlang führte, war von unserem Haus aus einsehbar, und wenn Sophie mich dort sah, würde sie genau wissen, wohin ich ging. Dazu kam noch, dass ich es ihr zwar oft als Abschluss eines Nachmittags im Steinbruch abgenommen hatte, die Tasche in den Stollen zurückzubringen, sie die Hefte aber immer selbst in die Keksdose packte. Was war, wenn ein Geheimnis dahinter steckte, wie die Plastiktüte gefaltet wurde? Oder wenn auf dem Deckel ein ganz bestimmter Kratzer war, der an einem bestimmten Punkt der Dose ausgerichtet werden musste? Die Möglichkeiten waren zu vielfältig, um dieses Vorhaben auch nur in Betracht zu ziehen.

Ich blieb neben ihrer Schulter stehen. »Mir ist langweilig«, sagte ich. »Bist du bald fertig? Ich möchte zur Scheune gehen.«

»Ich habe es gleich geschafft«, beteuerte sie. Sie beendete die Zeile, die sie gerade geschrieben hatte, mit einem seltsamen Schrägstrich und blickte zu mir auf. »Warum schaust du dir nicht die Startrampe an, von der du dein Flugzeug starten willst? Ich komme dann gleich nach.«

»Okay«, willigte ich ein. Die Buchstaben selbst waren ganz normal, aber dazwischen befanden sich merkwürdige Symbole wie der Schrägstrich, und die Buchstabenfolge ergab keinen Sinn. Die Buchstaben waren in kleinen Blöcken mit gleichmäßigem Abstand notiert, und auch das sah nicht nach normalen Worten aus. »Ich winke dir zu, wenn ich oben bin.«

»Okay.« Sie beugte sich wieder über ihr Heft, und ich wandte mich ab und ging. Ich versuchte, mich daran zu erinnern, ob die Steinbruchhefte schon immer so ausgesehen hatten. Mir schien es, als hätte es eine Zeit gegeben, zu der die seltsamen Kritzeleien eher wie normale Wörter ausgesehen hatten, nur dass der wirre Buchstabensalat keinen Sinn ergeben hatte. Aber das erste Mal hatte ich die Steinbruchhefte gesehen, als – ja, wann eigentlich? Als ich noch viel jünger war, so viel stand fest. Vielleicht war ich damals erst vier gewesen, schätzte ich kühn; schließlich waren sie, als ich fünf Jahre alt war, bereits ein so fester Bestandteil meines Lebens gewesen, dass ich mich nicht an eine Zeit ohne sie erinnern konnte. Ich bahnte mir behutsam einen Weg an dem unebenen Hang hinauf zum oberen Rand des Steinbruchs. Vielleicht hatten sich die Steinbruchhefte in der Zwischenzeit verändert. Das wäre sehr wahrscheinlich. Schließlich war auch Sophie älter geworden. Leonardos Steinbruchschrift sah ganz anders aus – er benutzte Spiegelschrift, hatte Miss Finch gesagt –, aber ich konnte mühelos erkennen, dass der Grund dafür derselbe war, wenn sich die Methoden auch nicht glichen. Leonardo hatte seine Erfindungen geheim halten wollen. Sophies Geheimnisse waren wahrscheinlich ganz anderer Natur, doch auch sie wollte nicht, dass andere etwas davon erfuhren. Atemlos erreichte ich den oberen Rand des Steinbruchs und legte eine Rast ein, um eine Dosis aus dem Inhalierer zu nehmen, den ich in meiner Tasche mit mir herumtrug.

Ich sah den Steinbruch von Gold- und Kupfertönen eingerahmt, denn die Bäume, die seine Ränder säumten, nahmen im Herbst die Farben von gehämmerten Metallen an. Dort, wo ich unter dem Stacheldraht hindurchschlüpfte und am äußeren Rand des Zauns entlang lief, der um den Steinbruch gespannt war, lag auf dem Boden eine dicke Schicht welkes Laub. Der obere Rand bröckelte stellenweise ab; wenn man den Pfad vom Grund des Steinbruchs hinaufstieg, konnte man sehen, wo Felsbrocken abgesplittert waren, und darüber ragte ein kreisrunder Überhang harter Erde von etwa einem Fuß Dicke, der von unten nicht abgestützt wurde. Aus diesen Gründen würde ich das Flugzeug fast eineinhalb Meter vom Rand entfernt fliegen lassen müssen. Ich lief durch die Bäume um den Rand des Steinbruchs herum, bis ich auf der richtigen Seite angelangt war, und dann bahnte ich mir einen Weg durch die Büsche zum Zaun und suchte eine Lücke oder eine Stelle, wo ich über den Zaun klettern konnte. Ich entdeckte einen abgebrochenen Ast, der auf den Zaun gefallen war, wodurch dieser in einem Gewirr aus Draht und grauen Latten flach auf dem Boden lag. Vorsichtig stieg ich darüber und wagte mich langsam weiter vor, bis ich den Grund des Steinbruchs großenteils überblicken konnte. Ein paar Sekunden lang war dort kein Mensch zu sehen, und dann tauchte Sophie unter mir auf und bewegte sich in Richtung Ausgang, der meinem Aussichtspunkt gegenüber lag. Sie war nicht zu sehen gewesen, weil sie gerade die Steinbruchtasche bei den Stollen unter mir verstaut hatte.

Der Gedanke an die Stollen unter mir ließ mich erschauern; wohin auch immer sie führen mochten – sie führten irgendwo in den Fels unter meinen Füßen hinein.

»He!«, rief ich. Sophie blieb stehen, drehte sich um und winkte mir stumm zu, ehe sie den Pfad hinaufstieg. Ich wich vorsichtig vom Rand des Steinbruchs zurück und lief Sophie entgegen. In all der Zeit jubilierte eine winzige triumphierende Stimme in meinem Innern: Es war zwar nichts Bewegendes gewesen, nur ein flüchtiger Blick in die Steinbruchhefte, aber ich hatte eine Schwäche an Sophie entdeckt. Sie glaubte nicht, dass ich sie zum Narren halten konnte, und genau das konnte ich, weil sie selbst es mir beigebracht hatte.

Er versinkt unvermittelt in Schweigen, und mir gehen die letzten Worte, die er ausgesprochen hat, durch den Kopf. Es ist die reinste Ironie. Matthew sammelt als Kind sorgsam kleinste Bruchstücke von Informationen über Sophie und setzt sie allmählich zu einem klareren Bild über dieses Mädchen zusammen, das er kennt und doch nicht kennt. Und jetzt, Jahre später, hat sich alles umgekehrt, und er ist derjenige, der sorgfältig unter die Lupe genommen wird, derjenige, dessen kleinste Bewegungen beobachtet und abgeschätzt werden. Und zwar aus ziemlich genau den gleichen Gründen.

10

Der Mittwoch kam, und als wir nach der Schule zu Hause eintrafen, machte sich Sophie sofort daran, sich umzuziehen. Als sie in Jeans und Anorak wieder auftauchte, fiel draußen leichter Nieselregen, und es war ein kalter Tag.

»Wohin gehst du?«

Sie grinste. »Dein Gedächtnis ist ziemlich kurz. Zur Scheune. Wir haben doch ausgemacht, dass wir heute Andy und Steve dort treffen.«

»Ach ja«, sagte ich.

»Ich habe mit Mummy gesprochen«, fügte sie hinzu. »Wir dürfen belegte Brote und Getränke mitnehmen.«

»Wirklich?«

Sie nickte. »Komm, jetzt zieh dir einen Mantel an. So kannst du doch nicht aus dem Haus gehen.«

»Okay«, willigte ich ein und rannte nach oben; dabei fragte ich mich, wie es wohl kam, dass Sophie meiner Mutter so mühelos Zugeständnisse entlocken konnte.

Wie Sophie es beabsichtigt hatte, trafen wir vor den anderen in der Scheune ein. »Kein Wort über den unteren Raum«, warnte sie mich. »Der gehört immer noch uns beiden ganz allein. Wir setzen uns hier oben hin und warten.« Wir machten es uns auf den Strohballen in dem offenen oberen Raum unserer Strohfestung bequem und sprachen eine Zeit lang über die Schule.

Nach etwa einer halben Stunde hörten wir die Metallplatte klappern und verstummten beide. Die Platte schwang zur Seite, und eine gekrümmte Gestalt in einem roten Anorak zwängte sich durch die Öffnung.

»Mist«, hörte ich den Jungen sagen. »Ich habe mich an der Platte geschnitten.«

»Jetzt geh schon rein«, hörte man eine andere Stimme. »Es ist kalt hier draußen.«

Die zweite Gestalt folgte und richtete sich auf.

»Ist da jemand?«

Sophie stand auf und sprang über die Festungsmauer. »Ja. Hallo. Ich habe Mattie heute mitgebracht«, sagte sie. »Er ist erst neun, aber er ist in Ordnung.«

Der ältere Junge lachte. »Das klingt ziemlich großspurig«, meinte er.

»Sie ist immer so«, sagte der andere. Allerdings schien keiner von beiden allzu selbstsicher zu sein, und ich spürte, dass sich ein Teil der Spannung, die sich auf meine Brust gelegt hatte, löste. Ganz gleich, wie sehr ich mich auch anstrengte, ich konnte mich an keinen dieser beiden Jungen erinnern, und doch war der Jüngere – es musste Andy sein – derjenige, der Sophie in der Schule wehgetan hatte.

»Jetzt kommt schon rauf«, rief sie. Sie folgten ihr ungeschickt die kleinen Stufen hinauf, bis sie alle im oberen Raum angekommen waren, und dort sahen sie sich eingeschüchtert um.

»Gar nicht mal so übel«, sagte Andy. »Habt ihr das selbst gebaut?«

»Nein«, erwiderte Sophie. »Es hat schon ungefähr so ausgesehen, als wir diesen Ort entdeckt haben. Für die Wand hier haben wir nur noch ein oder zwei Ballen von der Stelle gerückt. Sie sind ziemlich schwer.«

»Ihr seid eben noch ziemlich klein«, sagte der ältere Junge – das musste Steven sein. Er feixte.

»Halt den Mund«, sagte Andy voller Unbehagen. »Das geht schon in Ordnung.« Mit einem Scharfblick, der für mich ungewöhnlich war, begriff ich, dass er Sophie schon länger kannte als Steven, und ich fragte mich augenblicklich, was er im Moment wohl empfand. Als Sophie das Wort ergriff, wirkte sie jedoch weder angespannt noch beleidigt.

»Setzt euch«, sagte sie. »Es ist zwar nicht besonders komfortabel, aber was soll's.«

»Wie habt ihr diesen Ort gefunden?«, fragte Andy.

»Ach, das war Zufall«, sagte Sophie. »Der Bauernhof steht leer.«

»So, so«, meinte Steven. Er zog ein Päckchen Zigaretten aus der Tasche, zündete sich eine an und warf das benutzte Streichholz über die Mauer aus Stroh.

»Damit wirst du dich hier vorsehen müssen«, sagte Sophie mit ruhiger Stimme. »Ich kann mir erfreulichere Todesarten vorstellen.«

»Du hast doch nicht etwa Angst?«, sagte Steven grinsend. Es entstand eine Pause, und dann grinste Sophie ebenfalls.

»Kannst du schon riechen, dass es brennt?«, fragte sie.

»Sei nicht albern. Ich habe das Streichholz ausgepustet.«

»Nein, eben nicht«, erwiderte sie. »Du hast damit durch die Luft gewedelt, aber es ist nicht ausgegangen. Also, wer ist jetzt hier albern?«

Ich beobachtete das Ganze mit weit aufgerissenen Augen. Bisher hatte ich nichts gerochen, aber jetzt schien es mir, als hätte Sophie Recht: ein ganz schwacher Geruch nach brennendem Stroh hing in der Luft. Ich warf einen Blick auf Andy, und sein Gesichtsausdruck ließ vermuten, dass auch er es riechen konnte.

»Blödsinn«, sagte Steven, aber seine Stimme klang jetzt weniger sicher.

»Ich kann Rauch riechen«, sagte Sophie. »Wenn wir noch länger hier sitzen bleiben, werden wir es nicht mehr nach unten schaffen.« Sie sprach mit ruhiger Stimme, aber ihr Tonfall war eindringlich genug, um glaubhaft zu klingen. Plötzlich war der Rauchgeruch wie weggeweht aus meinen Nasenlöchern und wurde vom Geruch des Strohs und nasser Kleidung abgelöst. Steven jedoch konnte ich ansehen, dass er den Rauch jetzt roch, und ich konnte ihm auch ansehen, dass er anfing, daran zu glauben.

»Verdammter Mist, Steve«, murmelte Andy. »Ich kann es auch riechen ...«

»Das ist doch alles nur Blödsinn«, sagte Steven, aber schon während er diese Worte sagte, stand er auf, und in seinen Augen stand kaum verhohlene Panik. »Ich habe es ausgeblasen ...«

Er ging auf die Brüstung zu, beugte sich darüber und sah auf das Stroh hinunter.

Sophie grinste. »Nur ein kleiner Scherz«, sagte sie. »Du hast es ausgepustet. Im Ernst.«

Lange Zeit herrschte Schweigen. Steven drehte sich langsam zu ihr um und sah sie an. Einen Moment lang glaubte ich, er würde sie schlagen, und ich wusste, dass ich nicht das Geringste tun konnte, um ihn daran zu hindern.

»Steve ...«, sagte Andy noch einmal, und Steve lachte barsch.

»Ganz schön gut für eine Zwölfjährige«, sagte er, und die aufgekommene Spannung legte sich wieder. Er sah Sophie neugierig an und setzte sich. Erstaunt nahm ich zur Kenntnis, dass Sophie sich bereits ein Jahr älter gemacht hatte, aber weder Andy noch ich äußerten uns dazu, obgleich es Andy – wenn er nachgedacht hätte – eigentlich klar sein musste, dass sie erst elf war und noch gute neun Monate lang elf bleiben würde.

»Ja«, stimmte Sophie ihm zu. Sie schlug die Beine übereinander und lächelte. »Ich dachte, das hätte dir Andy bereits erzählt.«

Steve nickte. »Stimmt.«

»Und jetzt erzählt uns etwas über euch, Steve und Andy«, sagte sie.

Sie warfen einander einen schnellen Blick zu. »Was willst du denn wissen?«, fragte Andy.

»Warum seid ihr hergekommen?«

Steve antwortete. »Ich habe gehört, das Haus stünde leer, und deshalb wollten wir uns hier mal umsehen, ihr wisst schon.«

»Ein paar Steine werfen und Fensterscheiben einschlagen?«, fragte Sophie zuckersüß.

»Das ist doch Kinderkram«, erwiderte er gepresst. »Nein, wir haben uns nach einem Ort umgeschaut, wo man ungestört ist. Ich dachte, wir kämen vielleicht in eines der Nebengebäude hinein. Ich nehme an, einige von ihnen lassen sich mit Leichtigkeit aufbrechen, aber ich schätze, sie behalten die Gebäude im Auge.«

»Das ist anzunehmen«, stimmte Sophie ihm zu. »Und was treibt ihr so, wenn ihr so großen Wert darauf legt, ungestört zu sein?«

Steve lachte. »Nichts, was euch interessieren würde«, sagte er. »Mit deinem Bruder scheint ja nicht gerade viel los zu sein, was? He, du da – kannst du eigentlich sprechen?«

»Ja«, murmelte ich.

»Ich warne dich«, mischte sich Sophie ein. »Lass Mattie in Ruhe, okay? Sprich nachher mal mit Andy, und er wird dir ein paar gute Gründe dafür nennen, ihn in Ruhe zu lassen.« Sie bedachte Andy mit einem strahlenden Lächeln. »Ich bin inzwischen nämlich älter geworden«, sagte sie.

»Ja, schon gut, ich verstehe«, meinte Steve kopfschüttelnd. »Himmel noch mal. Du redest wie eine Lehrerin!«

»Wenn du meinst«, gab Sophie zurück. »Jedenfalls seid ihr hier herzlich willkommen. Wir haben nichts dagegen, uns die Scheune mit euch zu teilen.«

»Ja, klar, und was ist, wenn ich beschließe, dass ich euch hier nicht mehr sehen will?«

Sophie sah ihn an und lächelte dann. »Du bist ziemlich schlau«, sagte sie. »Ich glaube, wir werden gut miteinander auskommen.«

»Mist«, sagte Steve genervt. »Ich kann es einfach nicht glauben.« Er drückte die Zigarette an seiner Schuhsohle aus und mir fiel auf, dass er dabei sehr behutsam vorging. Sophies Lächeln wurde noch strahlender.

»Wir sehen uns dann am Wochenende wieder, okay?«, schlug sie vor. »Am Samstag.«

Wir beobachteten sie schweigend, bis sie zur Tür hinausgeschlüpft waren. Als die Metallplatte wieder an ihren Platz zurückgefallen war, lehnte sich Sophie an den Strohballen zurück und grinste mich an.

»Das wird richtig toll werden«, sagte sie.

Am Freitag ging es in der Schule chaotisch zu, und um vier Uhr waren Lehrer und Schüler gleichermaßen froh, dem Schulgebäude den Rücken kehren zu können. Sophie wartete am Rand des Schulhofs auf mich, und wir machten uns wie üblich gemeinsam auf den Heimweg. Sie schien aus irgendwelchen Gründen blendend gelaunt zu sein, obgleich sie nichts besonders Aufregendes erwähnte, während wir darüber plauderten, was wir im Lauf des Tages erlebt hatten. Ich nahm an, sie freute sich schon auf unser nächstes Treffen mit Andy und Steven.

Vielleicht ist es seltsam, dass ich nicht die geringste Spur von Eifersucht empfand, obwohl sich Sophie jetzt so sehr für andere Menschen interessierte. Ich war mir aber sicher, dass Sophie ganz anders reagiert hätte, wenn ich derjenige gewesen wäre, der plötzlich beschlossen hätte, Zeit mit neuen Freunden zu verbringen. Aber ein Teil von mir verspürte sogar eine gewisse Erleichterung darüber, dass Sophies Aufmerksamkeit jetzt ein wenig von mir abgelenkt war.

An jenem Abend schenkte ich mir ein Glas Saft ein und schlenderte damit in unseren Garten hinaus. Es war kühl, in der Luft hing ein feuchtkalter Geruch, überlagert von dem eines Laubfeuers. Ich schlenderte zum Bach und zum Obstgarten hinunter und stellte zu meiner Freude fest, dass das Feuer in unserem Garten brannte: ein hoher, ordentlich aufgetürmter Haufen Laub und Äste glimmte so schwach wie ein schmollender Vulkan. Der Abendhimmel war schon dunkler geworden, und die Bäume warfen lange Schatten auf den Rasen. Als ich zurückkam, war niemand in der Küche. Sophie fand ich oben. Sie lag auf ihrem Bett und trat mit einem Fuß in die Luft.

»Hallo«, sagte sie. »Wo bist du gewesen?«

»Im Garten«, sagte ich. »Es wird jetzt schon früh dunkel.«

»Ja, und so wird es noch eine ganze Weile weitergehen«, stimmte sie mir zu.

»Was tust du?«

»Ich denke nach.«

»Worüber denkst du nach?«

Sie setzte sich auf, streckte sich und sah mich mit einem Anflug von einem Lächeln auf ihrem Gesicht an. »Mach die Tür zu. Kannst du ein Geheimnis für dich behalten?«

»Klar!«, sagte ich und setzte mich auf ihre Bettkante.

»Also, ich weiß selbst nicht so recht«, begann sie. »Es war

nur so eine Idee.« Sie nahm eine aufrechtere Haltung ein und schien mit sich zu beratschlagen, wie viel sie mir erzählen sollte. Schließlich fragte sie: »Wie alt sehe ich deiner Meinung nach aus?«

»Hm?«

Sie hielt sich mit einer Hand das Haar zurück und umrahmte mit ihren Armen ihr Gesicht. »Was meinst du, wie alt ich aussehe?«

»Ich weiß es nicht …«, sagte ich zögernd. »Ziemlich alt.«

»Älter als elf?«

»Ja, ich glaube schon. Ja, ganz bestimmt.«

»Das habe ich mir auch gesagt. Ich finde, ich sehe etwa aus wie dreizehn, abgesehen von dieser blöden Frisur und davon, dass jeder weiß, wie alt ich bin. Du weißt schon, was ich meine. Die Leute gewöhnen sich derart an einen, dass sie dich nicht mehr wirklich anschauen. Wenn ich anders aussähe, würden die Leute mich vielleicht auch anders behandeln.«

»Wer zum Beispiel?«, fragte ich zweifelnd. »Die Leute in der Schule?«

»Auf gar keinen Fall. Ich will nicht, dass dieser ganze Haufen ausgerechnet jetzt seine vorgefasste Meinung über mich ändert.«

»Mummy?«

»Die zählt nicht. Nein, ich dachte eher an Steven und Konsorten. Wenn ich etwas älter aussähe, würden sie mich vielleicht nicht mehr wie ein Kind behandeln.« Sie seufzte. »Er weiß, dass ich schlau bin, aber das bedeutet nichts, wenn er weiß, dass ich eine schlaue *Elfjährige* bin.«

»Er glaubt, du bist zwölf«, sagte ich.

»Trotzdem. Wie dem auch sei. Mit Kindern reden die Leute nicht, und daher sollte ich lieber zusehen, dass ich kein Kind mehr bin. Jedenfalls eine Zeit lang.«

»Was hast du vor?«, fragte ich interessiert.

»Gar nicht mal viel. Warte einen Moment.« Sie trug immer noch den Rock, der für Mädchen zur vorgeschriebenen Schuluniform gehörte, und dazu eine schlichte weiße Bluse. Während ich dasaß und zusah, öffnete sie ihren Kleiderschrank und suchte eine Jeans heraus. »Das sollte gehen. Warte so lange hier.« Ich blinzelte, als sie das Zimmer verließ. Dann hörte ich, dass sie ins Bad ging und die Schranktür öffnete, hinter der sich der Boiler verbarg. Dort wurde die Wäsche nachgetrocknet. Wenige Momente später kam sie mit einem weißen Hemd zurück, das aussah, als müsste es Vater gehören. »Das ist viel zu groß«, hörte ich sie murmeln.

Sie schlüpfte aus ihrem Rock und zog stattdessen die Jeans an. Ihre Bluse ersetzte sie durch das Hemd, wobei die Manschetten mehr als zwanzig Zentimeter über ihre Handgelenke hingen. Ich fing an zu lachen.

»Du siehst ziemlich albern aus«, sagte ich.

»Ja, klar. Warte einen Moment, bis ich das richtig hingekriegt habe.« Ich wartete, während sie die Hemdsärmel geduldig aufkrempelte, bis sie lässig in dicken Wülsten auf halber Höhe ihrer Unterarme endeten. Die losen Stoffmassen klemmte sie in den Bund ihrer Jeans. »Ich bräuchte einen Gürtel«, sagte sie.

»Ich habe einen.«

»Gut, geh ihn holen.« Ich eilte aus ihrem Zimmer und kehrte mit dem Gürtel zurück.

»Okay«, sagte Sophie, als sie ihn durch die Schlaufen am Bund ihrer Jeans fädelte. »Und jetzt mach die Augen zu.«

Ich kicherte. »Was hast du vor?«

»Das geht dich nichts an. Mach einfach nur die Augen zu, und linse bloß nicht, denn sonst ist das alles zwecklos.«

»Okay«, gab ich nach und tat es. Ich hörte schlurfende

Schritte und dann das Rascheln einer Plastiktüte. Ich kicherte wieder.

»Sei still«, sagte Sophie, aber ich konnte ein Lächeln aus ihrer Stimme heraushören. Es entstand eine Pause, und dann war das Klappern von Gegenständen auf ihrer Frisierkommode zu hören. Anschließend herrschte sehr lange Zeit Stille, die plötzlich durch das Zischen einer Spraydose unterbrochen wurde.

»Was tust du da?«, fragte ich und wand mich fast vor Ungeduld. »Beil dich. Das dauert ja ewig.«

»Immer mit der Ruhe. Ich bin fast fertig«, vertröstete sie mich, aber ich musste endlos lange warten, bis ich hörte, wie sie auf mich zukam und vor mir stehen blieb.

»Warte«, sagte sie. »Mach die Augen noch nicht auf. Wenn du sie aufmachst, möchte ich, dass du versuchst, mich so anzuschauen, als hättest du mich noch nie gesehen. Versuch dir dazu zuerst vorzustellen, vor dir stünde jemand anderes, jemand, den du kennst, und male dir anstelle von mir diese Person aus. Wenn du das Bild ganz deutlich vor dir siehst, schlägst du schnell die Augen auf. Okay?«

»Okay«, sagte ich.

»Achte darauf, dass du die andere Person ganz deutlich vor dir siehst«, sagte sie.

»Okay, okay.« Ich konzentrierte mich darauf, mir eines der Mädchen aus meiner Klasse vorzustellen. Anfangs sah ich nur verschwommene Umrisse, aber schon bald gelang es mir, ein klares Bild von Jacqueline Tynes, die in der ersten Reihe saß, vor meinem geistigen Auge zu sehen. Im Zimmer herrschte absolute Stille; ich konnte nur meinen eigenen Atem hören. Als ich fast davon überzeugt war, dass tatsächlich Jacqueline und nicht Sophie vor mir stand, machte ich die Augen auf.

Es war ein seltsamer Schock, aber er erwischte mich mit

voller Wucht. Ich hatte mich so sehr konzentriert, dass ich Sophie vollständig aus meinen Gedanken verdrängt hatte, und als ich das Mädchen vor mir sah, gingen mir schlagartig zwei Dinge auf. Das Erste war, dass dieses Mädchen nicht meine Schwester war, das Zweite, dass sie wunderschön war.

»Wie alt bin ich?«, fragte Sophie.

Meine Stimme war vor Verwirrung rau, als ich mich sagen hörte: »Vierzehn. Etwa in diesem Alter, glaube ich.«

»Gut«, sagte sie strahlend, und in dem Moment, in dem sie sich von der Stelle rührte, an der sie gestanden hatte, löste sich diese Illusion in nichts auf. Als ich ihren Gang sah, war sie plötzlich wieder meine elfjährige Schwester.

»Du hast wirklich ganz anders ausgesehen«. Ich rang darum, das, was ich gesehen hatte, in Worte zu fassen. »Hast du etwas mit deinem Haar angestellt?«

»Ja«. Sie deutete auf die Dose Haarspray auf der Frisierkommode. »Ich habe keinen Pferdeschwanz mehr, siehst du?«

»Ja, natürlich«, sagte ich, und meine Stimme klang immer noch ganz merkwürdig. Für diesen kurzen Moment, ehe sie etwas gesagt oder sich bewegt hatte, war sie erstaunlich schön gewesen. Jetzt, da ich die Einzelheiten ihrer Verwandlung klar erkennen konnte, wurde meine Verwirrung noch größer. Sie hatte sich das Haar nach vorn gekämmt, damit es ihr Gesicht umrahmte. Und diese Frisur hatte sie mit Haarspray fixiert.

»Bist du geschminkt?«, fragte ich.

»Nein. Wieso? Wirke ich so?«

»Ich weiß es nicht«, sagte ich. »Was ist sonst noch anders? Außer den Kleidungsstücken und dem Haar?«

»Das ist eigentlich schon alles.«

»Das ist alles? Weiter nichts?«

»Na ja«, meinte sie grinsend. »So gut wie alles.«

»Was sonst noch?«, wollte ich wissen. »Was sonst? Mach schon, sag es mir!«

»Ich habe Bücher gelesen.«

»Du liest doch ständig Bücher«, sagte ich.

»Halt den Mund. Und ich habe etwas wirklich Interessantes herausgefunden – nämlich, dass du mit der Art, wie du stehst oder sitzt oder sonst was tust, beeinflussen kannst, was die Leute von dir halten. Wie sie dich wahrnehmen. Hast du kapiert? Ehe du auch nur ein Wort gesagt hast, haben sie sich schon ein Bild von dir gemacht. Die Leute deuten deine Körpersprache, ohne sich jedoch Gedanken darüber zu machen. Also kann man seine Körpersprache auch gezielt einsetzen, um andere zu bluffen.«

»Und das hast du gerade getan?«, fragte ich beeindruckt.

»Ja. Ich weiß noch nicht genug, aber wir werden es ja sehen. Das Haar und all dieses Zeug sind reine Dekoration. Schließlich kann man damit nicht allzu viel verändern.«

»Nein«, sagte ich. »Das ist wirklich schlau, Sophie.« Mir war aufgegangen, dass sie mir eine einleuchtende Erklärung für die Verwandlung gegeben hatte, die sich an ihr vollzogen hatte, bis sie sich bewegte. Vielleicht hatte sie das noch nicht geübt.

»Danke.« Sie betrachtete ihr Spiegelbild. »Das sollte ich vor dem Abendessen besser wieder rausbürsten.«

Er steht auf und beginnt wieder in der Küche auf und ab zu laufen. In meinem Innern herrscht nervöse Panik, die durch das Gespräch über die Scheune hervorgerufen worden ist. Diese ganze Angelegenheit ist so emotionsgeladen – und in ihm brodeln so viele Gefühle –, dass mir unablässig bewusst ist, wie leicht sie hervorbrechen können. Wenn es dazu kommt, bin ich, glaube ich, verloren. Ich fühle mich ganz seltsam – einmal eigenartig unbekümmert, im nächsten Moment am

Rande der Hysterie. Ich nehme deutlich die Symptome der Erschöpfung an mir wahr. Das muss wohl der Grund für meine Unfähigkeit sein, mich fest im Griff zu haben. Ich weiß nicht, wie lange wir jetzt schon hier sind, aber es müssen etliche Stunden sein. Und dazu kommt natürlich noch der Weg hierher. Und alles, was sich vorher abgespielt hat. Ich brauche sämtliche Energiereserven, die ich mobilisieren kann.

Ich habe solche Angst vor diesem Mann, und diese Angst wird immer stärker.

Hier geht es ausschließlich darum, wer die Kontrolle in den Händen hat. Falls er das nicht schon selbst gesagt hat, dann ist es aus den Dingen, über die er gesprochen hat, so klar hervorgegangen, dass ich es unmöglich übersehen konnte. Ich kann ihn als Kind vor mir sehen, wie er gerade beginnt, die Beziehung ein erstes Mal auf die Probe zu stellen; als Kind, das wagt, sich dagegen aufzulehnen und sich außerhalb umzuschauen. Aber das Kind Matthew hat keinerlei Kontrolle über die Dinge, da Sophie sie hat. Und genau deshalb sitze ich jetzt hier, in diesem dunklen Raum, auf dessen leere Wände Kerzen Schatten werfen, während um mich herum die Geräusche eines Sturms zu vernehmen sind, der langsam abflaut.

Im Moment ist das allerdings eine zu grobe Vereinfachung. Es wird noch viel mehr dahinter stecken, und mit der Zeit werde ich sämtliche Gründe und sämtliche Einzelheiten in Erfahrung bringen. Das hoffe ich zumindest.

Der Gedanke an den Sturm lenkt meine Aufmerksamkeit zum ersten Mal seit einer Ewigkeit wieder auf das Unwetter. Die Geräusche sind leiser geworden, der Regen fällt stetig, aber mit verminderter Heftigkeit, der Wind hat etwas nachgelassen. Matthew, der immer noch in der leeren Küche auf und ab läuft, wirkt, als sei er sich meiner Anwesenheit gar nicht bewusst. Diese Pausen, in denen er sich für den nächsten Teil seiner Geschichte zu sammeln scheint, müssen ihm wichtig sein. Es ist fast so, als raffte er jedes Mal von neuem den Mut zusammen, den er braucht, um fortzufahren.

Ich lasse das gesamte Geschehen noch einmal vor meinem geistigen Auge vorüberziehen. Noch immer habe ich das unangenehme Gefühl, mir entgeht etwas, was klar auf der Hand liegt. Ich sehe mich in der Küche um, als könnte ich in den Schatten einen Blick darauf erhaschen, aber dort ist nichts.

Er dreht sich zu mir um. »Wie lange hattest du schon darüber nachgedacht?«

Ich habe keine Ahnung, wovon er redet. »Worüber?«, frage ich.

Er schüttelt ungeduldig den Kopf. »Darüber, dich zu verwandeln. Dich selbst neu zu erschaffen.«

Ich nehme einen Splitter des Entsetzens wahr. Behutsam sage ich: »Wovon redest du eigentlich, Matthew?«

»Von dem Haarspray, den Kleidungsstücken. Von diesem ganzen Kram. Du weißt schon.«

Erleichterung. »Ach. Das. Ich weiß es nicht.«

»Das war sehr schlau. Du musst zumindest ein Weilchen allein geübt haben, ehe du es mir gezeigt hast. Es war … beeindruckend.«

Ich weiß nicht, was ich dazu sagen soll.

Er spricht weiter. »Das war ein Wendepunkt, glaube ich. Dein erster flüchtiger Blick in eine andere Welt.«

»Du meinst in die Erwachsenenwelt?«

»Beinah. Darauf warst du doch aus, oder etwa nicht? Ich habe mir hinterher Gedanken darüber gemacht. Ich habe viel darüber nachgedacht, weil es mir wichtig vorkam. Und weißt du was? Ich glaube wirklich, dass du dich gefürchtet hast. Du hast dich gefürchtet, weil du nicht wusstest, was als Nächstes kommt.« Er atmet tief aus und lässt sich auf den Boden sinken, setzt sich wieder mir gegenüber hin. »Du hattest bis dahin immer in einer Welt gelebt, die du in- und auswendig kanntest. Du hast nicht nur bestimmt, was innerhalb dieser Welt geschehen würde, sondern auch, was dieser Welt zustoßen würde. Du hast sogar ihre Ungeheuer umgebracht.« Er lächelt humorlos. »Und dann hast du gesehen, dass sich Veränderungen am Horizont abzeichneten. Für jeden anderen nichts weiter als Kleinigkeiten – eine neue Schule, das Heranwachsen zum Teenager und dergleichen. Aber du hast diese Dinge nicht so gesehen wie alle anderen. Du hast darin Schritte gesehen, die von dem, was du warst, wegführten.«

»Du meinst, das konnte ich nicht akzeptieren.«

»Stimmt. Du konntest es nicht. Ich weiß nicht, ob es dir damals schon klar gewesen ist, aber genauso war es.« Sein Gesicht ist schmerzlich verzerrt und wirkt fast gequält.

Ich versuche behutsam und zaghaft vorzugehen. »Ich hatte Angst?«

»Ja.« Das Wort kommt wie ein Schluchzen heraus.

»Hast du es gewusst?«

Er schüttelt wieder den Kopf. »Damals nicht. Erst später. Es hat eine Weile gedauert, bis ich begriffen habe, was vorging. Manchmal warst du … mir so nah, dass ich dich nicht klar erkennen konnte.« Er ringt nach Luft.

Ich sage: »Und was hast du empfunden? Als du wusstest, dass ich Angst hatte?«

Sein Gesichtsausdruck verzerrt sich plötzlich. »Verflucht noch mal, halt den Mund«, schreit er mich an. »Hör auf zu reden und sei endlich still.«

Ich beobachte ihn. Nach einer Weile geht sein Atem wieder etwas ruhiger, und er hebt den Kopf ein wenig. Ich beobachte ihn und versuche gleichzeitig meinen eigenen Herzschlag zu beruhigen, der durch diesen unerwarteten Ausbruch in die Höhe geschnellt ist.

Wir kletterten über die Mauer und liefen in den Schatten der Scheune, wo sich die Morgenluft noch ihre nächtliche Kühle bewahrt hatte. Ich ging als Erster in die Scheune, und Andy und Steve saßen natürlich schon auf einem Ballen Stroh und warteten auf uns.

»Hallo«, sagte ich. Sophie erhob sich in dem Moment direkt hinter mir.

»Tut mir Leid, dass wir uns verspätet haben«, sagte sie. Mir fiel auf, dass auch ihre Stimme anders klang. Ich behielt jedoch die beiden Jungen im Auge, und es überraschte mich gar nicht, dass sie sich aufrechter hinsetzten, um Sophie besser sehen zu können. Sie fuhr fort: »Wir haben jetzt Ferien, das heißt, wir können eine Menge unternehmen. Kommt mit nach oben.« Sie begann die kleinen Stufen zum oberen Raum der Festung hinaufzusteigen.

»Was könnten wir denn alles machen?«, fragte Steven, während er ihr folgte.

»Genau darüber will ich mit euch reden.«

»Du klingst immer noch wie eine verfluchte Lehrerin«, sagte er.

»Ja, klar.« Ihre Stimme klang gelangweilt. Ich suchte mir eine Ecke aus, setzte mich hin, holte meine Flugzeuge heraus und reihte sie auf meinem Schoß auf. Die drei anderen waren dichter zusammengerückt, als beratschlagten sie sich miteinander. Ich senkte den Blick und tat so, als hörte ich nicht zu.

»Also was ist?«, fragte Steven. »Was machen wir?«

»Ich weiß es nicht. Ich dachte, ihr könntet ein paar Vorschläge machen«, erwiderte Sophie. »Ihr wisst schon. Mal was Interessanteres. Schließlich habt ihr jetzt einen Ort, an dem ihr ungestört seid. Aus den Augen, aus dem Sinn, wie man so schön sagt. Wenn ihr einfach nur hier rumhocken und es euch gemütlich machen wollt, dann tut es von mir aus, aber ich hatte mir vorgestellt, ihr kämt auf bessere Ideen.«

»Ihr habt hier bisher doch selbst nur rumgehockt«, sagte er und sah sich um.

»Sieht ganz danach aus, nicht wahr? Falls also tatsächlich jemand auf unser Versteck stößt, wird er nichts anderes dahinter vermuten als ein paar Kinder, die hier spielen. Dasselbe habt ihr euch doch auch gedacht, als ihr zum ersten Mal hier wart, oder etwa nicht?«

»Richtig«, stimmte er ihr widerstrebend zu. »Also gut. Sophie will etwas Interessanteres unternehmen.« Er sah Andy an und grinste. Ich bewegte mechanisch die Kampfflugzeuge auf meinem Schoß umher und lauschte gebannt. »Du meinst wohl Dinge, die Erwachsene tun?« Der Sarkasmus in seiner Stimme war nicht zu überhören.

»Falls du dich da auskennst«, stichelte Sophie.

Steven lachte. »Ja, aber ich wüsste nichts, wozu du in der Lage wärst. Ich meine, was schwebt dir denn vor? Willst du dich vielleicht voll laufen lassen und anzügliche Witze erzählen? Schmutzige Bücher lesen? Dope rauchen? Meine Fresse.«

Sophie blickte interessiert auf. »Kommst du an Drogen ran?«, fragte sie. Steven blieb der Mund offen stehen, und einen Moment lang saß er einfach nur da und wirkte so überrascht, dass er einen komischen Anblick bot.

»Wovon zum Teufel redest du?«

»Du hast gefragt, ob ich Dope rauchen möchte. Das ist doch eine Droge, oder etwa nicht? Ich will wissen, ob du an dieses Zeug rankommst.«

Steven schüttelte, fast schon bewundernd, den Kopf. »Du bist wirklich lustig«, sagte er versonnen. »Ich kann einfach nicht glauben, dass ich hier sitze und mir das anhöre. In deinem Alter kannst du noch kein Dope rauchen, verfluchte Scheiße.«

»Und warum nicht?«, fragte Sophie.

»Himmel noch mal! Du bist erst *zwölf*, begreifst du das denn nicht? Außerdem könntest du dir das von deinem Taschengeld gar nicht leisten.«

»Geld«, sagte Sophie bedächtig. »Okay, ich verstehe. Aber es gibt doch keine biologischen Gründe, die dagegen sprechen, oder?«

»Wahrscheinlich schon. Vielleicht fliegt dir der Schädel weg, wenn du noch nicht in der Pubertät bist. Das gehört eben zu den Dingen, mit denen du dir noch ein paar Jährchen Zeit lassen musst, das ist alles.« Er grinste und lehnte sich zurück.

»Hast du es schon mal versucht?«, fragte Sophie.

»Klar, natürlich habe ich es versucht. Ich kenne da so einen Typen, der in der Schule an das Zeug rankommt, falls jemand welches haben will.«

»Dann könntest du also etwas besorgen?«, fuhr sie fort.

Steven schüttelte wieder den Kopf. »Du gibst dich wohl nie geschlagen, was?«

»Wenn du sicher bist, dass du was besorgen kannst«, sagte Sophie, »könnten wir jetzt über die Bezahlung reden.«

Sophie und Steven musterten einander nachdenklich. Eine Zeit herrschte Stille, und nach einer Weile schien Sophie das Gespräch wieder in normalere Bahnen lenken zu wollen, als sei ihre Bemerkung über das Geld nur ein Witz gewesen. Ich nahm an, Steven hatte wahrscheinlich trotzdem kapiert, dass es ihr ernst damit war, und jetzt wollte er Zeit schinden, um einen Entschluss zu fassen. Ich selbst war zwar erstaunt über das, was Sophie gesagt hatte, aber nicht schockiert. Ich hätte mir fast denken können, dass sie sich für solche Dinge interessierte. Das war das nächste Stadium, und ich erkannte es als solches. Sie hatte es darauf abgesehen, sich ins Zeug zu legen, um der Welt der Erwachsenen ein klein wenig näher zu kommen. Sie fand wohl, es sei jetzt an der Zeit. Offenbar hatte sie die Geduld mit der Kindheit verloren.

»Sophie?«

Sie blickte auf. »Ja, Mattie? Was ist?«

»Mir ist langweilig«, sagte ich. »Darf ich spielen gehen?«

»Ja«, sagte sie. »Aber bleib in der Nähe. Du kannst in den Wald laufen oder so. Hast du deine Armbanduhr mit?«

»Ja.«

»Dann bleib nicht länger als zwei Stunden weg.«

Ich konnte ihr anhören, dass sie recht erfreut über mein Verschwinden war. Also krabbelte ich vom Stroh hinunter, rannte durch die Scheune und kroch durch die Scheunenöffnung in den Sonnenschein.

»Eigentlich konntest du mich dort gar nicht gebrauchen«, sagt er. Er klingt nicht erbost; er führt lediglich eine Tatsache an. Ich gestatte mir, zustimmend zu nicken. Er spricht weiter: »Das war mir klarer, als du glaubst. Ich wusste, was du dort tust, und es hat mir nichts ausgemacht. Ich dachte mir, wenn sie es jetzt tut, wenn sie jetzt herausfindet, was sie wissen will, dann wird sie später immer wieder zurückkommen.«

»Das hast du dir damals gedacht?«

»Warum nicht? Findest du, das klingt ungewöhnlich?«

»Ja, für einen Neunjährigen schon.«

Er zuckt die Achseln. »Kann sein. Vergiss nicht, dass ich viel von dir gelernt habe. Ich konnte dich mühelos in all den neuen Welten verschwinden sehen, die du vorfinden würdest, sobald du von zu Hause fortgegangen wärst.«

»Nachdem ich dich verlassen hätte, meinst du.«

»Wenn du es so nennen willst.« Er starrt den Fußboden an und macht sich offenbar Gedanken. Seit dem plötzlichen Wutausbruch vor einer Weile ist er reserviert und auf der Hut. Ich frage mich, ob er glaubt, ich hätte ihn bewusst provoziert. Wenn er das glaubt, täuscht er sich natürlich; das kommt erst noch – wenn überhaupt. Das Risiko, mit ihm zu spielen oder mich gar auf seine Kosten zu amüsieren, ist zu groß. Im Moment wirkt er in sich gekehrt. Ich verlagere mein Gewicht ein wenig und versuche, meinen Rücken zu entlasten.

Er sagt: »Ich glaube, du hast mich gewaltig unterschätzt.«

Wie wahr. Ich sage zu ihm: »Das kann schon sein.«

11

Als ich zurückkam, sah ich zu meinem Erstaunen schon vom Weg aus eine Gestalt auf dem Hof stehen. Im Näherkommen identifizierte ich diese Person schnell als Andy, und während ich ihn beobachtete, schlenderte er in den offenen Schuppen, in dem Sophie und ich die Eisenstange gefunden hatten, mit der wir in die Scheune eingebrochen waren. Ich war neugierig geworden, und statt mich geradewegs zu Sophie zu begeben, folgte ich ihm. Als ich ihn eingeholt hatte, saß er im hinteren Ende des Schuppens auf einer Werkbank, schlenkerte mit den Beinen und pfiff leise vor sich hin.

»Oh!«, rief er aus, als er mich sah, und dann: »Hallo. Du hast mir einen ganz schönen Schrecken eingejagt.«

»Wo sind die anderen?«, fragte ich.

»Die reden immer noch miteinander. Steve hat gesagt, ich soll einen Spaziergang machen.« Ich setzte mich auf eines der Ölfässer. Andy hatte hellbraunes Haar und Sommersprossen um die Nase herum. Er entsprach meinem verschwommenen Bild von dem Jungen, der mich in der Schule schikaniert hatte, überhaupt nicht, aber das war schließlich – so rechnete ich mir aus – vier Jahre her. »Deine Schwester ist wirklich ganz beachtlich.«

»Wie meinst du das?«

Er zuckte die Achseln. »Du weißt schon. Sie ist wirklich ungewöhnlich. Sie muss verdammt klug sein.«

»Das ist sie, glaube ich.« Ich sah mich vor, hatte aber nicht das Gefühl, Andys Bemerkungen seien gehässig gemeint. Wenn überhaupt, dann wirkte er verwirrt und auch ein bisschen furchtsam.

»Was glaubst du, was sie will?«, fragte er.

»Ich weiß es nicht. Ich verstehe es selbst nicht«, sagte ich. »Vielleicht ist sie einfach nur neugierig.«

Andy sah mich fest an. »Das kann ich mir vorstellen«, sagte er. »Sie sieht das alles ziemlich cool. Ich kann einfach nicht glauben, dass sie vorhin zu Steve mehr oder weniger gesagt hat: ›Komm, lass uns Drogen nehmen‹.«

Ich grinste. »Ich fand es komisch. Hast du sein Gesicht gesehen, als sie das gesagt hat?«

»Ich muss schon sagen, er hat ausgesehen, als hätte ihm jemand einen toten Fisch ins Gesicht geklatscht«, gab Andy zu. Aus irgendwelchen Gründen fand ich dieses Bild ungeheuer passend, und ich brüllte vor Lachen.

»Manchmal ist sie … für Überraschungen gut«, sagte ich, als ich wieder Luft bekam.

»Es muss ziemlich hart sein«, sagte Andy. »Ich meine, mit ihr zusammenzuleben.«

»Nicht wirklich«, sagte ich. Diese Bemerkung kam unerwartet. »Sie ist in Ordnung, echt wahr. Sie kommt nur nicht allzu gut … mit Leuten aus. Mit anderen Leuten. Du weißt bestimmt, was ich meine.«

»Sie schließt nicht leicht Freundschaften?«

»So ungefähr. Keine echten Freundschaften. Sie hat Schulfreundinnen, ja, das schon, aber sonst ist da nicht viel. Ich meine, Schulfreunde hat doch *jeder*.«

»Hast du denn echte Freunde?«, fragte er.

Ich dachte darüber nach. »Ich weiß es nicht. Sophie habe ich natürlich.«

»Es muss seltsam sein, seine Schwester zu mögen«, sagte er. »Steve und ich können einander die meiste Zeit nicht ausstehen.«

»Ja«, sagte ich. Ich wusste nicht, was ich sonst hätte sagen sollen.

Andy streckte sich und sprang dann von der Werkbank. »Sollen wir mal nachsehen, was da drin los ist?«, fragte er.

»Okay.« Wir gingen wieder in die Scheune. Steven rauchte eine Zigarette und schien sich unbehaglich zu fühlen, wogegen Sophie lächelnd dasaß und die Beine übereinander geschlagen hatte.

»Hallo«, begrüßte sie mich. »Alles klar?«

»Ja«, sagte ich. »Und was habt ihr so gemacht?«

»Entscheidungen getroffen«, sagte Sophie und stand auf. Wieder überraschte mich ihr Aussehen. Zur Hälfte schien sie eine andere Person zu sein, jemand, den ich noch nie gesehen hatte. »Ich schätze, uns reicht es jetzt. Wir sehen uns dann am Mittwoch wieder.«

»Ja, klar«, sagte Steven. Er wirkte recht nervös. »Sag mal, was soll ich denn machen, wenn ich geschnappt werde?«

»Sag einfach, es ist für dich«, schlug Sophie vor. »Du bist doch erst fünfzehn. Dann interessiert es doch kein Schwein.«

Er blinzelte. »Okay«, murmelte er. Sophie lächelte strahlend.

»Komm, Mattie«, forderte sie mich auf, »lass uns nach Hause gehen.«

Bis zum kommenden Mittwoch lag Tag für Tag eine seltsame Spannung in der Luft. Sophie lief die meiste Zeit ziellos im Haus umher, bis sie sich am Montag mit schnellen Schritten und mit mir im Schlepptau auf den Weg zum Steinbruch machte. Wir kamen am frühen Nachmittag dort an und verbrachten fast drei Stunden dort, in denen Sophie über lange Zeiträume in ihr Heft kritzelte, zwischendurch nachdenklich zum Himmel aufblickte oder den Boden anstarrte, auf dem Ende ihres Kugelschreibers herumkaute und konzentriert die Stirn runzelte. Mir gelangen wieder einige flüchtige Blicke in die Steinbruchhefte, doch die ordentlichen Spalten unsinniger Wörter sagten mir nichts Neues. Ich unternahm etliche Streifzüge in die Wälder, die den Steinbruch umgaben, wobei ich ab und zu umkehrte, um Sophie Bescheid zu sagen, wo ich steckte. Am Abend konnte ich sie noch lange nach der Zeit, zu der sie normalerweise ins Bett ging, in ihrem Zimmer umherlaufen hören.

Als der Mittwoch endlich kam, erwies er sich als eine Enttäuschung. Sophie und Steven saßen eine Zeit lang in der Strohfestung und redeten miteinander, bis Sophie schließlich vorschlug, Andy und ich sollten zwei Stunden lang einen Spaziergang machen oder so. Da ich Fingerzeige durchaus zu deuten wusste, spielte ich mit dem Gedanken, Einwände zu erheben, beschloss dann aber, es sei die Mühe wahrscheinlich nicht wert. Stattdessen folgte ich Andy ins kalte, glasklare Tageslicht hinaus, und wir trieben uns draußen herum.

»Wir könnten zum Bach runter gehen und sehen, ob wir Stichlinge finden«, schlug ich ihm vor.

»Ich weiß nicht recht«, meinte er. Ich fand, er wirkte bedrückt.

»Was glaubst du, was die beiden tun?«, fragte ich.

»Nicht viel. Wahrscheinlich rauchen sie nur das Zeug. Ich wette, deiner Schwester ist schon schlecht«, fügte er hinzu. »Mir war jedenfalls ziemlich übel, als ich das erste Mal versucht habe zu rauchen.«

»Echt wahr?«, fragte ich beeindruckt. »Ich glaube, ich habe noch nie erlebt, dass es Sophie übel geworden ist.« Wir setzten uns auf die Stufen eines der Nebengebäude und blickten zum Dorf hinüber.

»Wird sie etwa auch nicht krank?«, fragte Andy mehr oder weniger im Scherz.

»Nicht wirklich. Ich kann mich nicht erinnern, dass sie jemals krank war. Außer damals, als … oh«, sagte ich.

»Was ist?«

»Außer damals in der Schule«, sagte ich verlegen.

»Was war los?«, fragte er.

»Du weißt schon. Das mit … mit dem anderen Jungen und dir.« Mir war klar, dass ich mich unverständlich ausdrückte, aber Andy verstand mich trotzdem. Ich beobachtete ängstlich, wie einen Moment lang der Schatten eines heftigen Gefühls über sein Gesicht huschte; eine Sekunde lang schien er wirklich wütend zu sein, und ich fürchtete mich.

Dann sagte er erstaunlich ruhig: »Du weißt doch, dass ich es nicht war, oder?«

»Ich …«

Die Erinnerung an jenen Tag war so sehr verblasst, dass ich mich nicht mehr an die Gesichter oder die Namen der beiden Jungen erinnern konnte, die an dem Vorfall beteiligt waren – nur dass sie zu zweit gewesen waren und dass Sophie einiges abgekriegt hatte. Aber als ich jetzt in der Herbstsonne auf den Stufen saß, glaubte ich vor meinem inneren Auge plötzlich das Zimmer unseres Rektors zu sehen, in dem Sophie mit einer geschwollenen Backe auf einem Stuhl saß, und andere Leute um sie herum standen. Mein Blick richtete sich in erster Linie auf sie und auf die Erwachsenen. Dabei konnte ich mich ganz deutlich an ihre Augen erinnern, und als ich ihre Augen jetzt nach all den Jahren sah, konnte ich erkennen, dass keine Spur von Schmerz oder Furcht darin stand. Vielleicht hatte ich es sogar damals schon gewusst.

Andy sagte: »Sie hat sich die Verletzungen selbst zugefügt.«

»Ich weiß«, sagte ich.

»Ja. Ich dachte mir schon, dass du es wahrscheinlich weißt.« Er stand auf, steckte die Hände tief in die Taschen seiner Jeans und lief ein paar Schritte über das Kopfsteinpflaster. Er blickte auf die andere Straßenseite, wo der sanfte Hang des Hügels zum Dorf hin anstieg. So blieb er lange Zeit stehen, während ich mich um jede Einzelheit meiner bruchstückhaften Erinnerung bemühte, die ich im Grunde genommen gar nicht wissen wollte.

»Es tut mir Leid«, sagte ich schließlich.

Ich rechnete nicht damit, dass er mir etwas darauf antworten würde. »Klar«, sagte er nach langer Zeit. »Aber es war nicht deine Schuld. Ich meine, es gab nichts, was du hättest tun können. Ich weiß, dass ich es verdient habe ...« Er unterbrach sich und sagte dann, fast in einem Flüsterton: »Wir waren doch noch Kinder. Niemand hat es böse gemeint.« Er schien nachzudenken, bis er sich nach einer Weile umdrehte und sich vor mich hin kauerte. Sein Gesichtsausdruck war unbefangener und offener, und ich spürte, wie meine Angst nachließ. »Magst du Sophie?«

»Ja.«

»Du hast sie sehr lieb?«

»Ja, ich glaube schon«, sagte ich voller Unbehagen.

»Himmel noch mal.« Er schüttelte den Kopf. »Sie ist nicht normal, Mattie. Ist dir das klar?«

»Ich ... ich weiß es nicht«, sagte ich. Die Eindringlichkeit seiner Stimme muss etwas in mir ausgelöst haben, denn plötzlich spürte ich Tränen in mir hochsteigen.

Als Andy das sah, schluckte er und ließ mich in Ruhe. »Schon gut«, sagte er. »Pass bloß auf, dass dir nicht wehgetan wird. Und leg dich bloß nicht mit ihr an.«

»Mhm.«

Ich saß da und sah meine Schuhe an, bis er mir einen leichten Klaps auf den Arm gab. »He, schau nicht so traurig. Sie scheint sich einen Dreck um dich zu scheren, falls dir das weiterhilft. Es muss ein komisches Gefühl sein, sie ständig um sich zu haben.« Er grinste. »Als führte man ständig seine ganz persönliche Atombombe mit sich, vierundzwanzig Stunden am Tag.«

Ich lächelte, wenn auch recht kläglich.

»Was hältst du davon, wenn wir beide jetzt etwas unternehmen? Die werden locker noch eineinhalb Stunden da drin sein.«

»Ja«, sagte ich. »Und rauchen, bis ihnen schlecht wird.«

»Rauchen und kotzen, ganz richtig«, stimmte er mir zu. »Also, worauf hättest du denn Lust?«

Ich stand auf. »Ich zeige dir die Wälder dort oben«, sagte ich und deutete in die Richtung.

»Das klingt gut.«

Sophie war auf dem Heimweg stiller als sonst. An jenem Abend ging ich, nachdem ich meinen Schlafanzug angezogen und mir die Zähne geputzt hatte, in ihr Zimmer. Sie saß mit angezogenen Knien auf ihrem Bett und starrte nachdenklich die Decke an.

»Hallo«, sagte sie.

»Hallo. Was ist passiert?«

»In der Scheune?« Sie zog die Augenbrauen hoch, und ich nickte. »Komm her, und setz dich«, sagte sie. Ich kniete mich neben das Bett, legte meine verschränkten Arme darauf und sah sie an.

»Im Grunde genommen nicht viel. Wir haben Zeug geraucht, das Steven mitgebracht hat. Worüber lachst du?«

»War dir übel?«, fragte ich.

»Nein. Warum fragst du? Hast du geglaubt, mir würde davon übel werden?«

»Ich weiß es nicht«, sagte ich. »Vielleicht.«

Sophie lächelte. Dann lachte sie. »Ja, besonders lecker war es am Anfang wirklich nicht.«

»Wie war es denn?«

Sie zuckte die Achseln. »Es war nichts weiter, wie ich dir schon sagte. Man fühlt sich ganz ruhig, und das ist recht angenehm. Aber erst, wenn man sich an das Einatmen des Rauchs gewöhnt hat. Das ist schon ziemlich seltsam. Abgesehen davon fühlt man sich gewissermaßen schläfrig, aber man will deshalb noch lange nicht schlafen.«

»Ach«, sagte ich. »Das ist alles?«

»Ja.«

»Wenn das eine Droge ist, gibt es dann noch andere, die anders wirken?«, fragte ich.

»Ich weiß es nicht«, sagte Sophie. »Vielleicht wirken sie anders, aber vielleicht ist die Wirkung auch dieselbe, nur stärker.«

»Wirst du das herausfinden?«

Sie kratzte ihr Ohr. »Wahrscheinlich nicht«, sagte sie. »Steve macht sich sowieso schon fast in die Hose, bloß weil wir das getan haben. Ich glaube nicht, dass er noch etwas anderes besorgen würde. Aber wenigstens habe ich es probiert.« Sie wirkte jetzt weniger nachdenklich, sondern eher selbstzufrieden.

»Noch vier Tage«, sagte ich. Sophie blinzelte und nickte dann.

»Stimmt. Ich wusste gerade nicht, was du meinst. Was möchtest du denn mit vier weiteren Tagen Freiheit anfangen?«

»Ich muss ein Projekt abschließen«, erklärte ich widerstrebend.

»Ja, also, wenn du das morgen schaffst, unternehmen wir

am Freitag wieder etwas. Ich muss ohnehin ins Dorf, du verpasst also nichts.«

»Okay«, sagte ich. »Die Zähne habe ich mir schon geputzt.«

»Dann geh jetzt ins Bett. Bis morgen.«

»Bis dann«, sagte ich und schloss ihre Schlafzimmertür hinter mir. Unten konnte ich meine Mutter im Salon umherlaufen hören; ihre Füße bewegten sich langsam, und ihre Schritte wurden durch den hochflorigen Teppich gedämpft. Ab und zu quietschte eine Bodendiele. Ich schloss meine Tür und stieg ins Bett. Auf dem Fußboden vor dem Fenster lagen das Buch und die Papiere für das Projekt. Sophie hatte gesagt, morgen ginge sie ins Dorf, was hieß, dass sie wahrscheinlich in die Bibliothek gehen und wohl den größten Teil des Vormittags fort sein würde. Ich drehte und wendete diesen Gedanken in meinem Kopf und sah auf die Uhr auf meinem Nachttisch. Es war fünf nach neun. Ich war nicht allzu müde. Was hinderte mich daran, noch länger wach zu bleiben?

Bei den Papieren lag auch ein Stift. Ich sammelte alles auf, nahm es mit ins Bett, setzte mich hin und lehnte das Buch an meine Knie, damit ich eine Stütze hatte. Dann fiel mir das Licht auf, das durch den Spalt unter der Tür aus dem Flur hereindrang. Ich stand noch einmal auf, nahm meinen Bademantel von seinem Haken und legte ihn vor den Türschlitz. Nachdem ich alles auf meiner Bettdecke ausgebreitet hatte, nahm ich das erste Blatt Papier und schrieb säuberlich darauf: »Leonardo da Vinci. Von Matthew Howard.« Ich sah wieder auf die Uhr; jetzt war es acht Minuten nach neun. Ich grinste in mich hinein und schrieb weiter.

»Ich glaube, es war das erste Mal, dass ich dich bewusst getäuscht habe«, sagt er. »Manchmal kann ich kaum glauben, dass ich es überhaupt getan habe. Und andere Male, wenn ich daran denke, scheint es mir unfassbar, dass ich es nicht schon eher getan habe.«

»Noch nie zuvor?«, frage ich.

»Nein, ich glaube nicht. Jedenfalls nicht in dieser Form – vorsätzlich. Ich habe alles vorausgeplant und mir zurechtgelegt. So, wie du es normalerweise getan hast. Ich war es überhaupt nicht gewohnt, so zu denken.«

»Warum nicht?«

»Weil du immer da warst und mir diese Gedankengänge abgenommen hast«, sagt er barsch. »Das Komische daran war, dass es mir nach einer Weile sogar leicht fiel. Als sei dieser Teil von mir von Anfang an da gewesen und hätte nur einen kleinen Schubs gebraucht, um in Gang zu kommen.« Er sieht mir fest in die Augen. »Es war beängstigend, aber es hat mir gefallen.«

»Was hat dir gefallen?«, frage ich, denn ich will, dass er weiterredet.

»Dieses berauschende Gefühl. Das Wissen, dass ich dich austricksen kann.«

Ich kann mir die Frage nicht verkneifen. »So wichtig war dir das?«

»Verdammt noch mal, Sophie! Natürlich war es das! Was glaubst du denn, was damals vorging?« Er schüttelt den Kopf. »Manchmal habe ich mir eingebildet, ohne dich sei ich überhaupt nichts. Ich würde ganz einfach verschwinden. Ein Leben ohne dich konnte ich mir nie auch nur *vorstellen*. Es war, als sei ich in jeder Hinsicht auf dich angewiesen.« Er unterbricht sich, weil ihm die Luft ausgeht, und er wirkt benommen. Es entsteht eine lange Pause. Schließlich sagt er mit wesentlich ruhigerer Stimme: »Es war mir so gut wie gar nicht bewusst. Aber das Gefühl war ständig da, verstehst du? Ich konnte mich ihm nicht entziehen. Es war ständig vorhanden.«

Er versinkt wieder in Schweigen. Ich warte geduldig darauf, dass er weiterspricht.

Sophie brach kurz nach dem Frühstück auf. Ich trieb mich noch eine Weile im Haus herum und ließ mir Zeit; von meiner Mutter war noch nichts zu sehen. Sophie hatte eine Einkaufstasche aus Plastik mitgenommen und trug das, was ich inzwischen ihre »neue« Kleidung nannte. Mir fiel auf, dass ich mich inzwischen schon an die »neue« Sophie gewöhnt hatte, da sie sich in dieser Rolle täglich wohler zu fühlen schien und sie von Tag zu Tag besser spielte. Während ich mir das überlegte, zog ich meine Turnschuhe an und bemühte mich, nicht zu gähnen. Ich hatte vergessen, um wie viel Uhr ich am Abend vorher eingeschlafen war, aber auf dem Fußboden vor dem Bett lagen etwa sechs voll geschriebene Blätter, mehr als genug für die Arbeit eines Vormittags, falls Sophie sich entschließen sollte, einen Blick darauf zu werfen. Nein, verbesserte ich mich; die Wahl sollte nicht bei ihr liegen. Ich würde dafür sorgen, dass sie sie sah, damit sie annahm, ich sei den ganzen Vormittag über zu Hause gewesen. Ich putzte mir schnell die Zähne, starrte aus dem Fenster und trank noch einen Orangensirup, bis auf der Wanduhr in der Küche volle zwanzig Minuten vergangen waren. Selbst dann noch warf ich vorsichtig einen Blick um die Hausecke, um mich zu vergewissern, dass niemand auf dem Weg war, ehe ich durch den Garten lief und den Hügel hinaufstieg.

Ich lief flink und aufmerksam den Weg entlang. Im Schatten der Schiefermauer waren dicke Büschel brauner Gewächse in sich zusammengesackt und bezeugten das Ende des Sommers, und die Blätter der Nesseln und die Steine auf dem Weg waren mit glitzernden Tropfen gesprenkelt. Die Schnürsenkel meiner Turnschuhe waren bald vom Tau durchnässt. Es wehte eine leichte, aber stetige frühmorgendliche Brise, und die Sonne, die jetzt über die Baumwipfel zu meiner Linken gestiegen war, war bleich.

Ich erreichte den Rand des Waldes, der den Steinbruch umgab, kauerte mich an die Schiefermauer und machte eine Minute Rast. Ich hatte den dunkelblauen Anorak an, den ich normalerweise nicht trug; er war mir etwas zu klein geworden, und inzwischen hatte ich einen viel schöneren. Aber das war eine dunkle Farbe, und ich sagte mir, sie würde von weitem nicht deutlich zu sehen sein. Mir war klar, dass ich mir aller Wahrscheinlichkeit nach viel zu große Umstände machte, aber wenn es um Sophie ging, zeugte jede Vorsichtsmaßnahme von gesundem Menschenverstand. Ich nahm eine intensive Spannung in meiner Brust wahr, als hätte die kalte Luft dort etwas einfrieren lassen. Als ich wieder halbwegs durchatmen konnte, stapfte ich durch den ausgefransten Farnkrautsaum, der die Grenze zwischen Feld und Wald darstellte, und begab mich zwischen die Bäume. Zu meiner Rechten vernahm ich plötzlich ein Knacken und Huschen, und mein Herz machte einen Satz. Ein wildes Tier, sagte ich mir und setzte meinen Weg fort. Die Vögel kreisten über meinem Kopf und stießen Rufe aus.

Der Schiefer und das Geröll am Rand des Steinbruchs und der Pfad, der nach unten führte, waren feucht vom Tau oder vom nächtlichen Regen. Ich war nicht sicher, was von beidem dafür verantwortlich war. Ich setzte meine Füße behutsam seitlich auf, einen nach dem anderen, um auf dem Hang einen besseren Halt zu haben, wie Sophie es mir beigebracht hatte. Einen Arm hatte ich hinter mir ausgestreckt, um das Gleichgewicht zu halten. Ohne Zwischenfälle gelangte ich auf den Grund des Steinbruchs und sah mich dort um. Der Himmel über mir hatte den Farbton von altem Metall, das sich weißlich verfärbt hat, und an einem Punkt dieser runden Fläche sah ich drei dunkle Vögel träge in mein Blickfeld kommen und sich dann wieder in die Welt jenseits des Steinbruchs verziehen. Ein ganz seltsames, fremdartiges Gefühl keimte in mir auf, und einige Minuten lang kam ich nicht dahinter, was es war. Dann begriff ich, dass ich noch nie allein, ohne Sophie an meiner Seite, im Steinbruch gewesen war.

Ich erschauerte und setzte mich etwas weniger entschlossen wieder in Bewegung. Um mich herum lagen Schieferbrocken, die ich erkannte, insbesondere diejenigen, die zu groß waren, um sie von der Stelle zu bewegen, und die daher schon seit meinem ersten Besuch an diesem Ort unverrückt und unverrückbar dalagen. Seitdem mussten vier – nein, fünf Jahre vergangen sein. Dort drüben setzte sich Sophie normalerweise hin, um zu schreiben; und da war die Stelle, an der wir einmal unser Picknick verspeist hatten; dort hinten hatte ich meine beste Versteinerung aller Zeiten gefunden, die ich Sophie geschenkt hatte. Die Tage der Fossilien und des Steinhammers schienen sehr fern zu sein. Hier unten erschien mir die Luft kühler, und ich rieb mir energisch die Arme. Inzwischen hatte ich den Grund des Steinbruchs überquert und stand am Fuß des Hangs, der zu den Stollen führte.

Ich blickte zu ihren abweisenden Öffnungen auf und schluckte schwer vor Unbehagen. Sophie hatte mir einiges darüber erzählt; es waren stillgelegte Gruben, die mit Eisenstäben verschlossen worden waren, um zu verhindern, dass sie betreten wurden. Das schien mir eine unnötige Mühe zu sein, denn ich konnte mir nicht vorstellen, dass jemand tatsächlich einen dieser Stollen hätte betreten wollen, aus welchem Grund auch immer. Und schon gar nicht den, der am weitesten entfernt lag und in den ich vor vielen Jahren einmal einen Stein geworfen hatte. Der Stollen hatte ihn geschluckt, und instinktiv wusste ich, dass er auch mich schlucken würde, wenn ich es über mich brächte, hineinzugehen. Allein schon der Geruch der Stollen war beunruhigend. Er sickerte zwischen den Gitterstäben heraus und löste sich draußen in der frischeren Luft auf, aber wenn man dicht genug heranging, konnte man ihn wahrnehmen. Am Fuß des entferntesten Stollens lag die Segeltuchtasche, mit einem Stein beschwert und teilweise von einem Vorsprung in der Felswand geschützt. Ich holte sie und fühlte mich plötzlich noch ängstlicher als zuvor. Was sollte ich jetzt tun? Wenn ich mich mitten in den Steinbruch setzte, war ich von allen Seiten her deutlich zu sehen. Wenn ich jedoch hier blieb, war ich nur etwa einen knappen Meter von dem Stollen entfernt. Einen Moment lang zögerte ich, denn mir schwirrte der Kopf; dann trabte ich hastig wieder in die offene Arena des Steinbruchs hinunter. Ich glaubte nicht, dass Sophie kommen würde. Sie war ins Dorf gegangen … Dennoch stellte ich mir die Frage, was sie wohl tun würde, wenn sie mich tatsächlich hier fand.

Ich zog die Keksdose aus der Tasche und stellte sie vor mir ab. Es war eine große, quadratische Dose, und der Aufdruck besagte, dass sich früher einmal eine Teegebäckmischung darin befunden hatte. Ein großer Teil der roten Farbe war durch die ständige Reibung am übrigen Tascheninhalt arg mitgenommen und abgeblättert. Der Schraubenzieher, die Meißel, der Hammer, alles war in der Tasche. Ich könnte also, wenn ich wollte, in die Vergangenheit zurückkehren und diese Werkzeuge wieder zur Hand nehmen. Ich betrachtete die Dose eingehend und prägte mir ein, wo sich Kratzer von der Dose bis auf den Deckel fortsetzten. Ich stellte die Keksdose im rechten Winkel vor mich hin, stemmte den Deckel auf, richtete ihn an der Dose aus und legte ihn daneben. Ich hatte keine Ahnung, ob Sophie die Dose auf irgendeine Weise markiert hatte oder ob sie sich schlicht und einfach darauf verließ, dass diese im Steinbruch sicher war, und doch widerstrebte es mir, auch nur das geringste Risiko einzugehen.

In der Dose befanden sich mehrere Plastiktüten, deren offenes Ende mehrfach gedreht und mit Wäscheklammern verschlossen war. Hierin waren die reichlich zerfledderten Schulhefte eingewickelt, in denen Sophie ihr so genanntes Tagebuch führte. Behutsam öffnete ich eine Tüte und schlug das Heft auf. Zeile für Zeile und Seite für Seite waren mit wirrem Unsinn gefüllt. Es war eines der früheren Hefte; es enthielt keine der ordentlichen Buchstabenkolonnen, die ich in ihren Aufzeichnungen der letzten Zeit gesehen hatte. Nichts schien datiert zu sein, und zwischen den einzelnen Abschnitten gab es keine bemerkenswerten Lücken, nur gelegentlich einen Farbwechsel zwischen den Minen des Kugelschreibers, den sie benutzt hatte. Ich blätterte das Heft behutsam durch und schlug dann wieder den Anfang auf. Ich hatte Papier und einen Stift mitgebracht; beides zog ich jetzt aus meiner Tasche und begann die erste Seite des Steinbruchhefts sorgfältig abzuschreiben.

Ich unterbreche ihn erstmals. »Wie bist du denn ausgerechnet auf die Steinbruchhefte gekommen?«, frage ich. »Ich dachte, du hast dich vor ihnen gefürchtet.

Er blickt verblüfft auf. »Wie ich darauf gekommen bin? Vermutlich, weil sie das Größte aller Geheimnisse waren.«

»Ist das wahr?«

Er sieht mich an, und in seinen Augen schimmert nahezu verborgen etwas ganz Seltsames auf. »Ist was wahr?«

»Dass sie das größte Geheimnis von allen waren?«

Er lacht. »Zu dem Zeitpunkt waren sie es«, sagt er und lacht wieder. Ich nehme mein eigenes Erschauern wahr, und auf dem Fußboden flackert und zuckt die Kerzenflamme, die inzwischen fast heruntergebrannt ist.

Ich zog die Tür meines Schlafzimmers hinter mir zu, nachdem ich mich schnell im Haus umgesehen und zu meiner Zufriedenheit festgestellt hatte, dass Sophie noch nicht zurück war. Es war kurz nach zwölf, und bis zum Mittagessen blieb noch etwa eine Stunde. Mir war vollkommen klar, dass meine Mutter davon ausging, dass Sophie sich um mich kümmerte. Ich würde sie also kaum zu sehen bekommen. Zwar wusste ich nicht, wann Sophie heimzukommen gedachte, aber ich war zuversichtlich, dass ich sie bei ihrer Rückkehr hören würde.

Ich setzte mich vor meinem Bett auf den Fußboden, verstreute die Seiten meines Leonardo-Projekts überzeugend chaotisch um mich herum und zog dann aus meiner Tasche die vier gefalteten Zettel, auf die ich Passagen aus den Steinbruchheften übertragen hatte. Von jedem der vier Hefte in der Keksdose hatte ich mir ein Segment vorgenommen – jeweils die erste Seite. Es waren die dicken blauen Übungshefte, die in unserer Schule vor etwa einem Jahr nach und nach aus dem Umlauf gezogen und durch dünnere Hefte mit – für jedes Fach verschiedenfarbigen – leuchtend bunten Umschlägen ersetzt worden waren. Ich begann mit dem Heft, von dem ich annahm, es sei das früheste. Im Lauf der Zeit hatte sich Sophies Handschrift verändert, sogar innerhalb der einzelnen Hefte, und daher war es mir mühelos gelungen, sie in eine chronologische Ordnung zu bringen.

Fünf Minuten lang starrte ich die unsinnigen Buchstabenreihen verständnislos an, ehe ich den Kopf schüttelte und beschloss, einen systematischeren Ansatz zu erproben. Als Erstes versuchte ich, den Absatz von hinten nach vorn zu lesen, aber das ergab nicht den geringsten Sinn. Ich probierte es damit, auf ein anderes Blatt das Alphabet zu schreiben und zu sehen, ob das half. Ich versuchte, Buchstaben gegen andere auszuwechseln, doch meine eigene Unwissenheit, wie man das am geschicktesten anstellte, verwirrte und ärgerte mich. Um ein Uhr reichte es mir. Ich faltete die vier Blätter sorgfältig zusammen und überlegte, was ich damit anfangen sollte. Wenn ich die Zettel versteckte, gab es keine Garantie dafür, dass Sophie sie nicht finden würde. Sie kannte jeden Ort, an dem ich mich aufhielt, und sie wusste genau, was ich tat. Das einzige Versteck, das ich hatte, war in meinem eigenen Kopf.

Ich ging mit den Papieren in den Garten hinaus, begab mich hinter einen der Schuppen im Obstgarten und verbrannte sie.

12

Er sagt mir nicht alles. Das steht für mich schon seit geraumer Zeit fest. Ich glaube, dass bisher alles der Wahrheit entspricht, aber er vermeidet ein Thema, das in dieser ganzen Geschichte eine zentrale Rolle spielt. Vielleicht könnte ich beurteilen, was er mir vorenthält, wenn ich ihn besser kennen würde. Aber eines der Dinge, die mir im Lauf dieser Nacht überdeutlich vor Augen geführt geworden sind, ist, dass ich Matthew so gut wie gar nicht kenne.

Das gilt umgekehrt natürlich auch. Auch er kennt mich nicht. Er sieht in mir ein Abbild seiner Kindheit – aber diese Kindheit existiert nur in seinem Kopf.

Der Sturm hat sich gelegt. Zwar regnet es noch, aber es blitzt nicht mehr, und der Wind hat nachgelassen. Matthew scheint nichts davon bemerkt zu haben. Er sitzt mit gesenktem Kopf da, als sei er tief in seine eigenen Gedanken versunken. Ich frage mich, wie er das eigentlich von seiner Warte aus sieht – ob alles vollkommen einleuchtend ist oder ob er sich der Unstimmigkeiten bewusst ist, der Brüche zwischen seiner Geschichte und der wirklichen Welt hier in dieser Küche. Ich glaube, auf eine eigentümliche Weise wird ihm diese Diskrepanz gerade bewusst. Er wirkt jetzt nicht mehr so selbstsicher, und die Pausen, wenn er aufhört zu reden und stumm wartet, häufen sich. Zeitweilig wirkt er, als ringe er mit sich selbst. Ich beobachte ihn, ich nehme es wahr, und ich fürchte mich. Ich weiß nicht, worum sich dieser innere Kampf dreht oder was ich unter Umständen heraufbeschwören könnte, wenn ich mich einmische.

Es könnte durchaus reine Einbildung sein, aber ich glaube eine minimale Aufhellung des Dunkels in den Spalten der vernagelten Fenster zu sehen, das erste schwache Tageslicht.

An den Wochenenden trafen Sophie und ich uns meistens mit Steven und Andy in der Scheune. Manchmal blieben wir alle dort und redeten miteinander, aber im Allgemeinen ließen Andy und ich die beiden allein und verzogen uns ans andere Ende des Bauernhofs oder in den Wald auf dem Hügel. Zu meinem Erstaunen stellte ich fest, dass ich Andy mochte und gern mit ihm zusammen war. Wir redeten über fast alles, und er erzählte mir von der Schule, die er besuchte, und seine Berichte klangen ganz anders als alles, was ich je erlebt hatte. Ich erzählte ihm, es könnte sein, dass Sophie ein Internat besuchen würde – das hatte sie mir gegenüber erst kürzlich erwähnt –, und er lachte und sagte, das sei ja schön und gut, wenn man es sich leisten könnte. Er meinte aber auch, das könnte durchaus der beste Ort für sie sein, was ich wiederum komisch und beunruhigend zugleich fand, weil es mich auf den Gedanken brachte, zwei Jahre ohne Sophie zu Hause leben zu müssen.

Auf diesen Spaziergängen hinterließen wir deutliche Spuren im frühen Morgenfrost, und unser Atem wehte wie Rauch hinter uns her, ehe er sich verflüchtigte und auflöste. Wenn wir über Sex redeten, stellte ich zu meiner Verblüffung und zugleich hocherfreut fest, dass ich, rein technisch gesehen, besser als Andy informiert war, obwohl er mehr Dinge wusste, die in den Büchern nicht erwähnt wurden. Wir tauschten Witze aus, und ich erzählte ihm, was Asthma war, und wir beschlossen, wir seien eine Splittergruppe der Scheunenfraktion. Die Sonne und der Himmel waren inzwischen winterlich, und Weihnachten war in Sichtweite gerückt.

Am letzten Schultag erwartete mich Sophie am Tor, umringt von Kindern, die sich mühselig abrackerten, weil sie nicht wussten, wie sie ihre Habe tragen sollten – Zeichnungen und Kostüme für die Weihnachtsaufführung und dazu noch Schulbücher und Ranzen, die mit ihren Siebensachen voll gepackt waren. Sie dagegen trug nur eine Umhängetasche, die allerdings auch recht voll gepackt war.

»Hallo«, sagte sie. »Möchtest du, dass ich dir beim Tragen helfe? Sieh mal, wenn ich dir dieses große Ding da abnehme, dann hast du für den Rest beide Hände frei.«

»In Ordnung«, sagte ich eifrig und ließ mir von ihr eine lange Rolle abnehmen, in der meine Zeichnungen waren.

»Wir sind ziemlich spät dran«, sagte sie missbilligend. »Aber das macht nichts. Was hältst du davon, wenn wir uns noch was zu trinken und ein paar Süßigkeiten kaufen, ehe wir nach Hause gehen?«

»Ja, klar! Prima! Wieso denn das?«

»Ich weiß es nicht. Wir haben Ferien. Das sollten wir doch feiern.« Wir gingen nicht wie sonst nach rechts, sondern nach links aus dem Tor hinaus und kamen langsam bis zur Hauptstraße voran; dort flitzte Sophie in ein Geschäft und erledigte ihre Einkäufe. Als sie mit ausgebeulten Jackentaschen zurückkam, sagte sie: »In Ordnung. Und jetzt ab nach Hause.« Ich nickte, und wir machten uns auf den Weg.

Die Weihnachtszeit war bei uns zu Hause im Allgemeinen ziemlich öde. Dieses Jahr war es besser und schlechter zugleich. Mein Vater blieb, wo er war, und die Zeit, die ich tatsächlich im Haus verbrachte, war größtenteils unerträglich langweilig. Natürlich hieß all das in der Praxis, dass Sophie und ich trotz des Wetters jede Gelegenheit zur Flucht ergriffen. Meine Mutter erhob nie Einwände dagegen, und falls sie es doch tat, bekam ich sie nie zu hören. Inzwischen war Sophie der Haushaltsvorstand, und obgleich niemand je etwas Derartiges ausgesprochen hätte, glaube ich, dass es meiner Mutter sehr wohl bewusst war.

Wir verließen das Haus meist früh am Morgen und verbrachten unsere Zeit an einem unserer diversen Lieblingsorte, wobei dessen Wahl in erster Linie vom Wetter abhängig war. In der Abgeschiedenheit des Ilex konnte ich einen Vormittag lang dasitzen und in aller Ruhe lesen, und wenn es in Strömen regnete, konnten wir durch die Felder zur Scheune rennen und den Tag dort verbringen. Wir redeten miteinander, und ich spielte mit meinen Kampfflugzeugen oder malte Bilder, und Sophie saß da und las oder dachte nach. Im Lauf der Ferien stellte ich fest, dass sie zunehmend mehr Zeit damit verbrachte, sich in ihre eigenen Gedanken zu vertiefen. Wir kauften neue Batterien für die Taschenlampen in unserem geheimen Versteck und neue Kerzen für den Ilex.

Insgeheim planten wir beide, was wir einander zu Weihnachten schenken würden, und Sophie erzählte mir, sie hätte beschlossen, zu Weihnachten eine Party in der Strohfestung zu veranstalten, und daher machten wir uns gemeinsam ans Werk, die Festung mit Ilexzweigen und anderem Laub zu schmücken. Es war eine aufregende Zeit, die wir gemeinsam auskosteten.

»Komm schon«, sagte Sophie. »Was findest du denn diesmal nicht?«

»Meinen Anorak.«

»Der ist noch in der Eingangshalle, wo du ihn hast liegen lassen.«

Nachdem wir uns entsprechend warm angezogen hatten,

machten wir uns auf den Weg zum Steinbruch. Der Himmel war klar, aber hoch oben mit einem dünnen Schleier winterlicher Wolken verhangen, der die Himmelskuppel wie aus Milchglas wirken ließ. Die weiße Sonne stand noch tief über den Bäumen, als wir den Hügel erklommen.

»Werden wir Andy und Steven bald wieder sehen?«, fragte ich.

»Vielleicht. Ich habe mir noch keine Gedanken darüber gemacht«, sagte Sophie beiläufig. Ich wusste, dass das nicht der Wahrheit entsprach; sie hatte immer alles ganz genau vorausgeplant. »Im Dorf hat ein neuer Friseursalon eröffnet.«

»Ach ja?«

»Ja. Ich dachte mir, da könnte ich mal hingehen und sehen, was für einen Unterschied das macht.«

»Du wirst eitel«, neckte ich sie.

»Na und? Mädchen dürfen eitel sein. Das gehört zu unserem Persönlichkeitsprofil. Uns lässt man vieles durchgehen, was Jungen niemals dürften.«

»Ach.« Viel mehr gab es dazu anscheinend nicht zu sagen.

»Und ich sollte mir auch etwas zum Anziehen kaufen«, fuhr sie fort. »Aber mit äußerster Vorsicht. Ich will niemandem auffallen. Verkäuferinnen machen sich Sorgen, wenn Kinder Geld ausgeben.«

»Was willst du dir denn kaufen?«

»Jeans. Und ein paar Tops. Du weißt schon, Sweatshirts und so. Und einen BH werde ich mir auch zulegen.«

»Wirklich?«

»Ja. Eigentlich brauche ich den gar nicht unbedingt, aber was soll's. Da gibt es so winzig kleine, die einfach cool aussehen.«

Wir erreichten den Rand des Steinbruchs und machten uns an den Abstieg. Plötzlich schoss mir der Gedanke durch den

Kopf, dass dies unser erster Besuch im Steinbruch war, seit ich allein hergekommen war. Was war, wenn ich einen Fehler gemacht hatte und Sophie auffiel, dass etwas nicht stimmte? Ich konnte spüren, wie mein Herz schneller schlug, und die Luft schien ganz trocken geworden zu sein.

»… sowieso wie dreizehn. Ja?«

»Was?«, fragte ich.

»Wach auf. Ich habe gesagt, ich sehe sowieso wie dreizehn aus.«

»Ja, da hast du wahrscheinlich Recht«, meinte ich.

»Wir bleiben nicht allzu lange hier. Es gibt noch viel zu tun, und es ist ziemlich kalt.«

»Okay. Wenn du willst, hole ich die Tasche.«

»Gern.« Wir liefen gemeinsam zur Mitte des Steinbruchs, und dann kletterte ich zu den Stollen hinauf und holte die Tasche. Als ich zu der Stelle zurücklief, an der Sophie stand, hatte ich das Gefühl, eine Handgranate in den Händen zu halten. Ich reichte sie ihr.

»Danke.« Sie öffnete die Dose, wickelte das letzte Heft aus und schlug eine neue Seite auf. Unbewusst hatte ich den Atem angehalten, doch jetzt atmete ich aus, und mein Atem bildete Dunst, der sich wie ein Schleier vor meinem Gesicht hob.

»Ich sehe mich mal im Wald um«, sagte ich.

»Ich brauche etwa zehn Minuten«, erwiderte sie. »Geh nicht zu weit weg. Und hüte dich vor Bären und dergleichen.«

»Die Bären halten jetzt Winterschlaf«, gab ich selbstzufrieden zurück, und Sophie lachte.

»Richtig. Und jetzt zisch ab, damit ich mich konzentrieren kann.«

Ich grinste und krabbelte den Weg, auf dem wir gekommen waren, wieder hinauf. Erleichterung darüber, nicht ertappt worden zu sein, durchflutete mich. Am oberen Ende des Hangs warf ich einen Blick zurück auf Sophie, die auf einem Stein saß, eine bunte kleine Gestalt, über das Heft auf ihren Knien gebeugt.

Am späteren Nachmittag unterhielten wir uns über die Party, die wir an Weihnachten feiern wollten.

»Wir veranstalten sie im oberen Raum«, sagte Sophie. »Ein echtes geheimes Fest.«

»Wer wird sonst noch kommen?«

»Niemand außer uns.« Sie dachte einen Moment lang nach. »Und ich glaube, wir sollten um Mitternacht feiern.«

»Ja? Wirklich?«

»Warum nicht? Das wäre doch ziemlich cool. Wir besorgen uns etwas zu essen und so. Und holen die Taschenlampen nach oben. Wir können sie mit Krepppapier in verschiedenen Farben umwickeln.«

Ich war augenblicklich Feuer und Flamme. »O ja! Das wäre wirklich prima. Wann bereiten wir das alles vor?«

»Am kommenden Wochenende. Wir müssen uns ranhalten. Am Donnerstag in einer Woche ist schon Weihnachten. Das ist nicht mehr lange hin.«

»Ich war noch nie auf einer echten Party«, sagte ich.

»Ja, ich weiß. Und das ist das letzte Weihnachten, ehe ... du weißt schon, ehe ich weggehe. Daher dachte ich mir, wir lassen uns etwas ganz Besonderes einfallen.«

»Oh.« Als sie das sagte, war mir plötzlich kalt.

Wir standen jetzt auf der Kuppe des Hügels, von wo man in die nächste Senke hinabblicken konnte. In einer Richtung sah ich in der Ferne die Dächer der Ortschaft und die gewundenen Straßen, die aus ihr hinausführten. Unser Haus war außer Sichtweite, weil es hinter dem Hügelrücken verborgen war. Sophie trug in einer Plastiktüte unser Mittagessen.

»Es gibt noch so viel zu tun«, fuhr sie fort. »Das ist doch spannend, findest du nicht auch?«

»Doch«, sagte ich. Ich wünschte, sie hätte mich nicht an das nächste Jahr und neue Schulen und ihr Fortgehen erinnert.

»Lass uns dort runterlaufen. Wir können uns auf die Mauer setzen und dort essen, wenn du magst.«

»Okay. Ich bin schon ganz schön hungrig«, sagte ich.

»Wer als Erster da ist, hat gewonnen.« Sie war schon losgerannt, ehe ich begriff, was sie gesagt hatte.

»Das ist nicht fair!«

Er schweigt einen Moment lang und reibt sich mit einer Hand das Gesicht, als versuchte er, einen Entschluss zu fassen. Als er weiterspricht, ist es beinah ein Flüstern.

»So weit bin ich bisher noch nie gekommen«, sagt er.

Ich weiß instinktiv, wovon er redet. »Mit der Geschichte?«

Er nickt. »Ja – bei meinen bisherigen Versuchen habe ich immer vorher aufgehört.«

Sein Gesicht ist verzerrt, als litte er Qualen. »Warte ein Weilchen«, sage ich und versetze mich mit meiner Ruhe selbst in Erstaunen. Ich habe keine Ahnung, ob diese Entwicklung vorteilhaft für mich ist oder nicht.

Plötzlich begreife ich, und diese Erkenntnis versetzt mir einen unangenehmen Stich, dass er mir mein Verhalten zu Recht vorwirft; ich tue genau das, was er mir unterstellt – ich verberge Dinge vor ihm, und ich halte Ausschau nach Gelegenheiten, die ich für mich nutzen könnte. Mich schockiert der Gedanke, dass ich, und sei es auch nur partiell, tatsächlich so sein kann, wie er mich sieht.

Er sagt: »Das eigentliche Problem bestand darin, dass mir erst hinterher klar war, wie sehr ich dich geliebt habe. Erst deine Abwesenheit hat es mir gewaltsam klar gemacht. Du hast meine ganze Welt ausgefüllt. Du hast mich gegen die Außenwelt abgeschirmt.«

»War es nur Liebe?«

Augenblicklich frage ich mich, ob ich einen Fehler gemacht habe. Nichts kann ich jetzt weniger gebrauchen, als ihn gegen mich aufzubringen; um keinen Preis darf der seidene Faden zu dem abreißen, was den Rest seiner Geschichte ausmacht, worum auch immer es sich dabei handeln mag.

Zu meiner Erleichterung scheint er sich ernsthafte Gedanken über diese Frage zu machen. »Damals? Ja, das glaube ich schon.« Er zögert und spricht dann weiter. »Hinterher vielleicht nicht mehr.«

»Nachdem … ich fortgegangen bin?«

»Nachdem du fortgegangen bist«, stimmt er mir mit feierlichem Ernst zu.

»Wie war dir zumute, nachdem ich fort war?«

Er schüttelt den Kopf und wirkt fast gereizt. »Ich weiß es nicht. Ich war verwirrt. Wütend. Und verängstigt.«

»Okay, okay«, sage ich. Er unterbricht sich, sieht mich an und sackt dann ein wenig in sich zusammen.

»Sehen wir zu, dass wir es hinter uns bringen«, sagt er.

Im nächsten Sommer war Sophie zwölf, und ich war zehn. Im Laufe jenes Jahres änderte sich kaum etwas in unserer näheren Umgebung: Die Gebäude des Bauernhofs wiesen Spuren des vergangenen Winters auf, in Form von Schieferplatten, die vom Dach gefallen waren, und Brettern, die sich vor den Fenstern gelöst hatten, aber ansonsten gab es kaum Zeichen der Zeit. Der Steinbruch war so unverändert wie eh und je, und die Landschaft, die uns umgab, passte sich ohne jedes Zaudern den Jahreszeiten an. Zwischen uns beiden kam es jedoch zu einigen Veränderungen. Sophie fing an, erwachsen zu werden;

plötzlich war nicht mehr zu übersehen, dass sie auffallend viel größer war als ich, wogegen der Größenunterschied bis dahin nicht der Rede wert gewesen war. An ihrem Gesicht hatten sich subtile Veränderungen vollzogen, und dieser Wandel war groß genug, um von mir wahrgenommen zu werden, aber gleichzeitig nicht so einschneidend, dass er sich leicht beschreiben ließe. Auch ihre Ausdrucksweise hatte sich gewandelt, und jetzt war es wahrscheinlicher, dass sie in Gesellschaft von Erwachsenen oder anderen Kindern dieselben Sprachmuster verwandte, die sie jahrelang nur mir gegenüber benutzt hatte, wenn wir allein miteinander gewesen waren. Sie gewöhnte sich plötzlich an, gewissenhaft die Tür des Badezimmers hinter sich zu schließen. Einige dieser Veränderungen fand ich amüsant und andere zum Verzweifeln, aber alles in allem bereiteten sie mir insgeheim Sorgen. Ich sah sie als einen Beweis dafür an, dass Sophie sich darauf vorbereitete, fortzugehen und ihre Kindheit hinter sich zu lassen. Ich bekam Angst, sie zu verlieren.

Ganz so schlimm wurde es aber doch nicht. In Sophies letztem Jahr in unserer Schule kam das Thema der Prüfungen wieder zur Sprache. Es wurde beschlossen, Sophie sollte versuchen, sich für ein Stipendium von einer Privatschule zu bewerben, die gut fünfzig Meilen von uns entfernt lag. Ich erinnere mich noch an den Besuch, den wir der Schule abstatteten. Bei mir hinterließ er den Eindruck, dort spielte sich alles in einem größeren Rahmen ab – es gab viele Gebäude und viele Schülerinnen. Und wären nicht die Schuluniformen als Erkennungsmerkmal gewesen, dann wären viele Schülerinnen Frauen gewesen, bei denen ich nicht auf die Idee gekommen wäre, dass sie noch in die Schule gingen. Sophie sah sich mit offenkundigem Interesse um, und ich konnte ihr ansehen, wie sie ihre Beobachtungen innerlich abheftete, um sie später einer eingehenden Prüfung zu unterziehen. Während wir umhergeführt wurden, verhielt sie sich die meiste Zeit still, doch ihre Augen waren eifrig zugange und griffen sich Leute und Klassenzimmer und Lehrerinnen heraus, als hielte sie alles auf Fotografien fest. Auch auf dem Heimweg war sie still, doch ich glaubte, wahrnehmen zu können, dass sie sich ihrer Sache sicher war. Sie saß mit verschränkten Armen auf dem Rücksitz des Wagens und wirkte nachdenklich, aber sorgenfrei, als hätten sich ihre vorgefassten Meinungen bestätigt.

Als der Zeitpunkt der Prüfung nahte, arbeitete sie sehr ernsthaft und äußerst sorgfältig darauf hin. Sie notierte sich die verschiedenen Fächer, in denen sie Prüfungen ablegen musste, und nahm sich jeden Abend etwa eine Stunde Zeit, um den Prüfungsstoff zu wiederholen. Ab und zu verbrachte sie diese Stunde in der Küche und breitete ihre Bücher und Notizen auf dem größeren Tisch dort aus, als wollte sie meiner Mutter und mir ins Gedächtnis zurückrufen, dass sie emsig lernte. Und etwa um diese Zeit stieß ich auf die circa acht Taschenbücher, die dazu dienten, seinen IQ selbst zu ermitteln, und auf die ermittelten und ausgewerteten Testergebnisse. Sophie redete nur sehr wenig mit mir über die Prüfung, da sie entschlossen war, dieses Ziel allein in Angriff zu nehmen. Mir war das nur recht, denn von dem Lehrstoff, den sie sich noch einmal vornahm, verstand ich nichts, und ich hätte es auch langweilig gefunden, mich damit beschäftigen zu müssen. Aber vor allem war ich – auch wenn ich kein Wort sagte – der Überzeugung, dass Sophies Absichten von den Erwartungen ihrer Lehrer abwichen und dass ihnen allen eine Überraschung bevorstand. Insgeheim hoffte ich, sie hätte vor, durch die Prüfungen zu fallen, damit sie gar nicht erst fortgehen konnte. Meine Vorstellungen waren reichlich verschwommen, und ich unterließ es, ihnen auf den Grund zu gehen, aber ich war ganz sicher, dass Sophie in der Lage war, es so einzurichten, dass sie keine Schule zu besuchen brauchte, die für meine Begriffe viel zu weit weg war.

Mit derselben Gründlichkeit, mit der sie auf Nummer sicher gegangen war, dass sie einen IQ von 125 erreichen würde, fiel Sophie durch die Prüfung, deren Bestehen Voraussetzung für die Vergabe eines Stipendiums war. Unter den »Durchgefallenen« musste sie jedoch eine der höchsten Punktzahlen erreicht haben, denn die Schule bot ihr unter Verzicht auf weitere Prüfungen einen Platz an. Abgesehen von der Verwirrung und Enttäuschung unter ihren Lehrern wurde kein größerer Wirbel veranstaltet. Vielleicht hatten sie Sophie doch ein wenig überschätzt. Vielleicht hatte sie aber auch nur einen schlechten Tag gehabt. Sophie lächelte matt und verhielt sich still, obgleich auch sie sich ein klein wenig enttäuscht gab, gerade genug, um Mitgefühl einzuheimsen. Sie war klug, aber *so* klug nun doch wieder nicht. Und die eine oder andere Lehrkraft, der im Lauf der Jahre vielleicht die eine oder andere Ungereimtheit in Sophies Entwicklung aufgefallen war – gelegentliche brillante Geistesblitze, Bemerkungen, die für ein Kind in ihrem Alter frühreif und ungemein treffend waren –, fühlte sich durch diesen objektiven Maßstab, der an ihre tatsächlichen Fähigkeiten angelegt wurde, bestätigt.

Ich wusste, dass sie genau dieses Prüfungsergebnis beabsichtigt hatte, und ich fragte sie danach.

»Ich will nicht zu sehr auffallen; das bringt nichts. Außerdem bin ich doch aufgenommen worden, oder etwa nicht? Denen geht es doch sowieso nur um ihr läppisches Prestige. Ein Stipendium haben wir nicht nötig.«

»Nein, wahrscheinlich nicht«, sagte ich. »Glaubst du, es wird dir dort gefallen?«

»Das nehme ich doch an.« Sie schien nicht bei der Sache zu sein.

»Wirst du an den Wochenenden nach Hause kommen?«

Sie lachte. »Mach dir keine Sorgen, ich lasse dich schon nicht im Stich. Du wirst gut zurechtkommen. Das stimmt doch, oder? Du wirst dich doch ohne mich nicht etwa einsam fühlen?«

»Ich werde mich bemühen«, sagte ich.

»Gut. Damit wäre nämlich auch keinem gedient.« Sie wirkte zuversichtlich, und ihre Stimme enthielt eine Kraft, die ich bisher noch nicht bemerkt hatte – zumindest nicht in diesem Ausmaß.

»In Ordnung«, sagte ich und fühlte mich schon wieder etwas besser.

»Und wir haben immer noch den Sommer vor uns«, fügte sie hinzu. »Uns bleibt also noch jede Menge Zeit. Schließlich wird es kein echter Abschied werden.«

Es fiel mir schwer, das so zu sehen. Ich sah dem Sommer als einer Zeit des nahenden Endes entgegen; und wenn ich zurückblicke, kommt es mir immer noch so vor.

Das Ende des Schuljahrs brachte einen beträchtlichen Wirbel mit sich. Die Schüleraufführung, die im Freien stattfand und auf die Gunst des Wetters angewiesen war, erwies sich als gewaltiger Erfolg. Es war ein schöner Abend, und die Eltern nahmen ihre Plätze auf den Reihen von Plastikstühlen ein. Das Geschehen spielte sich auf einer Bühne ab, die an der Außenmauer der Aula aufgebaut worden war. Wir beide hatten Rollen übernommen – ich als Soldat mit einem Speer und Sophie als Dame. Sie hatte ein paar Zeilen Text, den sie klar und deutlich und mit einem Anflug von Humor vorbrachte, was der Szene, in der sie auftrat, gut bekam. Als das Stück zu Ende war und die gesamte Besetzung für eine letzte Szene vor den Pappkartonzinnen der Burg zusammenkam, brach lauter Beifall aus, und wir waren alle müde. Wir schminkten uns in den

Waschräumen der Schule ab und warteten darauf, dass unsere Mutter uns mit dem Wagen abholen würde.

Der letzte Tag verlief so chaotisch wie üblich. Ich traf Sophie im Korridor, als wir beide auf verschiedenen Botengängen waren, und sie lächelte mir zu und zog die Augenbrauen hoch.

»Alle laufen wie kopflose Hühner durch die Gegend«, sagte sie. »Die Hälfte meiner Klasse ist hysterisch. Sämtliche Mädchen weinen.«

»Ja«, stimmte ich ihr zu. »So ist es immer.«

Als sich um vier Uhr die Tore öffneten, ergoss sich die ganze Schar auf den Schulhof und die Straße vor dem Tor, bis es kaum noch möglich war, die Schule in einem Wagen zu verlassen. Sophie erkundete diesen Exodus von der Treppe vor dem Haupteingang aus.

»Wir kommen besser voran, wenn wir den Seitenausgang nehmen«, sagte sie. »Komm mit.«

Normalerweise war das ein Umweg, aber wir vermieden das Gedränge und erreichten den Weg, der uns nach Hause führte, ohne von jemandem angehalten zu werden. Es war ein warmer Tag, und die Vorfreude auf den Sommer war überall wahrzunehmen. Ich trat auf dem Schotter einen Stein vor mir her.

»Bist du nervös?«, fragte ich Sophie.

»Nein. Es wird alles glatt gehen. Lass uns nicht darüber reden, ja? Und in den nächsten Monaten werden wir es uns verflucht gut gehen lassen, okay?«

»Okay«, sagte ich lächelnd. »Das klingt gut.«

In jenem Sommer, dem Sommer, bevor Sophie fortging, geschah so einiges. Die erste Hälfte der Ferien verlief ruhig. Nichts wies auf die Dinge hin, die bevorstanden. Wir hatten beide Geburtstag, und mich belustigte der Gedanke, dass Sophie jetzt ein Teenager war.

»Wie fühlt man sich denn mit dreizehn?«

»Genauso wie mit zwölf«, sagte sie. »Keine Spur anders. Wie fühlt man sich mit elf?«

Ich grinste. »Ganz okay.«

»Ich gehe heute Nachmittag ins Dorf. Magst du mitkommen?«

»Wohin gehst du?«

»Nur einkaufen und so. Vielleicht kaufe ich mir auch etwas zum Anziehen.«

»Du hast doch eine Schuluniform«, hob ich hervor.

Sie wirkte im ersten Moment verständnislos. »Ach so. Die ist für nächstes Jahr«, sagte sie. »Ich meinte, etwas für jetzt.«

»Ich glaube, ich bleibe lieber hier«, sagte ich.

»Wie du willst. Ich werde etwa um fünf zurück sein.«

Ich erinnere mich noch daran, dass meine Mutter in jenem Sommer sehr still war. Wie Sophie hatte auch ich gelernt, wie man ihr am besten aus dem Weg ging und wie man am besten den Eindruck erweckte, es seien gar keine Kinder im Haus. Wir sahen sie bei den Mahlzeiten, wenn wir zu Hause aßen, und manchmal begegnete ich ihr im Korridor oder wenn ich aus der Küche kam. Sie kam so gut wie nie nach oben. Ich kann mich nicht erinnern, sie nach dem Tod des Babys auch nur noch ein einziges Mal im oberen Stockwerk des Hauses gesehen zu haben. Und in erster Linie hielt sie sich natürlich in ihrem muffigen Salon auf, filterte das Tageslicht durch schwere Vorhänge und saß da oder lief auf und ab, je nachdem, was ihrer Stimmung gerade besser entsprach.

Damals wirkte sie für mich weder mysteriös noch haftete ihr etwas von der Romantik des Geheimnisvollen an. Sie war einfach nur ein Teil des Lebens, und dieser Teil meines Lebens war ebenso sehr ein Hintergrund für meine Kindheit wie die Tapete im Flur oder der Geruch des Klassenzimmers in der

Schule. Der Schatten, den sie über uns warf, war für mich nie klar zu erkennen. Als sie starb, dachte ich vermutlich innerhalb von fünf Tagen häufiger an sie als bis dahin binnen fünf Jahren. Die Geheimnisse, die sich um meine Mutter rankten, wurden nie an mich weitergereicht. Ansonsten hätte ich heute wahrscheinlich ein klareres und vollständigeres Bild von meinem eigenen wie auch von Sophies Leben. Auf diese Weise bekam meine Mutter durch ihren Tod, als ich endlich erkannte, dass die Fragen, die sie aufgeworfen hatte, niemals beantwortet werden würden, etwas Geheimnisvolles. Sie hatte spät geheiratet und spät Kinder bekommen, und meine Großmutter war schon vor meiner Geburt gestorben. Ich weiß nicht das Geringste über sie. Vielleicht hatte sich Ol' Grady aus einem Vorläufer entwickelt, von dem ich nichts wusste; vielleicht hatte er – im Geiste – Generationen überlebt, ehe Sophie den Teufelskreis durchbrach und ihn tötete. Es ist unsinnig, einer Geschichte Grenzen zu setzen oder ihr Einschränkungen aufzuerlegen, wenn es sich bei dieser Geschichte um das Leben von Menschen handelt. Die einzigen Grenzen sind diejenigen, die uns unsere eigene Unwissenheit auferlegt.

Etwa um diese Zeit begann sich Sophies echte Verwandlung abzuzeichnen. Sie hatte bereits festgestellt, dass sich Kleidung und Auftreten auf das Bild auswirken konnten, das sich andere von einem machten. Das war etwas, worauf sie Einfluss nehmen konnte, und daher befasste sie sich so intensiv wie möglich damit. Aber das zufällige Zusammentreffen von Kleinigkeiten, die als Summe physische Schönheit ausmachen – der bloße Zufall, der die klare Grenze zwischen Attraktivität und Unattraktivität zieht –, entzog sich ihrem Zugriff. Und daher ignorierte sie diesen Aspekt, und vielleicht war auch sie erstaunt über das, was sich im Lauf der letzten drei Jahre allmählich getan hatte. Genau das, was an Sophie nicht bemerkenswert gewesen war, weder auffallend reizlos noch auffallend hübsch, hatte sich zu verändern begonnen. Ihr Gesicht wurde länger und schmaler. Aus ihrer kindlichen Versonnenheit wurde Tiefsinn, und eine unbestimmbare Veränderung der Konturen ihrer Wangen verlieh ihr eine verblüffende Reife. Sie fiel nie auf den ersten Blick auf, aber bei einem zweiten Blick konnte man klar erkennen, dass sie hübsch war; und wenn man noch länger hinsah, fielen einem erste Anzeichen dafür auf, dass sie sich in eine wirklich schöne junge Frau verwandeln würde.

Ich glaube, einen großen Teil dessen nahm ich aus dem einzigen und guten Grund wahr, weil ich seit dem Tag, an dem sie in ihrem Schlafzimmer in Jeans und ein Hemd geschlüpft war und mich einen Moment lang hatte glauben machen, sie sei eine andere Person, ein feines Gespür dafür entwickelt hatte, wie sie aussah. In dieser Hinsicht war ich wahrscheinlich der am günstigsten platzierte Beobachter, da ich sie im Lauf unserer gemeinsamen Kindheit Tag für Tag gesehen und ihr Gesicht sich unauslöschlich in mein Gedächtnis eingebrannt hatte.

Ich erinnere mich an diesen Sommer immer als den Sommer, in dem Sophie fortging. In Wahrheit verhielten sich die Dinge jedoch wesentlich komplexer. Ich hätte ihn lieber den Sommer nennen sollen, in dem Sophie weiterzog – zu etwas Neuem hin und fort von dem, was sie zurückließ. Ich glaube, so sah sie es auch, ganz gleich, was sie mir gegenüber sagte. Es muss ihr unmöglich gewesen sein, es nicht so zu sehen. Die Sommertage, die wir beide mit gemeinsamen Spielen verbrachten, stellten das Ende von etwas dar, was mit meiner Geburt begonnen und elf Jahre angedauert hatte. Dass sich all das durch das Umblättern eines Kalenderblatts so mühelos in Stücke reißen ließ, war schwer zu glauben, und ich wollte es auch gar nicht wahrhaben. Ich wollte sie noch länger für mich haben. Bis ich so weit war, sagte ich mir. Ich war noch nicht ganz so weit. Aber es gab auch noch einen anderen Teil in mir – einen stummen, geheim gehaltenen Teil –, der bereits wartete, ohne Furcht oder Schmerz und sogar mit etwas Ähnlichem wie Hoffnung. Die Ferienwochen vergingen langsam und schnell zugleich, und ich wusste nicht mehr, was ich empfand, und auch nicht, was ich empfinden wollte.

Gegen Ende des Sommers mussten Vorbereitungen für Sophies Umzug in ihre neue Schule getroffen werden. Meine Mutter kehrte eines Tages mit einem Koffer zurück, den sie in der Ortschaft gekauft hatte, und Sophie und ich trugen ihn nach oben in ihr Zimmer. Ihr Gesicht war nachdenklich, fast traurig, als wir ihn auf ihrem Bett abgelegt hatten. Der Koffer war groß und dunkelblau, mit Messingkanten an den Ecken und mit einem Messingschloss. Sophie öffnete ihn, und innen war er mit kariertem Papier beklebt. Er roch seltsam und unvertraut.

»Da ist viel zu viel Platz für meine Sachen«, sagte sie. »Sie werden alle durcheinander purzeln.«

Wir starrten gemeinsam den Koffer an und wussten nicht, was wir sonst noch dazu sagen sollten.

Uns blieben jedoch immer noch etwa zwei Wochen. Wir verbrachten so gut wie gar keine Zeit in geschlossenen Räumen, es sei denn, in der Scheune. Dort saßen wir stundenlang in der Geborgenheit unseres Verstecks und lasen oder redeten miteinander. Sophie erzählte mir, wie sie sich ihre neue Schule vorstellte und was sie sich ausmalte, dort zu tun. Ich lauschte mit einer seltsam überwältigenden Mischung aus Neid und Traurigkeit und sah sie auf der Schwelle zu einer anderen Welt stehen, in die sie demnächst ziehen würde. Und mich würde sie zurücklassen.

»Bist du ganz sicher, dass du mich nicht langweilig finden wirst?«, fragte ich. »Wenn du erst mal in deiner Schule für große Mädchen bist.«

Sie blinzelte, und über ihr Gesicht huschte ein seltsamer Ausdruck, von dem ich mich nicht erinnern konnte, ihn je zuvor an ihr gesehen zu haben.

»Sei nicht albern«, sagte sie. »Natürlich nicht. Du weißt doch, wie lieb ich dich habe, oder etwa nicht?«

»Doch«, sagte ich, konnte ihr jedoch nicht in die Augen sehen.

»Das ist nun mal die Wahrheit«, sagte sie nachdrücklich. »Und vergiss mir das bloß nicht, okay?«

»Okay«, versprach ich und rang mich zu einem Lächeln durch.

»Ich werde immer für dich da sein. Und wenn du dich nicht vorsiehst, wirst du dich mit mir langweilen.«

»Nein, ganz bestimmt nicht.«

»Und ich mich auch nicht. Ist das abgemacht?«

Ich grinste gegen meinen Willen. »Wenn du meinst.«

»Also gut. Und jetzt hör auf, den Kopf hängen zu lassen.«

»Okay«, sagte ich.

Wir liefen über die Wege und Pfade, die sich wie ein Spinnennetz über die Hügel um unser Haus zogen, und wir pflückten Blumen und sangen Lieder. Ein- oder zweimal saßen wir da und sahen zu, wie die Sonne über den Bäumen im Westen unterging. Wir kletterten auf Bäume, um in Vogelnester zu schauen, und warfen Steine in die Mitte des Stichlingteichs. Sophie las mir aus *Alice im Wunderland* vor, und wir flochten Kränze aus Gänseblümchen und schlangen sie, als wir nichts mehr damit anzufangen wussten, um die Äste einer Eberesche, die dicht neben dem Weg wuchs. Wenn wir einander abends am Esstisch gegenübersaßen und meine Mutter uns kühl ansah, tauschten wir Blicke aus, die das Wissen darüber enthielten, was wir gemeinsam unternommen hatten – Dinge, von denen sie nie etwas erfahren würde und die sie aller Wahrscheinlichkeit nach ohnehin nie verstanden hätte.

Auf diese Weise verging die Zeit schnell. Aber jeden Abend, ehe der Schlaf mich übermannte, dachte ich daran, dass der vergangene Tag die Entfernung zum Beginn des nächsten Schuljahrs verringert hatte. Ich würde eine Klasse höher aufsteigen und einen Teil des Ansehens genießen, das damit verbunden war, in die untere der beiden obersten Schulklassen zu gehen, aber noch nicht dem Druck und den Erwartungshaltungen des letzten Jahres ausgesetzt sein, das die Prüfungen mit sich brachte. Andererseits würde ich nach der Schule allein nach Hause laufen müssen, und niemand würde da sein und einen Besuch im Steinbruch oder unter dem Ilex vorschlagen. Ich begriff, dass ich zum ersten Mal in meinem Leben tatsächlich allein sein würde.

»Wie viele Tage haben wir noch?«

Sie sah auf ihre Armbanduhr und las das Datum ab. »Noch acht Tage. Hör bloß auf, die Minuten zu zählen, ja? Wie ich schon sagte, es ist nicht das Ende der Welt.« Aber ihre Stimme klang bei diesen Worten traurig.

Nein, dachte ich mir, aber es wird der Beginn einer ganz anderen Welt sein, sowohl für mich als auch für dich. Das war ein komplizierter Gedanke, obwohl er so säuberlich verpackt an die Oberfläche gekommen war, als hätte er schon eine ganze Weile in meinem Verstand gegärt und sei dort in Ruhe herangereift. Ich drehte ihn um und betrachtete ihn von allen Seiten, und ich wusste, dass er der Wahrheit entsprach. Ich seufzte.

»Nein, wohl kaum«, sagte ich.

13

»Mattie?«

Ich hatte in den Bach gestarrt und blickte jetzt zu ihr auf. »Ja?«

»Hast du Lust, einen Spaziergang zu machen? Es gibt ein paar … ich meine, es gibt noch ein oder zwei Dinge, die ich tun möchte.«

»Okay«, willigte ich ein. Es war schon Nachmittag, etwa fünf Uhr, und morgen würde meine Mutter Sophie zum Bahnhof bringen, sie in einen Zug setzen und ihr nachblicken, während sie verschwand, um sich an einen Ort zu begeben, den sie erst ein einziges Mal gesehen hatte. »Wohin gehen wir?«

»Dahin und dorthin«, sagte Sophie unbestimmt. »An dieselben Orte wie sonst auch. Okay?«

»Okay.« Ich stand auf, um ihr zu folgen. Mir war etwas Seltsames an ihrer Sprechweise aufgefallen, ein Stocken, das für Sophie ungewöhnlich war und mich deshalb beunruhigte. Wir gingen zum Haus zurück und holten meinen Anorak. »Werden wir lange fort sein?«

»Ja«, antwortete sie. »Wahrscheinlich. Warte einen Augenblick.« Sie blieb in der Eingangshalle stehen, legte den Kopf auf eine Seite und dachte einen Moment lang nach. Dann sagte sie zu sich selbst: »Ja, das ist alles.« Sie sah mich an und grinste. »Tut mir Leid. Ich versuche nur, alles auf die Reihe zu kriegen. Schließlich ist morgen der große Tag.«

Ich nickte. »Ja.«

»Jetzt komm schon.« Wir verließen das Haus durch den Vordereingang, bogen um die Hausecke und liefen den Hügel zum Steinbruch hinauf. Die späte Nachmittagssonne schien noch warm auf eine Seite meines Gesichts, als wir auf den Hügel stiegen, und im Wald waren die vertrauten Vogelrufe zu hören. Während des Aufstiegs summte Sophie eine Melodie vor sich hin, die ich erkannte, weil ich sie vor langer Zeit schon einmal gehört hatte.

»Was ist das?«

»Hm? Was?«

»Das Lied.«

»Ach so. Erinnerst du dich nicht mehr? Es heißt Raggle Taggle Gypsies.«

»Das hast du mir schon einmal vorgesungen«, sagte ich unsicher.

»Stimmt. Als du noch klein warst. Das muss vor – warte mal – fünf oder sechs Jahren gewesen sein. Du wirst allmählich erwachsen.«

»Du bist es schon«, sagte ich.

»Das heißt aber noch lange nicht, dass ich Dinge vergesse«, sagte sie ernst.

Als wir uns der Hügelkuppe näherten, fragte ich: »Sophie?«

»Ja?«

»Wann ist man erwachsen?«

Sie zog die Augenbrauen hoch. »Was meinst du – endgültig? Ich weiß es nicht. Ich glaube, das ist von Mensch zu Mensch verschieden. Manche brauchen länger als andere. Meinst du deinen Körper oder deine Denkweise?«

»Ich glaube, beides«, sagte ich.

»Dein Körper ist ungefähr mit sechzehn oder siebzehn ziemlich fertig entwickelt«, erklärte sie mir. »Oder zumindest verändert er sich hinterher nicht mehr so einschneidend. Aber mit deinem Denken verhält sich das ganz anders. Damit kenne ich mich nicht aus. Ich glaube, es wird von uns erwartet, dass wir etwa mit achtzehn Jahren erwachsen werden, und daher tun es die meisten von uns. Wenn von uns erwartet würde, mit vierzehn erwachsen zu sein, würden wir vielleicht stattdessen mit vierzehn erwachsen werden.« Sie holte Atem und lachte dann. »Woher kommen all diese komplizierten Gedanken überhaupt?«

»Ich weiß es nicht«, sagte ich. »Letzte Nacht habe ich plötzlich darüber nachgedacht.«

Die Wälder hatten einen warmen Grünton, die tief stehende Sonne fing sich darin, und in der Luft surrten ganze Schwärme von Insekten. Ich machte mich auf den Weg zu dem Pfad, der auf den Grund des Steinbruchs führte, doch Sophie hielt mich zurück.

»Lass uns erst dort drüben hingehen«, sagte sie und deutete nach links. Wir bahnten uns einen Weg durch das Unterholz, bis wir den Zaun erreichten. Wir hatten uns dem Steinbruch von Süden her genähert, von der Seite mit den Stollen, über denen ich einmal gestanden und mit dem Gedanken gespielt hatte, das Modellflugzeug von dort aus fliegen zu lassen, den Spitfire, den ich vor einem Jahr gebastelt hatte. Ich folgte Sophie, als sie etwa an derselben Stelle wie ich damals über den Zaun stieg, wo ein abgebrochener Ast die Latten und das Stacheldrahtgewirr auf Knöchelhöhe hatte sinken lassen. Ich stieg nach ihr über den Zaun, und gemeinsam standen wir auf dem guten Meter Erde zwischen dem Zaun und dem Rand des Steinbruchs. Ich konnte das hintere Ende sehen, wo das hohe Unkraut in der Sonne kräftig und grün geworden war und an den Spitzen kleine purpurne Blüten aufwies.

»Das war das allererste geheime Versteck«, sagte Sophie, die nach unten blickte. »Erinnerst du dich noch? Ich habe dich hierher gebracht, und wir haben in der Sonne gesessen, und ich habe dir Blumen gezeigt und Bilder auf den Schiefer gezeichnet.«

Ich dachte zurück. »Nein, ich glaube nicht«, sagte ich.

»Du warst noch ziemlich klein. Ich musste dich den Hügel hinauftragen. Das hat mich fast den ganzen Nachmittag gekostet, aber ich wollte, dass du den Steinbruch siehst. Vorher war ich immer allein hier. Und dann bist du älter geworden und warst ganz vernarrt in die Fossilien.«

»Ja«, sagte ich. »Ich habe dir einmal ein Fossil geschenkt.«

»Ich habe es immer noch. Komm etwas weiter vor.« Wir gingen näher auf den Rand zu, und ein größerer Teil des Steinbruchs kam in Sicht. Unter uns erstreckte sich der Grund mit seinen vertrauten Steinen und Geröllbrocken bis hin zur Mitte, wo wir normalerweise saßen, und von der untergehenden Sonne wurde die bleiche Farbe des Schiefers jetzt in Schatten getaucht. Nur auf den oberen Rand der Ostseite, wo der Pfad nach unten führte, fiel noch eine Sichel aus Licht, und selbst diese zog sich langsam, aber sicher zurück, während wir miteinander redeten.

Sophie fragte mich: »Wirst du hierher kommen? Wenn ich fort bin?«

»Ich weiß es nicht. Meinst du, ich sollte allein herkommen?«

»Ja, wenn du magst. Dieser Ort gehört uns beiden. Manchmal ist es ein ziemlich gutes Gefühl, einfach nur irgendwo zu sitzen und zu wissen, dass niemand einen finden wird. Das braucht man ab und zu.« Sie atmete sachte aus. »Leute können einem … den Umgang mit ihnen ziemlich erschweren. Und wenn man seine geheimen Verstecke hat, ist das alles gleich viel leichter. Verstehst du?«

»Ich glaube, ja«, sagte ich.

»Wenn du es im Moment noch nicht verstehst, wirst du es wahrscheinlich schon sehr bald verstehen. Aber was soll's.« Sie hielt sich eine Hand über die Augen und sah dorthin, wo die Sonne hinter der Hügelkette zu versinken begann. »Komm einen Moment lang her.«

Ich wagte mich langsam noch etwas weiter vor, bis ich auf einer Höhe mit ihr war. Sie war nur noch einen halben Meter vom Rand entfernt.

»Sei vorsichtig«, sagte ich. »Hier springt der Rand überall vor.«

»Ich weiß. Ich will, dass du so viel wie möglich davon siehst. Dir kann nichts passieren.« Sie trat einen Schritt zurück, stellte sich hinter mich und legte mir ihre Hände auf die Schultern. »Dieser Ort gehört ebenso sehr dir wie mir«, sagte sie. »Es spielt keine Rolle, ob du dich noch an deinen ersten Besuch hier erinnern kannst oder nicht. Lass niemand anderen hierher kommen, okay?«

»Okay«, sagte ich. Ich war keine dreißig Zentimeter vom Abgrund entfernt, und von dem Anblick des Steilhangs, der auf den Grund des Steinbruchs abfiel, wurde mir schwindlig. »Können wir jetzt umkehren?«

Sophies Hände bewegten sich behutsam auf meinen Schultern.

»Gehen wir jetzt?«

Sanft zog sie mich ein kleines Stück weiter zurück. »Ja. Ich wollte nur, dass du es siehst. Komm jetzt.«

Wir liefen um den oberen Rand herum zu dem Pfad nach unten und folgten ihm, bis wir mitten auf dem Grund des Steinbruchs standen, wo es schon ziemlich dunkel war. Wenn ich ein paar Schritte zur Seite ging, konnte ich gerade noch die Wipfel von Bäumen sehen, die im Licht der erlöschenden Sonne aufflammten, aber ansonsten war der Steinbruch ein Teich aus Schatten.

»Ich möchte schnell noch etwas aufschreiben«, sagte Sophie. Sie ging zum Stollen, kam mit der Tasche zurück und setzte sich neben mich. »Es wird nicht lange dauern.«

Ich trat Steine umher und blickte zum Rand des Steinbruchs auf, wo wir vor wenigen Minuten noch gestanden hatten. Direkt unter diesem Punkt war einer der Stollen. Ich verfolgte mit meinen Augen die Bewegung eines imaginären Felsbrockens, der von diesem Punkt herunterfiel, und dann lief ich rüber und blieb an der Stelle stehen, wo er nach meiner Schätzung gelandet wäre. Als ich aufblickte, war die dunkle Erde des grasbewachsenen Überhangs sichtbar, eine fortlaufende Borte am oberen Rand des Felsens. Dann warf ich einen Blick zurück auf Sophie und sah, dass sie aufgehört hatte zu schreiben und die Hefte gerade wieder einpackte. Es hatte wirklich nicht lange gedauert. Ich war überrascht.

»Soll ich die Tasche zurückbringen?«, fragte ich, als ich mich ihr wieder angeschlossen hatte.

»Nein«, sagte sie bedächtig. »Nein, diesmal bringe ich sie selbst zurück.« Sie klopfte mit der Hand auf die Tasche, und die Keksdose gab einen gedämpften Laut von sich. »Möchtest du von den Fossilien, die hier drin sind, welche mitnehmen?«

»Nein«, sagte ich.

»Ja, das dachte ich mir schon. Ich glaube, diese Dinge haben wir jetzt hinter uns.« Sie lief forsch auf den entferntesten Stollen zu, und ich folgte ihr. Wir blieben direkt vor der Öffnung stehen, und wieder wurde mir von dem Geruch übel, weil ich ihn so eklig fand. Die dicken Eisenstäbe und das riesige Vorhängeschloss, das mit Grünspan überzogen war, waren die stummen Wächter.

Mir fiel auf, dass Sophies Atem so schnell ging, als sei sie eine kurze Strecke gerannt. Im Schatten des Stollens hatte ich den Eindruck, ihr Gesicht sei blass.

»Na dann«, sagte sie leise. Sie hielt die Tasche in einer Hand und zwängte sie durch das Gitter vor dem Stollen, bis sie dicht dahinter in der Luft hing. Plötzlich beschlich mich die Horrorvision, etwas würde aus den Tiefen des Stollens an das Gitter eilen, um sich die Tasche zu schnappen, und ich spürte, dass mein Herz heftig schlug. Sophie stieß ihren ganzen Arm durch den Spalt, schwang die Tasche mehrfach hin und her und ließ sie dann los. Sie segelte tief in das Dunkel hinein, und ein gedämpftes Klappern war zu hören, als sie zwischen die Bierdosen und die losen Steine im Stollen fiel. Sophie zog ihre Hand behutsam zurück und rieb Roststreifen vom Ärmel ihres Anoraks.

»Das wäre erledigt«, murmelte sie, und es schien, als richtete sie diese Worte mehr an sich selbst als an mich. Dann sagte sie fröhlicher: »Komm schon. Ich habe dir doch einen Spaziergang versprochen, oder nicht? Lass uns von hier verschwinden.«

Ich warf noch einen Blick zurück, als wir uns von dem Stollen entfernten. Die Öffnung war dunkel und stumm, und als ich schluckte, war meine Kehle trocken.

»Du hast gesagt, du hättest die Steinbruchhefte gelesen«, sage ich.

»Stimmt. Ich bin noch mal hingegangen, mit dem Schlüssel zum Stollen – hinterher. Sie waren noch da, am selben Ort.«

»Du hattest den Schlüssel?«

»Ja.« Mehr sagt er nicht dazu.

Ich suche nach weiteren Fragen, die ich ihm stellen kann. »Warum bist du noch einmal hingegangen?«

»Ich wollte ganz sicher sein. Alles ganz genau wissen. So viel wie möglich über dich herausfinden. Und versuchen, dich kennen zu lernen.«

»Warum?«

Er atmet aus. »Weil mir inzwischen klar geworden war, dass ich meine eigene Schwester so gut wie gar nicht verstand. Ich hatte es mir nur eingebildet. Ich wollte noch einmal von vorn anfangen, noch eine zweite Chance haben ... Nachdem du fortgegangen bist, wurde es wichtig, dass ich das tue. Es war niemand da, der mich hätte aufhalten können, und daher bin ich wieder in den Steinbruch gegangen und habe die Steinbruchhefte gelesen.« Er lächelt matt. »Es war ein widerlicher Nachmittag, eiskalt und verregnet. Das erschien mir irgendwie angemessen.«

»Wann war das?«, frage ich.

»Als ich sechzehn war. Ich bin nicht sicher, warum es so lange gedauert hat. Schließlich wusste ich ja, wo sie waren. Aber ich musste erst einmal erkennen, dass es wichtig für mich war, und es hat auch eine Weile gedauert, bis ich den Mut dazu aufbrachte. Ich wollte eigentlich nie mehr an diesen Ort gehen und war seit jenem Abend auch nicht mehr im Steinbruch gewesen.«

»Kein einziges Mal?«

Er schließt die Augen. »Kein einziges Mal.«

»Erzähl mir von dem Tag, an dem du dort warst«, sage ich.

Als ich den Weg einschlug, der zu unserem Haus führte, wirkte kaum etwas verändert, obwohl ich seit fünf Jahren nicht mehr hier gewesen war. Am Himmel hingen dichte Wolken, und ich konnte einen grauen Regenschleier sehen, der über die Hügel zum Horizont wehte. Ich folgte der Straße aus der Ortschaft hinaus und nahm denselben Weg, den Sophie und ich Tag für Tag nach der Schule eingeschlagen hatten. Zu beiden Seiten des Wegs türmte sich welkes Laub am Fuß der Hecken. Als ich an dem Bauernhof vorbeikam, zeichneten sich die schwarzen skelettartigen Streben der Scheune deutlich ab. Über dem Tor war Stacheldraht gespannt, und ein Anschlag warnte vor Einsturzgefahr. Die Stürme mehrerer Winter hatten Schieferplatten von den Dächern gerissen, und an den Wänden raschelten dicke Klumpen bräunlich verfärbter Nesseln.

Als ich von der Straße abbog und den Hügel zum Wald hinaufstieg, prasselten die ersten Regentropfen auf den Boden. Der Pfad, der dicht an der Schiefermauer entlangführte, erschien mir schmaler, als ich ihn in Erinnerung hatte. Jetzt begann es in Strömen zu regnen. Es war fast windstill, und daher fiel der Regen in geraden Schnüren auf den Hang, bis das herabströmende Wasser vor meinen Augen kleine Rinnen in den Pfad schnitt. Der Mantel, den ich trug, war wasserdicht, aber das machte keinen großen Unterschied. Regen rann an meinem Nacken hinunter und durchtränkte mein Hemd, und meine Schuhe und die Säume meiner Hosenbeine wiesen dunkle Schlammflecken auf. Ich setzte meinen Weg fort und spürte die Kälte jetzt auch durch meine Kleidungsstücke.

Als ich den Wald erreicht hatte, bahnte ich mir einen Weg durchs Unterholz und versuchte die Dornen der Brombeersträucher zu ignorieren, die sich über den Pfad schlängelten. Es war zwar noch früh am Nachmittag, aber im Wald war es so dunkel wie bei Einbruch der Abenddämmerung, nur gelegentlich von gespenstischen Blitzen aufgehellt, und der strömende Regen trommelte auf das Laub ein und peitschte es umher. Der Weg, der am sanften Hang auf den Grund des Steinbruchs hinunterführte, war glitschig, und der Schiefer hatte sich gelöst und war heimtückisch. Die erste Hälfte des Abstiegs bewerkstelligte ich problemlos, und dann musste ich den Rest des Wegs in einem Sprint hinunterlaufen, da die Steine unter meinen Füßen zu rutschen und hinabzugleiten begannen. Ich hatte so viel Schwung, dass ich noch ein Stück weit über den Boden rannte und mich dann erst umdrehte, um mir anzusehen, wie viel Schaden ich angerichtet hatte. Eine deltaförmige Lawine losen Gesteins war ein bis zwei Meter in die Tiefe gegangen, und von dort rannen lose Kiesel und heller Schlamm hinunter.

Der Regen tanzte auf dem Boden des Steinbruchs herum. Er fiel jetzt so dicht, dass die Stollen kaum noch zu sehen waren, nichts weiter als dunkle Schlieren durch den dichten Vorhang des Niederschlags. Das Haar war an meinen Kopf geklatscht, und ich stellte fest, dass ich vor Kälte zitterte. Ich rieb meinen Oberkörper mit den Armen, als ich auf die Stollen zuging. Als ich dort angekommen war, packte ich die Eisenstäbe, um mich daran festzuhalten, und ich ertappte mich dabei, dass ich automatisch nach rechts blickte, an die Stelle unter dem Überhang, wo die Steinbruchtasche immer aufbewahrt worden war. Dort befand sie sich natürlich nicht mehr. Deshalb war ich ja hier.

Mit tauben Fingern fummelte ich in meiner Tasche nach dem Schlüsselring. Das Vorhängeschloss vor dem Stollen war, wenn man es sich genauer ansah, im Vergleich zu den Eisenstangen relativ neu. Ich schloss es auf, nahm es ab und legte es auf den Boden. Dann schüttelte ich mich und zog an den Stäben. Das Gitter war stark verrostet, und die Angeln wollten nicht so leicht nachgeben. Ich presste meinen Fuß gegen die Felswand des Steinbruchs und stemmte mich ab, zog wieder und setzte nicht nur meine Arme, sondern auch die Beine und den Rücken ein. Das Geräusch von kreischendem Metall war zu vernehmen, ein leises Quietschen, und das Gitter vor dem Stollen öffnete sich. Ich rieb mir die Hände an meiner Hose ab und ließ ockerfarbene Flecken darauf zurück. Der Regen fiel weiterhin in den Steinbruch, als ich mich resigniert mit meiner durchnässten Kleidung abfand und den Kopf einzog, um den Stollen zu betreten.

Die Steinbruchtasche war ein gutes Stück tiefer drinnen gelandet. Ich zog meine Taschenlampe heraus, legte sie auf den Boden und stellte die Keksdose in das Dreieck aus Licht. Das Metall war enorm verrostet. Ich kauerte zwischen dem Unrat und sah mich um. Auf dem Boden des Stollens waren Glasscherben und alte Dosen mit klaffenden Rostlöchern verstreut. Innen hatte der Stollen eher etwas von einem Tunnel, der tief in die Felswand hineinführte und auf dem Weg leicht anstieg. Der Fels war trocken.

Nach all der Zeit war es schwierig, den Deckel zu öffnen. Schließlich gelang es mir, indem ich die Dose auf die Seite legte und darauf trat, um das Metall zu verbiegen. Die Plastiktüten in der Dose waren noch intakt. Sophie hatte sie bei jenem letzten Besuch oben zugeknotet, und die Hefte schienen gut erhalten zu sein. Ich zog sie heraus, steckte sie sorgsam unter meinen Mantel und packte die Dose wieder in die Steinbruchtasche. Die Geräusche des Regens draußen ließen nach.

Ich hob die Taschenlampe auf und richtete ihren Schein einen Moment lang in den Rachen des Stollens. Mit Müh und Not konnte ich die Biegung im Fels erkennen, wo der Tunnel einen Knick nach rechts machte. Ich erschauerte und wandte mich wieder dem Steinbruch zu.

Wie ich bereits vermutet hatte, hatte der Regen inzwischen nachgelassen. Das Licht hatte sich verändert. Ich presste meine Schulter an die Eisenstäbe und stieß dagegen, und vor meinen

Füßen gingen winzige Schieferlawinen hinunter. Einen Moment lang lehnte ich mich an die Stäbe, und dann hob ich das Vorhängeschloss wieder auf und brachte es erneut an. Es war ein robustes, strapazierfähiges Modell, viel stabiler als die billigen Schlösser vor den anderen Stollen.

Ich vergewisserte mich, dass die Steinbruchhefte gegen den Regen geschützt waren, schnitt eine Grimasse, weil ich mich in meinen klatschnassen Kleidungsstücken äußerst unbehaglich fühlte, und machte mich dann auf den Rückweg zum anderen Ende des Steinbruchs. Am Himmel waren die ersten grauen Andeutungen spätnachmittäglichen Sonnenscheins sichtbar.

»Ich habe sie alle dechiffriert«, sagt er. Inzwischen erkenne ich den ruhigen, abwesenden Ausdruck, der sich in solchen Momenten auf seine Züge legt. Dieser Gesichtsausdruck zeigt, dass er versucht, mit etwas fertig zu werden, was schwierig für ihn ist. Ich bleibe stumm und lasse ihn ohne Unterbrechung weiterreden.

Er sagt: »Die frühesten Codes waren die einfachsten. Das war natürlich zu erwarten. Die späteren haben mehr Zeit erfordert. Du hast sie ständig verändert. Vermutlich ist es erstaunlich, wie du sie dir hast alle merken können. Du musstest dich nicht einmal besonders konzentrieren, um in diesen Geheimschriften zu schreiben.« Er unterbricht sich und dreht den Kopf ein wenig zur Seite. »Das ist wirklich seltsam. Weißt du, ich kann mich nicht erinnern, dass du jemals in den Steinbruchheften gelesen hast. Du hast dir das Geschriebene nie wieder angesehen. Du hast es einfach nur aufgeschrieben. Das ist mir bisher noch nie aufgefallen.« Es entsteht eine lange Pause, und es sieht so aus, als würde er nicht weiterreden.

Ich sage: »Vielleicht war das ihr Zweck. Die Dinge einfach nur aufzuschreiben.«

»Ja. Das glaube ich auch. So kam es mir jedenfalls vor, als ich sie gelesen habe.«

Behutsam versuche ich, etwas mehr aus ihm herauszuholen. »Was dachtest du dir? Als du sie gelesen hast?«

Er sieht mich nicht an. Stattdessen richtet sich sein Blick auf die heruntergebrannte Kerze, und er steht auf, um eine neue Kerze daran anzuzünden; den Stummel tritt er geistesabwesend in eine Ecke des Raums.

Und mir wird alles klar. Abrupt und ohne Vorwarnung wird mir alles klar, und plötzlich graut mir. Etwas in meinem Innern erstarrt. Ich sage kein Wort. Ich versuche, mir nichts anmerken zu lassen. Aber die Bruchstücke setzen sich zusammen und ordnen sich zu einem Bild. Endlich kann ich das Bild sehen, zu dem sie sich zusammenfügen.

Er spricht jetzt wieder, aber das Rauschen in meinen Ohren ist so laut, dass ich ihn kaum hören kann.

Es war eine mühselige Aufgabe, die Steinbruchhefte zu dechiffrieren, und obwohl ich jede freie Stunde nutzte, die mir zur Verfügung stand, kostete es mich doch zwei volle Monate, ehe ich am Ende angelangt war. Auf Grund der Materie, um die es sich handelte, musste ich eines meiner Verstecke benutzen, damit ich nicht Gefahr lief, dass die Hefte von jemandem entdeckt wurden, was wiederum die Gelegenheiten einschränkte, die Arbeit an ihnen ungestört fortzusetzen.

Es standen Dinge darin, die ich vermutet hatte, und andere, auf die ich nie gekommen wäre. Die frühesten Einträge stammten wahrscheinlich aus der Zeit, als Sophie fünf Jahre alt war. Auf sie konnte ich mir keinen Reim machen. Sie bezogen sich auf Begebenheiten, von denen ich nie etwas gehört hatte, und Menschen, die ich nie gekannt hatte. Mich erwähnte sie häufig; das überraschte mich. Und nach einer Weile begann ich Verweise auf Dinge zu bemerken, die ich kannte.

immer noch schlechte träume ich versuche alles in ordnung zu bringen aber das lässt sich nur in einer einzigen form wirklich bewerkstelligen und das wird noch eine weile warten müssen sie wird immer schlimmer und ich lasse nicht zu dass sie ihm angst einjagt jetzt ist er noch zu klein um es zu begreifen aber eines Tages werde ich es ihm sagen

Sie sprach von Ol' Grady, und eine Zeit lang glaubte ich, vielleicht hätte ich die Lösung des Rätsels gefunden, wie sie ihn getötet hat. Aber der einzige Eintrag in den Steinbruchheften, der einer Schilderung dieses Vorfalls nahe kam, war für sich genommen so mysteriös, dass ich ihn nie wirklich verstand. Er war zu kurz, nichts sagend und oberflächlich, fast so, als wollte sie sich nicht dazu äußern.

länger als ich dachte also musste ich warten vor zwei tagen als mattie schlief habe ich es getan und jetzt ist ol greedy wieder da wo er früher war ich wünschte ich könnte es jetzt gleich zu einem ende bringen aber ich bin noch zu klein wir sind beide zu klein

Die letzte Formulierung verstand ich, und sie jagte mir einen Schauer über den Rücken.

Die Sophie, die in den Steinbruchheften zum Vorschein kam, unterschied sich von der Sophie, die ich gekannt hatte. Ohne jedes zierende Beiwerk, enthüllt durch Worte, verlor sie all ihren Humor und ihre Wärme, und ich blieb perplex, entnervt und sogar befremdet zurück. Mir wurde klarer als je zuvor, wie Recht Andy gehabt hatte, als er zu mir gesagt hatte, sie sei nicht normal. Die Sophie der Steinbruchhefte war zu berechnend, ihr Vorgehen zu raffiniert. Bei mir stellte sich das Gefühl ein, sie so gut wie gar nicht gekannt zu haben. Sie hatte eine andere Welt bewohnt. Nachts, nachdem ich eingeschlafen war, waren Dinge passiert, von denen ich nie etwas geahnt hatte. Als ich die Steinbruchhefte las, stellte ich fest, dass ich Ereignisse, die jahrelang verschüttet gewesen waren, noch einmal durchlebte.

so wird es kommen jedenfalls habe ich letzte nacht sehr lange gewartet damit auch bestimmt alle im bett sind und um vier bin ich durch den flur und nach unten geschlichen um nachzusehen ob sie schlafen und als ich ganz sicher war dass keiner wach ist bin ich wieder nach oben gegangen und habe es getan ich wollte es nicht tun aber es war wichtig andernfalls wäre alles in stücke gebrochen seltsam wie warm es sich angefühlt hat als ich es berührt habe und ganz weich also habe ich es mit meinen fingern gestreichelt und mich dabei ganz still verhalten und es hat sich ein klein wenig bewegt ich war ganz leise ich hatte die tür zugemacht ehe ich damit begonnen hatte und dann wusste ich dass ich es jetzt auf die einzig richtige weise tun würde und ich habe schnell geatmet ich wusste aus den biologiebüchern wo man es anfasst wo die öffnung war also habe ich meine hand darauf gelegt und meine finger dahin getan wo weiche stellen waren es war sehr dunkel aber ich konnte ganz gut sehen und dann habe ich es getan und so fest zugedrückt wie ich konnte ganz fest mit meiner hand auf den weichen stellen und dann hat es sich ganz viel bewegt und die augen geöffnet aber es konnte keinen laut von sich geben als ich fertig war konnte ich die abdrücke in seinem kopf sehen wo in den büchern stand dass dort die öffnungen sind als es vor-

bei war und es sich nicht mehr gerührt hat habe ich wieder einen blick auf die tür geworfen und es dann noch eine weile gestreichelt und ihm die augen zugemacht damit es aussieht als ob es schläft und die spucke von seinem mund gewischt wo sie rausgelaufen war und es hatte sich nass gemacht aber das machte ja nichts ich machte die tür auf und ging wieder in mein zimmer und wartete darauf dass sie es entdecken würden dann schlief ich ein

Ich lernte sie durch die Einträge in diesen verschlüsselten Tagebüchern kennen – und zum ersten Mal bekam ich unsere Kindheit durch ihre Augen zu sehen. Daher begriff ich, dass sie nichts aus einem Impuls oder perversen Gelüsten heraus getan hatte, sondern um uns beide zu beschützen. Sophie war sich der Bedrohung, die der Rest der Welt für uns darstellte, weitaus mehr bewusst als ich. Gewisse Dinge verbarg sie, beispielsweise ihre eigenen Fähigkeiten, die sie sorgsam tarnte, und andere sah sie vorher und nahm sie vorweg, beispielsweise ihr entschlossenes Experimentieren mit der Pubertät. Und mit den Störungen, die sie als bedrohlich für uns beide ansah, befasste sie sich und fand eine Lösung. Als ich diese Einträge las, war ich anfangs entsetzt. Aber mit der Zeit – als ich sie wieder und immer wieder gelesen hatte – begann ich sie zu verstehen. Es war nicht leicht, Sophie zu verstehen, denn die Steinbruchhefte machten keine Zugeständnisse, sie gaben keine Erklärungen ab, und sie brachten auch keine Entschuldigungen vor. Anfangs glaubte ich, es läge daran, dass Sophie sie nie für einen anderen gedacht hatte. Auch in den Punkt täuschte ich mich natürlich.

und zwar genau deshalb jedenfalls machen sich steve und andy besser als ich dachte schreiben wir die zufälle dem schicksal zu ich sehe das nicht so wenn ich bloß wüsste wie ich da rein-

komme dann kann ich es für meine zwecke nutzen und das blatt wenden das entscheidende ist im voraus zu wissen dass ich damit umgehen kann dass ich weiß dass ich es kann was mir sorgen macht ist der übergang die gähnende leere dieser kluft ich meine woher soll man denn wissen wie etwas ist solange man noch nicht da ist man kann nie sicher sein und daher ist das eine gute gelegenheit dinge auszuprobieren dann weiß ich wenigstens woran ich bin

Diesen Absatz markierte ich. Als ich ihn das erste Mal las, ging ich davon aus, dass Sophie von ihren eigenen Befürchtungen sprach, was es mit sich brachte, die Kindheit hinter sich zu lassen, von der Sorge, die sie, wie ich selbst beobachtet hatte, den ganzen letzten Sommer über geplagt hatte. Das war schließlich der Grund gewesen, weshalb sie aus sich herausgegangen war, denn sie wollte versuchen, in der nächsten Phase ihres Lebens Fuß zu fassen. Aber nachdem ich den Absatz das zweite oder dritte Mal gelesen hatte, begann ich eine andere Bedeutung in diesen Worten zu sehen, eine Bedeutung, die auf etwas Seltsames und fast Schmerzliches hinwies: dass alles nicht nur Tage oder Wochen, sondern schon Monate im Voraus geplant war. Als mir das klar wurde, überwältigte mich eine vollkommen unerwartete Woge von Gefühlen, eine Art Ehrfurcht und Respekt vor Sophie – etwas, wovon ich geglaubt hatte, es nie wieder zu empfinden.

Später stieß ich dann auf einen Abschnitt, der eine klare Wiederholung von etwas war, was sie schon lange Zeit vorher geschrieben hatte.

es wird so kommen aber ich habe nicht vergessen was ich über sie gesagt habe nicht einen einzigen tag lang ich erinnere mich jedes mal wieder daran wenn mattie nachts aufwacht und je-

des mal denke ich daran als ich klein war ich sagte bereits dass ich es tun würde und diesen gedanken habe ich nie aus den augen verloren sondern nur gewartet endlos gewartet das alte versprechen gilt weiterhin und doch lege ich noch dazu ein neues ab es wird nicht leicht für sie sein sie hat es nicht verdient sie hat es mattie nie leicht gemacht

Während ich die Hefte las, war ich ständig auf der Suche nach der Stelle, an der Sophie vielleicht geschrieben hatte: *Aber natürlich tue ich all das um meiner selbst willen und für keinen anderen.* Einen solchen Eintrag gab es nicht. Ganz gleich, wie oft ich die Hefte las, nie fand ich das, wonach ich am dringendsten suchte. In den Tagebüchern waren Sophie und ich, wie in so ziemlich jeder anderen Hinsicht auch, nicht als Einzelpersonen unterscheidbar, die ihre eigene Identität besaßen. Wir waren Teile desselben Ganzen, Teile voneinander, und was immer Sophie getan hatte, hatte sie um unser beider willen getan. Für mich bestand keine Möglichkeit, das zu leugnen, ganz gleich, wie sehr ich mich bemühte.

und hinterher habe ich ihm gesagt was passiert wenn er es jemandem erzählt er hat sich sowieso schon gefürchtet aber das hat ihm noch mehr angst eingejagt es war ja so komisch wie er da im stroh saß mit der hose um die knie und ansonsten angezogen aber ich habe nicht gelacht es war überhaupt nicht so wie ich es mir vorgestellt hatte wirklich seltsam und es hat sehr wehgetan aber es hat nicht lange gedauert es ist ohnehin verrückt dass man jemanden das tun lässt

Und jedes Mal, wenn ich die Hefte wieder las, tat ich es im Hinblick auf die letzte Seite. Die Seite, die Sophie im Steinbruch geschrieben hatte, ehe sie die Tasche in den Stollen warf, direkt bevor der Sommer endete und alles aus war. Ich konnte mich noch daran erinnern, wie sie dagesessen und geschrieben hatte, und jetzt kannte ich den Grund dafür, warum sie sich für diesen letzten Eintrag so wenig Zeit gelassen hatte: Sie hatte sich nicht die Mühe gemacht, ihn zu chiffrieren. Die Nachricht war klar und verständlich, aber ich wusste, dass sich niemand außer mir einen Reim darauf hätte machen können.

Ich könnte diese Hefte verbrennen, und damit wäre alles abgeschlossen. Aber sie werden immer noch benötigt, andernfalls würdest du sie jetzt nämlich nicht in der Hand halten. Ich hoffe, sie erklären einiges. Ich hoffe, du wirst es verstehen. Wenn du diese Hefte erst einmal gelesen hast, wirst du alles wissen. Sie sind für dich bestimmt. Nur du weißt, was sie zu bedeuten haben.
Ich hoffe, es hat alles geklappt.
Ich werde dich immer lieben.

Mein Herz schlägt jetzt sehr laut. Ich habe erkannt, wohin das alles führen wird, und es gibt nichts, was ich tun kann, um es zu verhindern. Und das nagende, frustrierende Gefühl, etwas so gut wie sicher und doch eben gerade nicht zu wissen, das die ganze Zeit über in meinem Hinterkopf gelauert hat, habe ich endlich auf den Punkt gebracht. Jetzt kann ich es erstmals klar erkennen. Die Kerzenstummel in allen Winkeln des Raums. Ich hätte es eher begreifen sollen.

Jetzt bleibt nichts anderes mehr zu tun, als es zu Ende zu führen. Er hat gesagt, bisher sei er nie weit genug gekommen. Wenn ich ihn dränge, es zu Ende zu führen – es dieses Mal zu Ende zu führen –, dann wird das vielleicht etwas ändern. Es *muss* etwas ändern. Denn wenn es das nicht tut, dann weiß ich bereits, wo das enden wird.

»Ich will es wissen, Mattie«, sage ich. Er sieht mich an, und in seinen Augen steht Verwirrung. Ich dränge ihn weiterhin, ganz gleich, was er sich vielleicht denkt. »Ich will alles über diese Nacht wissen. Aber auch wirklich alles.«

»Ich ... ich will nicht«, sagt er, und seine Stimme ist kindlich. Das jagt mir Angst ein. Ich habe keine Ahnung, wozu ich ihn zwinge.

»Du musst es mir erzählen«, sage ich. »Findest du nicht, es ist an der Zeit, dass du es jemandem erzählst?«

»Ich weiß nicht, ob ich das kann.«

Ich kann das Beben meiner Stimme, wenn ich spreche, nicht verhindern. Wenn er das nicht tut, dann ist alles aus.

»Führe mich wieder hin«, sage ich und versuche, so viel Nachdruck in die Worte zu legen, wie ich aufbieten kann. Ich fühle mich ausgelaugt. Ich weiß, dass ich auf Kraftreserven zurückgreife, die ich nicht habe. »Führe mich zu dem Abend zurück, als dich Sophie am Ende des Sommers zum Steinbruch mitgenommen hat. Zu diesem letzten Abend. Was ist passiert, Mattie? Wohin seid ihr anschließend gegangen?«

»Wir sind nach Hause gegangen«, sagt er. Er sagt die Wahrheit.

»Warum seid ihr nach Hause gegangen?«

Sein Gesicht ist verzerrt, seine Hände sind zu Fäusten geballt.

Ich sage noch einmal: »Warum seid ihr nach Hause gegangen, Mattie?«

Er sagt: »Wir sind nach Hause gegangen, um mit Mummy zu reden.«

14

Aus den Steinbruchheften geht nirgends deutlich hervor, wieso Sophie meine Mutter in ihrer Gewalt hatte. Vielleicht war dieses Machtverhältnis schlicht und einfach das Ergebnis eines Kampfes, den Sophie schon vor langer Zeit gewonnen hatte. Für mich war ihrer beider Verhältnis reichlich irrelevant. Je weiter meine Kindheit fortschritt, desto unbedeutender wurde die Rolle, die meine Mutter darin spielte, bis ich sie schließlich kaum noch als Person wahrnahm. Da sie sich für zunehmend längere Phasen in ihr staubiges, abgeschiedenes Zimmer verkroch, war sie für mich in so weite Ferne gerückt, dass ich ihre Anwesenheit die meiste Zeit gar nicht mehr bewusst wahrnahm.

Ich habe den Verdacht, für Sophie war das anders. Sie bekam mehr von meiner Mutter zu sehen als ich, teils weil sie die Funktion einer Vermittlerin zwischen Mummy und deren undurchsichtigem Haushalt einnahm, teils aber auch, weil Sophie aus Gründen, die nur ihr selbst ersichtlich waren, ein gewisses, wenn auch begrenztes Interesse an Mummys Welt aufbrachte. Nicht dass meine Mutter Sophie die alltäglichen Aufgaben unseres Lebens aktiv anvertraut hätte, Sophie ließ ihr gar keine andere Wahl. Nach jener Nacht sollte ich einige Jahre lang auf die seltenen Anlässe zurückblicken, bei denen ich irgendeine Form von Kontakt zwischen den beiden entdeckt hatte, die Begebenheiten noch einmal vor meinen Augen vorüberziehen lassen und mich nach Details umsehen. An jenem erschreckenden Nachmittag, als ich in der Schule nahe daran gewesen war, die Steinbruchhefte zu verstehen, hatte sich Sophie bei der Szene, zu der es nach Schulschluss zu Hause kam, für mich eingesetzt. Immer wieder hatte Sophie meiner Mutter die Erlaubnis entlockt, Dinge zu unternehmen oder Orte aufzusuchen, und soweit ich weiß, hatte sie das getan, ohne ihr gegenüber jemals klar zu äußern, was wir vorhatten. Und zu irgendeinem Zeitpunkt in der Vergangenheit, einem Zeitpunkt, zu dem ich noch zu klein war, um zu begreifen, was um mich herum vorging, hatte Sophie herausgefunden, dass Ol' Grady noch am Leben war, und sie hatte ihn sich vorgenommen.

Diese Zeiten wurden in den Steinbruchheften nur am Rande erwähnt, und nie kam die Sprache auf Sophies Erinnerungen an Ol' Grady. Aber sie muss welche gehabt haben – sie hatte seinen Namen anders verstanden als ich, und sie erkannte die schlurfende, gesichtslose Gestalt, von der ich ihr erzählte. Wenn man bedenkt, dass Sophie all das damals wusste und mir nur davon erzählte, wenn es zu *meinem* Nutzen war, erscheint es mir weniger unwahrscheinlich, dass es noch andere Dinge gab, von denen Sophie wusste und an die sie sich erinnerte. Später fand ich Einträge in den Steinbruchheften, auf die ich mir überhaupt keinen Reim machen konnte, die mir aber möglicherweise hätten einleuchten können, wenn mir Sophies eigene Geschichte vollständig bekannt gewesen wäre.

frage mich ob es das überhaupt wert war aber ich glaube eines tages wird es mir nützlich sein wir müssen stets an das nächste jahr und das jahr danach denken ich brauche hier etwas was ich gegen sie verwenden kann falls es sich später einmal als wichtig erweist sie kann mir durchaus folgen wenn ich das klarstelle und ich glaube das reicht als druckmittel aus mehr muss ich nicht gegen sie in der hand haben

Und später kamen Passagen, in denen sie ihre Empfindungen ausdrückte. Das war in den Steinbruchheften eine Seltenheit, ebenso rar, wie Gefühle an Sophie selbst wahrzunehmen, denn sie war es gewohnt, ihre Empfindungen in sich zu verschließen und sie der Sicht eines jeden anderen zu entziehen.

in dieser familie gibt es spielregeln wenn man die regeln kennt kann man sie für sich nutzen mummy glaubt die regeln zu kennen aber sie kennt nur die hälfte der spielregeln die hälfte die sie sieht ich kenne sie alle und deshalb sind wir hier sicher wenn ich wollte könnte ich ihr deutlich zeigen was hier wirklich vorgeht

An jenem Abend auf dem Rückweg vom Steinbruch wusste ich nicht, was Sophie dachte. Sie war stiller als sonst, nahezu in sich gekehrt, und obgleich ihre Stimme, wenn sie etwas sagte, ruhig und ausgeglichen war, konnte ich ihr anmerken, dass sie in Gedanken anderswo weilte. Es kann gut sein, dass sie jetzt, nachdem sie die Hefte tief in den Rachen des Stollens geworfen hatte, manche von den Dingen, die sie aufgeschrieben hatte, noch einmal in Gedanken durchging, einige ihrer Bemerkungen über Macht und Wissen, über die unausgesprochenen und verborgenen Spielregeln in unserer Familie.

Die Sonne streifte die Baumwipfel, als wir das Haus erreichten, und im Wald sangen die Vögel. Es war ein wunderschöner heller Spätsommerabend, und die türkisen und rosaroten Schattierungen des Himmels wurden von zarten, durchscheinenden Wölkchen verschleiert. Ich hatte mir keine Gedanken darüber gemacht, wohin wir vom Steinbruch aus gehen würden, aber ich war überrascht, als ich feststellte, dass wir wieder in unserem eigenen Garten angelangt waren. Sophie schlenderte zum Bach, berührte mit den Fingerspitzen das Wasser, richtete sich dann wieder auf und sah mich lächelnd an.

»Komm«, sagte sie. »Wir haben noch einiges zu tun.« Sie lief mir über die kleine Brücke in den Obstgarten voraus. Die Schuppen kauerten sich an ihren vertrauten Orten unter den Bäumen zusammen. Sophie zog einen Schlüsselbund aus ihrer Tasche, suchte den richtigen Schlüssel und schloss den Schuppen auf, in dem die Haut von Ol' Grady aufbewahrt wurde. Die Nacht, in der sie mich hierher geführt hatte, um sie mir zu zeigen, war noch tief in mein Gedächtnis eingegraben, hatte aber das Grauen verloren. Und an die alte Ölhaut, die nach wie vor an der Innenseite der Tür hing, hafteten kaum noch Albträume. Sophie nahm den Mantel vom Haken, betrachtete ihn von allen Seiten und hängte ihn sich über den Arm. Ich sagte kein Wort. Schweigend liefen wir gemeinsam durch den Garten.

Als wir die Hintertür erreicht hatten, blieb sie stehen. »Du kannst hier warten«, sagte sie. »Es wird nicht lange dauern.«

»Wohin gehst du?«, fragte ich.

»Ich werde kurz mit Mummy reden. Dann gehen wir zur Scheune, okay?«

Ich nickte.

Sophie sagte: »Es wird alles gut gehen. Mach dir keine Sorgen.« Sie ließ ihre Finger nachdenklich über das Material des Mantels gleiten. »Ich glaube, sie weiß ohnehin schon, was auf sie zukommt.«

»Ich will nicht hier warten«, sagte ich.

»Es ist das Beste«, versicherte sie mir. »Wirklich. Es wird nicht lange dauern.« Sie lächelte mich an, ging ins Haus und nahm den Mantel mit.

Ich wartete eine Weile und wurde zusehends unsicherer. Ich

wusste genau, was ich tun wollte, aber gleichzeitig hatte ich große Angst davor. Schließlich schlüpfte ich aus meinen Turnschuhen und bewegte mich ganz langsam und ganz leise voran, schlich durch die Küche und in die Eingangshalle. Die Tür zum Salon stand einen Spalt weit offen, und ein schmaler Streifen Licht fiel auf den Teppich. Die Geräusche von Stimmen drangen kaum hörbar durch die Tür hinaus. Ich bewegte mich langsam auf die Tür zu, und das Adrenalin ließ mich beben. Jetzt konnte ich Sophies Stimme mit Mühe und Not hören. Sie klang ruhig, beherrscht und sachlich.

»Ich denke, wir werden etwa vier Stunden lang fort sein«, sagte sie. »Anschließend rufe ich Dad an. Ich habe seine Nummer. Das sollte dir genügend Zeit geben.«

Dann hörte ich die Stimme meiner Mutter, die verzerrt und vor Hass fast unkenntlich war. »Du miese kleine Fotze«, sagte sie.

»Es könnte durchaus ein oder zwei Tage dauern, bis alles geregelt ist«, fuhr Sophie fort. Sie schien Mummy überhaupt nicht gehört zu haben. »Geld habe ich, das sollte also in Ordnung gehen. Mattie ist inzwischen ziemlich erwachsen, wie dir vielleicht aufgefallen ist.«

»Du bist ein Ungeheuer«, sagte Mummy, und dann sprach sie so laut, dass mein Herz einen Satz machte, weil ich einen Moment lang glaubte, sie redete mit mir. »Ich habe ein Ungeheuer als Kind.«

»Du solltest lieber versuchen, dich zu konzentrieren«, sagte Sophie. »Ich habe wirklich keine Lust, all das noch einmal mit dir durchkauen zu müssen.«

»Du Ungeheuer«, wiederholte meine Mutter. Ihre Stimme war jetzt schwächer, als sei ihr Hass ihr plötzlich entglitten. »Ich hätte sehen sollen, dass ich mir dich vom Hals schaffe, so lange ich noch Gelegenheit dazu hatte.«

»Dass du es nicht getan hast, war dein Fehler«, erwiderte Sophie mit ruhiger Stimme. Es entstand eine Pause. »Du wusstest, dass es früher oder später dazu kommen würde. Vier Stunden. Das ist großzügig bemessen. Du hast mehr als genug Zeit, deine Fehler zu bereuen.«

Ich hörte die Bodendielen unter dem hohen Flor des Teppichs quietschen, als Sophie sich abwandte. Eilig lief ich auf dem Weg zurück, auf dem ich gekommen war, und schlüpfte wieder in meine Turnschuhe. Etwa eine Minute später kam Sophie aus dem Haus. Sie trug Ol' Gradys Mantel nicht mehr über dem Arm.

»Wir gehen jetzt zur Scheune«, sagte sie. »Es ist ein wunderschöner Abend.«

»Ja«, sagte ich.

»Wie viel hast du mit angehört?«

Ich blinzelte. »Nicht viel. Nur den Schluss.«

Einen Moment lang war sie nachdenklich. »Nun ja, das spielt jetzt auch keine Rolle mehr.« Sie sah mich an. »Du bist noch zu klein, um das zu verstehen«, sagte sie und sah mir dabei fest in die Augen.

»Ja«, stimmte ich ihr zu. »Ich bin erst elf.«

Sie lächelte. »Gut gemacht, Mattie. Und jetzt lass uns loslaufen. Die Sonne geht bald unter.«

Wir liefen gemeinsam über die Felder.

Er starrt die Wand hinter mir an. »Manchmal glaube ich, vielleicht hat sie sogar Recht gehabt«, sagt er.

»Wer?«

»Mummy. Ich nehme an, objektiv betrachtet hatte sie Recht. Aber so erschien es mir damals nicht.«

»Natürlich nicht«, sage ich. »Du warst noch ein kleiner Junge.«

Er sieht mich finster an und fragt mit scharfer Stimme: »Was?«

»Du konntest es nicht besser wissen.«

»Was weißt du denn schon darüber?«, sagt er. Ich versuche zu lächeln.

»Eine ganze Menge, würde ich meinen.« Ich lasse ihm einen Moment Zeit, um das zu verdauen, ehe ich weiterrede. »Was glaubst du wohl, was du meintest, als du gesagt hast, du seist erst elf?«

»Ich weiß nicht, wovon du sprichst«, sagt er. Er wirkt jedoch nicht verwirrt. Seine Stimme klingt wütend, fast schon defensiv.

»Oh, doch, das weißt du. Sophie hat gesagt, du seist noch zu klein, um es zu verstehen, und du hast ihr zugestimmt. Aber es war nicht dein Ernst und ihrer auch nicht. Also sag mir die Wahrheit, Mattie. Warst du wirklich noch ein kleiner Junge? Gilt diese Ausrede auch heute noch?«

»Ich weiß es nicht«, schreit er. Im nächsten Moment reißt er sich wieder zusammen. »Ich weiß es nicht. Doch, wenn ich es recht bedenke, glaube ich das tatsächlich. Ich war nicht wie sie. Ich war ziemlich normal, und von dem, was um mich herum vorgegangen ist, habe ich nicht mal die Hälfte begriffen.«

»Ich glaube dir nicht«, sage ich.

»Was du glaubst, spielt keine Rolle«, sagt er kläglich. Er fährt sich mit einer Hand durch das Haar. »Du verstehst das nicht.«

Mir wird abrupt klar, dass wir jetzt beide nicht mehr an der Vorspiegelung festhalten, ich sei Sophie. Diese Erkenntnis trifft mich wie ein Schlag ins Gesicht.

»Ich verstehe mehr, als du zu glauben scheinst«, sage ich, denn ich will unter allen Umständen das plötzlich eingetretene Schweigen brechen. »Du hast mir genug erzählt, Mattie. Genug, um zu wissen, dass du Sophie weitaus besser kanntest, als du mich glauben machen willst. Das stimmt doch, oder etwa nicht?«

»Ich wusste wirklich nicht, was in jener Nacht vorging«, sagt er. »Es ist alles viel zu schnell gegangen. Ich wollte mit ihr gehen, aber ich hatte zu große Angst. Und als ich vor Mummys Zimmer gewartet habe, habe ich so gut wie nichts gehört.«

»Aber du wusstest, was sie meinte«, beharre ich. »Das stimmt doch?«

Er reibt sich den Mund, und seine Blicke huschen durch die leere Küche. Schließlich sagt er: »Ja, ich wusste, wovon die Rede war. Ist es das, was du hören wolltest?«

»Ich will nur die Wahrheit hören«, sage ich, obwohl ich, schon während ich die Worte sage, nicht sicher bin, ob ich das tatsächlich ernst meine. Er schluckt und steht dann auf. Die Kerzenstummel zeichnen sich leichenblass am Rande meines Gesichtsfelds ab. Ich bemühe mich, sie zu ignorieren.

»Wirklich?«, fragt er, als könnte er meine Gedanken lesen.

»Ich glaube, ja«, sage ich. »Ich glaube, wir haben es beide bitter nötig, die Wahrheit zu hören. Habe ich Recht?«

»Vielleicht.«

»Das hast du bisher noch nie gesagt, stimmt's?«

»Ja.«

»Ich muss es hören, Mattie. Sprich weiter. Kehre zu der Stelle zurück, als du das Haus verlassen hast. Ich will wissen, was anschließend passiert ist.«

Sein Blick ist in die Ferne gerichtet. Aus dem Nichts fliegt mir der Gedanke zu – basierend auf dem, was er über Sophie gesagt hat –, dass er Landschaften sieht, die ich niemals sehen werde.

Wir liefen über die Felder und achteten darauf, uns so dicht wie möglich an den Schiefermauern zu halten, bis wir den

Pfad erreichten, von dem aus man den Bauernhof überblicken konnte. Wie schon am Rande des Steinbruchs, blieben wir auch hier wieder stehen und starrten lange Zeit darauf hinunter, ehe wir weiter gingen. Wir waren langsam gelaufen und hatten ab und zu ein paar Worte miteinander gewechselt, und in der Zwischenzeit war die Sonne unter den Horizont gesunken. Der Himmel war im Westen noch orangerot, aber das Gras unter unseren Füßen zeigte in der Dunkelheit ein Graublau, und aus den Wäldern drang kein Vogelgeschrei mehr.

Wir folgten demselben Weg zum Bauernhof hinunter wie bei unserem ersten Besuch hier und achteten darauf, dass wir die Scheune stets zwischen uns und den Lichtern der Ortschaft hatten. Die Platte schwang an ihrer Angel mühelos zur Seite, aber im Innern der Scheune herrschte pechschwarze Nacht.

»Warte einen Moment«, sagte Sophie und kramte in ihrer Tasche herum. »So, das hätten wir.« Sie zündete ein Streichholz an, und ich sah gebannt zu, als sie einen Kerzenstummel anzündete. Ich erkannte darin augenblicklich eine Kerze von der Sorte, die wir für den Ilexstrauch gekauft hatten. Als der Docht Feuer fing, breitete sich um uns herum ein warmes gelbes Leuchten aus. Sophies Augen glänzten. Sie lief zu der Strohfestung hinüber und setzte sich auf einen Ballen. Ich folgte ihr. Sie grub einen Finger in das zähe Stroh und zwängte dann den Kerzenstummel so in das Loch, dass danach noch etwa vier bis fünf Zentimeter Wachs herausschauten.

»So«, sagte sie. Ich blieb stumm, denn ich wusste, was geschehen würde.

Wir beobachteten, wie die Spreu im Kerzenlicht tanzte, und ich schwang meine Füße seitlich gegen den Strohballen, als die Wachströpfchen auf das Stroh flossen, dort liegen blieben und der Kerze allmählich einen festen Halt gaben. Die Flamme bahnte sich sehr langsam ihren Weg nach unten. Sophies Gesicht war verträumt, ihre Züge verschwommen.

»Das ist ein guter Ort«, sagte sie. Ich nickte. »Wir haben uns nie in den Wohngebäuden umgesehen«, fuhr sie fort. »Das hätte interessant sein können. Ich glaube trotzdem, dass wir unsere Sache richtig gemacht haben.«

»Das glaube ich auch«, sagte ich.

»Ist das dein Ernst?«, fragte sie.

»Ja.«

Sie lächelte, ein trauriges Lächeln, was für sie ungewöhnlich war. »Danke, Mattie. Du bist wirklich in Ordnung. Wir sind beide in Ordnung.« Ich beobachtete, wie die Flamme langsam tiefer sank.

Sie sagte: »Ich will nicht erwachsen werden, Mattie. Ich will nicht so werden wie Mummy.«

»Du wirst nicht so werden wie Mummy«, versuchte ich sie zu beruhigen. »Du bist ganz anders.«

»Ja. Ich weiß. Aber im Grunde genommen ist es alles dasselbe.«

»Willst du wirklich nie erwachsen werden?«, fragte ich.

»Du meinst, wie Peter Pan? Nein, das glaube ich nicht. Das würde einem mit der Zeit langweilig, meinst du nicht auch? Als äße man immer nur dasselbe, jeden Tag von neuem und zu jeder einzelnen Mahlzeit. Und als hätte man immer dieselben Sachen an. Ich glaube nicht, dass ich das aushalten könnte. Man muss eben seine eigenen Entscheidungen treffen und sie in die Tat umsetzen.«

Die Kerzenflamme züngelte zaghaft an den ersten Halmen Stroh hinauf, und ein dicker Kringel weißen Rauchs glitt dem fernen Dach der hohen Scheune entgegen. Schließlich sagte Sophie: »Es ist Zeit, dass wir gehen. Aber eins müssen wir hier noch tun.«

Verständnislos folgte ich ihr ins Freie hinaus. Hinter uns brannte die Kerze jetzt kräftig; ihre Flamme breitete sich aus und schien sich die finsteren Winkel der Scheune vorzunehmen. Ich sagte kein Wort; es war Sophies großer Auftritt, und ich wusste es. Wir gingen zu dem offenen Schuppen und holten wieder die Eisenstange, mit der wir die Köpfe der Nieten abgeschlagen hatten. Damit gingen wir zum Scheunentor, und dort steckte Sophie sie durch die Kette und drehte sie immer wieder um, bis die Kette ganz straff gespannt war. Wir nahmen jeder ein Ende der langen Stange und drehten sie weiterhin langsam um, damit der Druck noch mehr zunahm. Sophies Hand hielt die Stange mit weißen Knöcheln umklammert. Es klirrte und knackste, und die Spannung löste sich augenblicklich. Ich ließ die Stange los und sah voller Erstaunen das Kettenglied an, das zerbrochen war. Ich hob eines der beiden Stücke auf, die heruntergefallen waren, und während Sophie die Stange an ihren Platz zurückbrachte, sah ich mir die beiden Stücke schimmernden Stahls genauer an, die jetzt in der braunen Umhüllung aus Rost sichtbar waren. Der Stahl war so heiß, dass ich ihn schleunigst von einer Hand in die andere nahm. Ich steckte ihn in meine Tasche und half Sophie dabei, beide Flügel des riesigen Tors zu öffnen. Die Kerze brannte noch immer.

»Das wird genügen«, sagte Sophie. »Lass uns auf den Hügel steigen.«

Keiner von uns beiden warf einen Blick zurück, als wir den Hang hinaufkletterten. Wir begaben uns an eine Stelle in der Nähe des Waldrands, an der ein umgestürzter Baum lag, setzten uns darauf und warteten. Die Gebäude des Bauernhofs wurden eines nach dem anderen angestrahlt, als das Licht, das aus dem offenen Scheunentor drang, stärker wurde. Wir hörten aus der Ferne das Knistern und gelegentlich eine kurze metallische Explosion, als gäbe etwas in der Hitze nach. Das Gebälk der Scheune war aus Holz, und ein Teil des Dachs sackte ein und ließ eine große Lücke zurück, durch die haushohe Flammen zischten und brausten.

Der ganze Hang war in ein eigentümliches, grässliches Rot getaucht, wie man es in Albträumen manchmal sehen kann. Wir saßen da und schauten zu; ich schlenkerte mit den Beinen, und Sophie hielt so still wie eine Statue, bis in der Ferne die Geräusche von Feuerwehrautos zu hören waren. Wir sahen die flackernden Blaulichter durch die Ortschaft rasen, wir sahen, wie die Feuerwehrleute die angrenzenden Gebäude mit ihren Wasserschläuchen bespritzten und dann zurücktraten, um den Brand seinen Lauf nehmen zu lassen. Wir warteten lange Zeit, und das Feuer warf unsere Schatten hinter uns.

»Ich glaube kaum, dass viel übrig bleiben wird«, sagte Sophie.

»Nein.«

»Wenn jemand in der Scheune gewesen wäre, als das Feuer ausgebrochen ist, dann sollte von denen meiner Meinung nach auch nicht mehr viel übrig sein.«

»Glaubst du, Andy und Steven werden es herausfinden?«, fragte ich.

»Das ist anzunehmen. Du weißt ja, wo sie wohnen, nicht wahr?«

»Ja.« Sie hatte es mir erzählt.

»Steven ist ein kluger Junge«, sagte sie nachdenklich. »Er wird schon wissen, was er zu tun hat. Ich habe mich mit ihm unterhalten.«

»Okay.«

Sie seufzte. »Ein hübscher Anblick, findest du nicht auch? Ich würde gern noch länger bleiben.«

»Wir können bleiben, wenn du willst«, sagte ich.

»Nein. Wir sollten jetzt besser gehen. Es gibt noch viel zu tun.«

Wir setzten uns in Bewegung und liefen durch das Gras den Hügel hinauf. Hinter uns war das Tosen des Feuers selbst dann noch zu hören, als wir die Kuppe überquert hatten und der Bauernhof aus unserer Sicht verschwunden war. Dünne Wolken hingen tief am Himmel, und weiter drüben, wo das Dorf lag, waren sie blutrot gefärbt. Ab und zu wirbelte glühende Asche aus der Nachtluft herab, fiel auf den Boden und erlosch.

Als wir den Waldrand erreicht hatten, blieb Sophie stehen und blickte den Hang hinunter auf den dunklen Umriss unseres Hauses. Im Fenster des Salons brannte ein einziges Licht. Sie zuckte kaum wahrnehmbar die Achseln und lief vor mir her und tiefer in die Dunkelheit hinein.

Er ist jetzt wieder aufgesprungen und läuft nervös im Raum auf und ab. Die Bodendielen quietschen häufig unter seinen Füßen. Wenn er überhaupt etwas sagt, dann stockend, und seine Stimme klingt gereizt. Das, was er mir erzählt, bringt ihn ganz offensichtlich aus der Fassung. Und in all der Zeit scheint er durch die Wände der Küche hinauszuschauen.

»Ihr seid wieder zum Steinbruch zurückgegangen«, sage ich.

»Mhm.«

»Sprich mit mir, Mattie. Sie hat dich zum Steinbruch zurückgeführt. Was dann?«

»Wir haben uns ins Gras gesetzt«, sagt er.

»Ins Gras? Wo?«

»Wo wir vorher schon gewesen waren. Am oberen Rand des Steinbruchs. Wir waren jetzt zu weit von dem Feuer entfernt, um es noch zu hören«, fügt er hinzu.

»Okay, sie hat dich also zum Steinbruch zurückgeführt«, sage ich. »Was ist dann passiert? Was hat sie gesagt?«

Er presst seine Handflächen fest an die Küchenwand und stützt sich daran ab. »Sie hat gesagt, in dem Schuppen, in dem Ol' Grady war, stünde noch ein Kanister Diesel herum. Ich sollte den Ilex anzünden, damit auch das erledigt ist. Sie wollte alles ordentlich zurücklassen, alles aus dem Weg geräumt haben.«

»Warum hat sie es nicht selbst getan?«

»Sie hat gesagt, sie sei zu müde und wollte nichts mehr tun. Sie hat gesagt, inzwischen hätte ich ohnehin kapiert, worum es ginge.«

»Hattest du es denn kapiert?«

»Ich dachte, ihr ginge es lediglich darum, alle Spuren auszulöschen, damit von den Geheimnissen und allem, was dazu gehört, nichts übrig bleibt.«

Mir fällt etwas ein, was er schon vor einer ganzen Weile gesagt hat. »So war es aber nicht, oder? Es gab immer noch Geheimnisse, sogar nachdem die Scheune und die Steinbruchhefte verschwunden waren.«

»Ich weiß«, sagt er, und es ist fast ein Flüstern. »Ich weiß.«

»Und was ist mit dir, Mattie? Was ist dir zugestoßen? Du hattest doch einen Grund, noch einmal dorthin zu gehen und die Steinbruchhefte zu holen. Aus welchem Grund bist du zurückgegangen?«

Ich kann sehen, wo seine Fingernägel den alten Verputz zerkratzt haben. Sein Gesicht ist von mir abgewandt, aber ich kann den Schmerz aus seiner Stimme heraushören. »Ich musste alles ganz genau wissen. Ich musste ganz sicher sein.«

»Du musstest sicher sein, was du für sie empfunden hast«, sage ich. Ich versuche, es nicht wie eine Frage klingen zu lassen.

»Ich habe sie geliebt. Sie war das Wichtigste in meiner Welt.«

»Sie hat über deine Welt *geherrscht*, Mattie. Bist du ganz sicher, dass du sie geliebt hast?«

»Ich habe sie geliebt«, wiederholt er hartnäckig.

»Du hast sie gehasst. Du wusstest nicht, was du von ihr halten solltest, und deshalb bist du in den Steinbruch zurückgekehrt – um dich zu vergewissern. Das stimmt doch, oder nicht?«

»Ich habe sie *nicht* gehasst«, sagt er und dreht sich zu mir um. Ich mühe mich damit ab, auf die Füße zu kommen, bis ich schließlich aufrecht an der Wand lehne. Er redet immer noch und nimmt nichts davon wahr. »Ich habe sie nur nicht richtig verstanden.«

»Sie hat dich im Stich gelassen«, sage ich. Das Klebeband um meine Handgelenke sitzt immer noch straff. »Und deswegen hast du sie gehasst. Was wünschst du dir, was passiert wäre, Mattie?«

»Nichts! Ich habe sie nie gehasst. Du hast nicht die geringste Ahnung. Was du sagst, ist absoluter Blödsinn.«

»Ach, wirklich?« Ich schreie ihn jetzt an, denn ich muss versuchen, mit den Worten gewaltsam durch die Graupel der Erinnerungen, die ich nicht sehen kann, zu ihm vorzudringen. »Wie viele sind es gewesen, Mattie? Welche bin ich?«

»Ich weiß nicht, was du meinst.«

»Wie viele hat es bisher schon gegeben? *Wie viele Sophies waren es schon, Matthew?*«

Er wippt auf den Fersen und hat die Augen vor Schreck weit aufgerissen. Sein Mund öffnet sich, aber er scheint nicht in der Lage zu sein, sich zu artikulieren.

»Die Wievielte bin ich? Sieh dir all diese Kerzenstummel an, Mattie. Wie viele sind es im Lauf der Jahre gewesen? Du hattest dich schon richtig daran gewöhnt, nicht wahr? Nur hast du bisher nie die ganze Geschichte erzählt, und deshalb war es diesmal anders als sonst. Was hast du mit ihnen getan, Mattie?«

Er schüttelt den Kopf, als sei er benommen. Nach einer Weile findet er wieder Worte, wenn auch langsam und unsicher. »Ich habe sie geliebt«, sagt er. »Ich weiß, dass ich sie geliebt habe.«

»Wie viele Sophies?«

»Ich habe sie geliebt. Ich habe es nur nicht verstanden. Und als sie mich gefragt hat, hatte ich zu große Angst.«

Sein Gesicht sieht furchtbar aus, von widerstreitenden Gefühlen gezeichnet. Er scheint am Rande von etwas zu wanken.

»Ich hatte zu große Angst.«

Ich zögere, ehe ich einen Schritt auf ihn zu gehe. »Erzähl mir, was passiert ist«, sage ich. »Bring es zu Ende.«

Er nickt. »In Ordnung. Ich glaube, es ist an der Zeit, dass ich es zu einem Ende bringe.«

Wir stiegen an der Stelle über den Zaun, wo ihn der abgebrochene Ast auf den Boden drückte. Der kleine Streifen Erde war dunkel, aber wir konnten den Rand des Steinbruchs deutlich genug erkennen; der helle Stein unter uns reflektierte das schwache Licht des Nachthimmels. Über uns, in den Lücken zwischen den Wolken, zeichneten sich die Sterne und der Halbmond klar ab. Die Nachtluft ließ die Wälder leise rascheln. Wir hatten die Scheune endgültig hinter uns gelassen. Auf dem Weg zum Steinbruch war sogar der Geruch nach Rauch aus unseren Kleidern geweht worden. Wenn wir uns entschieden, nicht daran zu denken, dann gab es nichts, was uns daran erinnert hätte.

»Es ist schön hier«, sagte Sophie. »Ich glaube, diesen Ort mag ich am liebsten. Er ist immer etwas ganz Besonderes gewesen.« Sie unterbrach sich. »Glaubst du, du wirst wieder hierher kommen?«

»Wenn du fort bist?«, fragte ich.

Sie zog eine Augenbraue hoch. »Ja, genau.«

»Ich weiß es nicht«, sagte ich aufrichtig. »Es wird nicht mehr dasselbe sein.«

»Nein, vermutlich nicht. Oh, warte einen Moment.« Sie kramte in der Tasche ihres Anoraks. »Hier. Bewahre das doch bitte für mich auf, ja? Ich erkläre es dir gleich.« Sie hatte einen Schlüsselbund herausgezogen, den ich schon früher gesehen hatte, und zog einen kleinen grauen Schlüssel davon ab. Ich nahm ihn behutsam entgegen.

»He«, sagte sie, und ihre Stimme klang überrascht. »Sieh mal, was ich gerade gefunden habe.« Sie streckte ihre Hand ein zweites Mal aus. Auf der Handfläche lag eine Art rundes, dunkles Medaillon, das ich nicht klar erkennen konnte. »Erkennst du das wieder?«, fragte sie.

»Was ist das?«

»Es ist dein Ammonit«, sagte sie. »Die Versteinerung, die du mir geschenkt hast. Ich habe immer gut darauf aufgepasst.« Sie sah den Ammonit an und wog ihn in der Hand. »Möchtest du ihn zurückhaben?«

»Nein«, sagte ich. »Ich habe ihn dir geschenkt. Behalte ihn ruhig.«

»Danke.« Sie blickte nicht von dem Ammonit auf. »Das war mit Abstand das Beste von all deinen Fossilien, stimmt's?«

»Ja, ich glaube schon.«

»Ja, das glaube ich auch. Danke, Mattie.«

»Schon gut«, sagte ich verlegen.

»Ich frage mich, ob ich dir jemals ein so schönes Geschenk

gemacht habe.« Es klang, als spräche sie in erster Linie mit sich selbst.

»Oft«, sagte ich. Es war eine seltsame Bemerkung, und sie hatte mich damit überrascht.

»Ich weiß nicht recht. Manchmal kommt es mir überhaupt nicht so vor.«

Wir saßen eine Zeit lang stumm da und schauten zu den Bäumen und den unheimlichen Formen auf, die ihre Äste und ihr Laub bildeten. Sie zeichneten sich deutlich vor dem Himmel ab. Sophie hob einen Kieselstein auf und drehte ihn zwischen ihren Fingern, ehe sie ihn ins Gras fallen ließ. Ich zog meinen Anorak enger um mich.

»Frierst du?«

»Nein«, sagte ich.

Sie wandte den Blick wieder ab. »Ich werde diese Schule nicht besuchen. Aber das wusstest du ja ohnehin schon.«

Ich blieb stumm.

»Das hast du doch gewusst, oder nicht, Mattie?«

Ich wusste nicht, was ich sagen sollte.

»Jedenfalls werde ich nicht hingehen. Ich habe mir ausgiebig Gedanken darüber gemacht. Verstehst du, es ist alles vorbei. Es ist zu Ende. Mit der Scheune, dem Steinbruch, dem Haus. Mit Mummy. Mit uns. Es ist alles aus. Es ist alles vorüber.«

Endlich fand ich meine Stimme wieder. »Nur weil du dafür gesorgt hast, dass jetzt alles aus ist«, sagte ich gequält, und man muss mir angehört haben, wie tief ich verletzt war. Sie sah mich an, und ihr Mund stand einen Spalt weit offen. Ihre Augen hatten den Ausdruck eines Menschen angenommen, der sich verraten fühlt.

»Das war doch nicht mein Entschluss«, sagte sie. »Es gibt nichts, was ich daran ändern könnte.«

»Du hast die Scheune angezündet«, beharrte ich.

Sie blinzelte, und ich begriff, dass sie Tränen zurückdrängte. In elf Jahren hatte ich Sophie nie weinen sehen. »Es ist so oder so aus und vorbei, Mattie«, sagte sie. »So ist es nun mal ausgegangen. Ich habe versucht, etwas daran zu ändern, aber es ist mir nicht gelungen.«

Wieder fand ich keine Worte, die ihr vielleicht geholfen hätten. Als sie merkte, dass ich nichts mehr sagen würde, quälte sie sich allein damit ab.

»Es ist nicht leicht, es in Worte zu fassen, Mattie. Ich weiß nicht, ob ich selbst alles verstehe. Aber wenn ich fortgegangen wäre und diese Schule besucht und dich verlassen hätte, wäre alles in Stücke zerbrochen. *Alles.* Das hätte alles zerstört – absolut alles.« Sie suchte verzweifelt nach Worten, die mir einleuchten würden, aber wir wussten beide, dass ihr das nicht gelingen würde.

Schließlich sagte ich dann: »Du wirst schon das Richtige tun. Du hast noch immer eine Lösung gefunden.«

Diese Worte entlockten ihr ein schwaches Lächeln. »Du bist in Ordnung«, sagte sie noch einmal.

Der Wind brachte ein wenig Bewegung in die dunklen Bäume hinter uns. Am anderen Ende des Steinbruchs war gerade noch zu erkennen, dass die Stängel des hohen Unkrauts zitterten und bebten. Durch meine Jeans spürte ich, wie kalt der Boden unter mir war.

»Ich möchte, dass du mir ein paar Dinge versprichst«, sagte Sophie.

»Okay.«

»Ganz hinten in dem Schuppen, in dem wir Ol' Greedy gefunden haben, steht ein grauer Kanister. Er enthält Diesel. Damit zündest du den Ilex an, okay? Ich kann mich nicht mehr dazu aufraffen, aber dann wäre wenigstens die Symmetrie hergestellt. Wirst du das für mich tun?«

»Ja«, sagte ich.

»Du bist doch nicht traurig, oder? Sei nicht traurig, Mattie.«

»Ich bin nicht traurig«, sagte ich. Ich dachte an die Nachmittage, die wir unter dem Ilex verbracht hatten; Sophie hatte mir vorgelesen oder mir Geschichten erzählt. Diese Nachmittage kamen mir nicht mehr so vor, als gehörten sie mir; irgendwie waren sie, von mir unbemerkt, in den Besitz eines anderen übergegangen. Ich war noch nicht einmal neidisch auf denjenigen, der mein Erbe angetreten hatte.

»Was sonst noch?«, sagte sie zu sich selbst. »Du wirst natürlich Daddy anrufen müssen. Ich denke mir, dass er sich wahrscheinlich ziemlich freuen wird, wenn der Schock und all das erst einmal vorüber ist. Er hat dich schon immer gemocht, aber das weißt du ja.«

Das hatte ich nicht gewusst. Ich sagte kein Wort.

»Er wird sich um alles kümmern«, fuhr sie fort. Die Worte waren wohl überlegt und äußerst behutsam, und ich hatte das Gefühl, dass sie sich sehr bemühte zu verbergen, was sie wirklich dachte. »Tja. Ich glaube, das war es dann wohl.«

»Sophie? Ich verstehe es immer noch nicht.«

Sie nahm meine Hand und drückte sie fest. »Mach dir keine Sorgen«, sagte sie. »Es wird alles gut werden, du wirst es ja sehen. Verlass dich auf mich.«

Er schlägt sich mit den Handballen auf die Stirn. »Warum hat sie das gesagt? Dass alles gut werden wird? Sie muss doch gewusst haben, dass es nicht wahr sein würde.«

»Vielleicht hielt sie es für das Beste, was sie in dem Moment sagen konnte«, schlage ich vor.

»Glaubst du, sie hat es wirklich ernst gemeint?« Seine Stimme ist fast flehentlich.

»Ich weiß es nicht. Ich glaube nicht, dass sie dich belügen wollte.«

»Warum sagst du das?«

»Sie hat dich zu sehr geliebt«, sage ich. Er starrt mich an, und seine Augen werden groß. Ich rede weiter und versuche, ihm ein Gespür für das zu vermitteln, was ich empfinde. »Sie hat dich zu sehr geliebt, Mattie. Sie hatte eigentlich gar keine andere Wahl. Für Sophie gab es immer nur Extreme, immer nur Superlative. Ich glaube nicht, dass sie *darauf* Einfluss hatte. An dem, was in ihr vorging, konnte sie nichts ändern. Und wenn sie es gekonnt hätte und es geschafft hätte, mittelmäßig zu werden, dann wäre sie nicht in der Lage gewesen, sich um euch beide zu kümmern. Für sie war es eine Notwendigkeit, anders zu sein.«

»Ich konnte einfach nicht glauben, dass sie mich verlassen würde«, sagt er.

»Ich möchte, dass du mir ein paar Dinge versprichst«, sagte sie. »Tust du das?«

»Ja«, sagte ich.

»Okay. Gut. Hör mir genau zu.« Sie umriss die Ereignisse des Abends, wie sie später dargestellt werden sollten, und ich saß vor ihr auf dem Boden und prägte mir pflichtbewusst die Einzelheiten ein. Man konnte sich das alles leicht merken.

»Du wirst zu Hause eine Zeit lang warten müssen«, sagte sie. »Um sicher zu gehen, dass wir das Timing einwandfrei hinkriegen. Glaubst du, das schaffst du?«

»Ja, ich glaube schon«, sagte ich. »Ich werde es versuchen.«

»Prima. Mehr ist gar nicht nötig.«

Über unseren Köpfen war der Himmel, da die Wolken weiterzogen, jetzt mit Sternen besät. Die leichte Brise, die noch vor kurzer Zeit geweht hatte, legte sich, und wir saßen in einer seltsamen unirdischen Stille da. In den Wäldern schien tiefe Nacht zu herrschen.

Sie sah mich mit ernstem Gesicht an. »Mattie?«

»Ja?«

»Du wirst doch zurechtkommen, nicht wahr?«

Ich wusste nicht, was ich sagen sollte. Ich wusste nicht einmal, ob ich mich fürchtete oder nicht. »Ja«, sagte ich. Es war die einzige Antwort, die mir dazu einfiel.

Sophie warf einen Blick auf ihre Armbanduhr. »Nur noch eins. Du wirst sehr tapfer sein und genau das tun müssen, was ich dir sage. Du hast den Schlüssel doch noch?«

Ich nickte und zeigte ihn ihr.

Er geht zu der Tür, die in den Garten führt. Er scheint nachzudenken. Seine Stirn ist gerunzelt, und seine Hände sind ineinander verschlungen. Es entsteht eine lange Pause. Durch die Ritzen des Pressspans sickert Licht – das bleiche Licht des einsetzenden Morgengrauens, aber dennoch Licht. Die Küche ist in ein gespenstisches Grau getaucht. Die Kerze ist unbemerkt heruntergebrannt, während er geredet hat.

Ich starre einen Mann an, den ich noch gestern so gut wie gar nicht kannte. Über Nacht ist alles, was ich über ihn dachte, auf den Kopf gestellt worden, ist in Stücke gerissen worden. Er ist absolut nicht der Mensch, für den ich ihn gehalten habe. Aber jetzt fürchte ich mich nicht mehr vor ihm. Ich bin nicht sicher, woran das liegt. Es ist, als hätten wir all das gemeinsam hinter uns gebracht. Vermutlich trifft das in gewissem Sinne auch zu. Und seltsamerweise war es, um ihn zu verstehen, zwangsläufig erforderlich, zumindest ein klein wenig so zu denken, wie Sophie gedacht hat. Ich weiß immer noch nicht, was ich davon halten soll – ich weiß nicht, ob es mich erschreckt oder nicht.

Er dreht sich um und kommt auf mich zu. Zum ersten Mal, seit er mich geschlagen hat, und das ist inzwischen Stunden her, kommt er mir nah. Er hat mich natürlich nur geschlagen, weil ich nicht sie bin. Oder weil ich gesagt habe, dass ich nicht sie bin. Ich bin nicht mehr sicher, was von beidem der Grund dafür war. Aber wir haben uns an die Regeln gehalten, die er aufgestellt hat, und doch ist dabei das herausgekommen, was ich von Anfang an wollte.

»Gib mir deine Hände«, sagt er leise. Ich halte sie ihm hin, die überkreuzten Hände mit dem Klebeband um die Handgelenke, und er zieht ein Taschenmesser aus seiner Hosentasche und schneidet das Klebeband durch. Ich löse meine Hände voneinander, zucke zusammen, als sich das Klebeband abrupt von meiner Haut löst, reibe die Hände aneinander und spüre, dass sie prickeln.

»Danke.«

Er steht auf und geht wieder zur Tür. Oben und unten sind Riegel angebracht, die er jetzt zurückschiebt. Mit der Schulter drückt er die Tür nach außen auf, und erstmals sehe ich den Garten hinter dem Haus. Er ist wild und zerzaust, aber ich erkenne ihn trotzdem wieder. Vielleicht ist er eine Spur kleiner, als ich ihn mir vorgestellt habe. Er steht da und schaut hinaus, und ich gehe zu ihm und bleibe neben ihm stehen.

»Dort ist der Ilex«, sagt er und deutet darauf. Er hat Recht. Der Strauch zeigt frische Schösslinge, die ganz unten aus dem Stamm wachsen. »Ich habe genau das getan, was sie gesagt hat. Auf dem Rückweg zum Haus habe ich den Kanister geholt und den Strauch angezündet.« Er seufzt. »Vermutlich war ich traurig, als ich ihn in Flammen aufgehen sah, aber inzwischen war mir schon ziemlich egal, was geschah. In den vergangenen Stunden war so viel passiert.«

»Ich weiß«, sage ich.

»Als ich nach Hause kam, habe ich abgewartet, genau wie sie es gesagt hat. Ich bin in ihr Zimmer gegangen und habe mich auf ihr Bett gesetzt. Dort muss ich über eine Stunde gesessen haben. Schließlich brauchte ich dann gar niemanden anzurufen. Irgendjemand muss das Feuer in unserem Garten gesehen haben, denn plötzlich waren etliche Wagen und ein Löschfahrzeug der Feuerwehr und sonst was da, über den ganzen Rasen verteilt. Ich glaube, Mummy haben sie gleich zu Beginn gefunden, denn sie wollten mich nicht einmal in die Nähe des Salons lassen. Dann ist die Polizei aufgetaucht. Sie wollten von mir wissen, wo mein Vater ist. Und wo meine Schwester steckt. Ich habe gesagt, ich wüsste nicht, wo mein Vater ist, aber ich hätte seine Telefonnummer. Ich war so müde, dass ich fast im Stehen einschlief, aber sie wollten mich nicht schlafen lassen. Ich glaube ohnehin nicht, dass ich hätte schlafen können. Nachdem sie meinen Vater verständigt hatten, haben sie wieder angefangen, mich zu fragen, wo Sophie ist.

Ich habe gesagt, sie sei am frühen Abend zur Scheune gegangen. Als ich das Feuer von meinem Schlafzimmer aus gesehen hätte, sei ich über die Felder gelaufen, um nachzusehen, wo sie steckte, aber dort sei sie nicht gewesen. Sie blickten einander an, und sie besahen sich den Schlamm von meinen Turnschuhen, der Spuren auf den Teppichen hinterlassen hatte, und vermutlich sahen sie auch, in welcher Verfassung ich war, denn jemand trug mich zu einem Krankenwagen, der draußen stand, und setzte mich hinein, während man versuchte zu begreifen, was sich im Haus abgespielt hatte. Jemand, den ich noch nie gesehen hatte, brachte mir etwas zu trinken, aber ich wollte es nicht. Es war Kaffee aus einer Thermoskanne. Ich wollte sagen, dass ich nachts nur Orangensirup trank, aber es gelang mir einfach nicht, die Worte verständlich herauszubringen. Ich glaube, daraufhin schlief ich tatsächlich eine Zeit lang.

Sie warteten lange auf das Eintreffen meines Vaters, aber als er nicht kam, brachten sie mich ins Krankenhaus. Ich glaube, niemand wusste, was sie sonst mit mir anfangen sollten. Sie gaben mir einen Schlafanzug und packten mich in ein Bett, und ich schlief fast den ganzen Tag. Als ich aufwachte, war Asche aus meinem Haar auf dem Kissen verstreut. Später stellten mir Leute Fragen dazu, was passiert war. Ich erinnerte mich daran, dass ich nachfragen musste, ob sie Sophie schon gefunden hätten, und sie sagten, nein, ich solle versuchen mich auszuruhen, sie würden dann später mit mir darüber reden. Ich konnte den Ausdruck der Sorge auf ihren Gesichtern sehen, als sie versuchten, Mittel und Wege zu finden, wie sie diesem kleinen Jungen beibringen konnten, dass seine Schwester beim Spielen in einer Scheune verbrannt und gestorben war und sie nicht einmal ihre Leiche hatten finden können.

Mein Vater war dann schließlich derjenige, der mir das mit Sophie und mit Mummy sagen musste. Ich saß an viele Kissen gelehnt im Bett und hörte ihm schweigend zu. Mein Vater kam aus Amerika nach England zurück, denn dort hatte er gearbeitet. Ich erinnere mich an einen großen Mann, der in das Zimmer kam, in dem mein Bett stand. Er trug ein sauberes weißes Hemd. Er wirkte müde, aber sein Gesicht war recht angenehm. Den ganzen Tag über waren Fremde in meinem Zimmer ein und aus gegangen, und daher begriff ich erst, als er dicht vor mir stand, dass es mein Vater war. Ich erkannte ihn an seinem Geruch. Er setzte sich auf die Bettkante und berichtete mir, was passiert war. Ich glaube, er machte seine Sache sehr gut. Es kann nicht leicht für ihn gewesen sein.

Das ist alles. Dieses Haus wurde zum Verkauf ausgeschrieben, aber niemand hat es je erworben. Zu viele Menschen wussten, was sich hier abgespielt hatte, und es spricht sich herum, wenn ein Haus der Schauplatz eines Selbstmordes war. Ich nehme an, es wird unbewohnt hier stehen, bis es eines Tages einstürzt.«

Ich sehe ihn an. Im frühen Morgenlicht ist sein Gesicht bleich. »Was ist mit mir?«, frage ich.

»Du hast nichts zu befürchten«, sagt er. »Ich weiß nicht, warum. Du bist ihr ähnlicher als jede andere Frau, die mir seither begegnet ist. Ich hätte nie gedacht, dass ich eines Tages jemandem die ganze Geschichte erzählen würde.«

»Weshalb all die anderen Sophies, Matt?«, frage ich.

Er zuckt die Achseln und reibt sich mit der Handkante den Ellbogen. »In späteren Jahren wollte ich sie umbringen«, sagt er. »Ich wollte meine Sache richtig machen. Denn selbst als sie fort war, hielt sie immer noch alle Fäden in der Hand.«

»Ah«, sage ich. »So war das also.«

»Sie ist nie wirklich fortgegangen«, sagt er. »Ich dachte, wenn ich sie auf die einzig richtige Art und Weise umbringe, würde sie nicht mehr zurückkommen. Aber es hat nicht geklappt. Daraus ist nie etwas geworden.«

»Wo sind sie alle?«, frage ich. Ich kann mich nicht zusammenreißen.

»Nicht weit von hier«, sagt er unbestimmt. Natürlich ist die Küche der einzige Raum des Hauses, den ich gesehen habe. Er blickt auf und sieht mir in die Augen. »Ich hätte dich umbringen können«, sagt er.

»Ich weiß.«

»Mach dir keine Sorgen. Dir kann jetzt nichts mehr passieren. Ich habe es dir ja schon gesagt. Aber ich möchte, dass du etwas für mich tust.«

»Was?«, frage ich.

»Komm mit«, sagt er und nimmt mich an der Hand. Wir laufen über den verfilzten Rasen des Gartens, der nach dem Sturm noch vom Regen durchnässt ist, auf den Hügel zu.

15

Es ist nicht kalt. Die Luft streift sachte mein Gesicht, und unter meinen Füßen ist der Boden trocken. Kein Laut ist zu vernehmen. In den Wäldern auf dem Hügel hörten wir im Vorübergehen die Vögel zwitschern, aber ihre Lieder sind verklungen. Die Morgensonne, die über den Bäumen aufging, ist verschwunden. Die glitzernden Sträucher und die großen, tiefen Pfützen sind verschwunden. Die Welt ist zusammengeschrumpft, hat sich verdichtet und konzentriert sich hier in einem kleinen Raum, in dem ich knie. Das Licht ist düster. Im Haus sind Kerzen, sie stehen auf der Fensterbank; die Kerzenstummel vieler Abende liegen auf dem Fußboden verstreut, aber hier habe ich kein Licht, nur den schwachen Schimmer, der um die Biegung dringt.

Es ist beinah schön hier. Der Fußboden ist frei von dem Geröll und dem Unrat, der in der Nähe des Eingangs herumliegt, und die Decke ist zwar niedrig, aber gewölbt und nahezu symmetrisch. Die Nische wirkt fast wie ein kleiner Altar in einer versteckten Ecke einer Kirche. Der Boden steigt vom Eingang aus leicht an, biegt dann scharf nach rechts ab und weitet sich etwa eineinhalb Meter weiter hinten etwas aus, um diesen Raum zu bilden. Hier ist es still; friedlich. Alles, was gesagt worden ist, scheint so weit weg zu sein.

Das Seltsamste ist, dass ich überhaupt hier bin. Als Mattie und ich im Sonnenschein den Hügel hinaufgestiegen sind, habe ich gespürt, dass sich eigenartige Emotionen in mir regten; ein Gefühl von Jubel, von Triumph. Den Weg bewältigte ich nur mit Mühe. Meine Beine waren schwach und ab und zu auch wacklig von der Müdigkeit und den vielen Stunden, die ich still auf einem Fleck gesessen hatte, aber nicht mehr vor Angst. Von allen Sophies, die es gegeben hatte, war es keiner einzigen gelungen, Mattie geschickt durch die ganze Geschichte zu lotsen, ihm alles vor Augen zu führen, was passiert war, und ihn dazu zu bringen, sich damit auseinander zu setzen statt wegzuschauen. In dem Moment, als ich das Gesamtbild sah, ging mir auf, dass es wahrscheinlich nie dazu gekommen wäre, wenn ich nicht in gewisser Weise wie Sophie gewesen wäre. Dieser Gedanke hätte mich zwar vielleicht abstoßen sollen, doch statt dessen fand ich ihn seltsam stimulierend. Ich hatte das Gefühl, Sophie jetzt zu kennen, und ich wusste, dass sie stark war. Mattie war immer schwächer als sie gewesen. Ich hatte in meinem eigenen Innern nach Sophie gesucht, und sie hatte mir geholfen, es durchzustehen.

»Ich habe die Stelle gesehen, wo der Ast den Zaun zerbrochen hat«, sage ich und freue mich darüber, dass meine Stimme immer noch ruhig und angenehm klingt. »Die grasbewachsene Stelle. Sie ist wirklich sehr klein. Aber ich nehme an, zwei Kinder könnten dort sitzen und miteinander reden.« Ich denke nach. »Er hat mir nie wirklich erzählt, was passiert ist. Nun, das ist nicht ganz wahr. Er hat mir berichtet, *was* geschehen ist, nur nicht, *wie* es sich abgespielt hat. Ein allerletztes Geheimnis.«

Ganz unten an der Mauer am Ende des Stollens befindet sich ein niedriger Sockel, etwa zwanzig Zentimeter über dem Boden. Er wirkt wie ein natürlicher Bestandteil des Felsens. In die Felswand darüber sind in regelmäßigen Abständen ein paar Löcher gebohrt, von denen ich annehme, dass sie ursprünglich für den Sprengstoff gedacht waren. Alle schon vor langer Zeit aufgegeben, vor langer Zeit vergessen.

Dort hat es sich Sophie gemütlich gemacht, die Hände vor sich aneinander gelegt, die Knie angezogen. Ihr roter Anorak ist in dem düsteren Licht nahezu schwarz. Ihr Gesicht kann ich nicht gut sehen, aber ich bemühe mich auch gar nicht; viele Jahre sind seither vergangen. Und außerdem weiß ich bereits, wie sie aussieht. »Er hat dich wirklich geliebt«, sage ich. »Vermutlich bin ich außer ihm der einzige Mensch, der dich kennt.«

Als ich sie das erste Mal sah, fragte ich mich, wie es passiert war. Die Wahrheit dämmerte mir sehr langsam, aber sie war einleuchtend. Nur so kann es sich abgespielt haben. Und daher schwirren mir jetzt zu viele Bilder durch den Kopf, Bilder, für die ich keine Bestätigung erhalten kann. Sophie fordert Mattie auf, mit ihr zu kommen, und er fürchtet sich zu sehr davor. Mattie befolgt ihre Anweisungen sorgfältig, entfernt sich vom Steinbruch und läuft durch eine Nacht, die von dem Feuer in der Scheune noch blutrot besudelt ist. Mattie in einem Krankenhausbett, wie er den Schlüssel zum Stollen im Steinbruch fest mit einer Hand umklammert und sich Fragen stellt. Die Tage vergehen, und Sophie zieht sich immer weiter in die Dunkelheit zurück, und schließlich schläft sie hier ein, wo ich sie gefunden habe. Ich kann nicht mit Sicherheit sagen, dass es so war oder warum sie es so gewollt haben sollte, aber ich kann meinen Gedanken keinen Einhalt gebieten.

»Er hat den Schlüssel behalten«, sage ich. »In all diesen Jahren, genauso, wie du den Ammonit behalten hast.« Sie ist so friedlich, so stark, so ausdauernd. Wäre ich ihr doch bloß ähnlicher gewesen.

»Du hast es ihm vorgemacht, ihm den Anstoß gegeben und ihm sogar die nötigen Mittel zur Verfügung gestellt«, sage ich.

»Den Schlüssel, das geheime Versteck. Aber du warst die Einzige, die ihn wirklich kannte. Das hätte ich begreifen müssen. Er hat es oft genug gesagt. Du warst die Einzige, die ihn kannte, und er war der Einzige, der dich kannte. Das hätte mir auffallen müssen. Die Kerzen sind mir aufgefallen, aber das ist mir nicht aufgefallen.« Ich unterbreche mich. Ich glaube, ich rede zu viel. Das würde ihr nicht gefallen. Es ist ein Zeichen von Panik, und ich werde nicht in Panik geraten. Sophie ist ruhig.

»Ich wusste, dass du hier bist«, sage ich. »Das ist der eigentliche Grund, weshalb ich gekommen bin. Ich habe es Mattie versprochen, aber in Wirklichkeit bin ich hergekommen, weil ich dich sehen wollte.« Ich lächle sie an. »Er hat mir den Schlüssel zum Stollen gegeben. Ich habe ihn hier.« Ich ziehe den Schlüssel aus meiner Tasche und halte ihn ihr hin. Natürlich braucht sie ihn nicht zu sehen, aber ich tue es trotzdem. »Er hat mir gesagt, wo du bist. Ich war … er hat gesagt, ich sei anders. Er hat gesagt, ich hätte ihn bis zum Ende der Geschichte geführt und das hätte vor mir niemand getan. Das wusste ich natürlich. Ich wusste, dass ich so stark bin wie du.«

Ich stecke den Schlüssel wieder ein. Ich weiß nicht, warum ich ihn aufbewahre. Es ist ein kleiner grauer Schlüssel, genau wie der, den Mattie mir beschrieben hat, wie der, den Sophie ihm gegeben hat. Direkt bevor man den Alkoven erreicht, in dem Sophie liegt und schläft, zweigen auf einer Seite mehrere Quergänge ab. Dort sind die anderen Sophies. Ich habe nachgesehen, und jede von ihnen hat einen kleinen grauen Schlüssel, der genauso aussieht wie meiner. Natürlich funktioniert keiner von ihnen. Im Lauf der Tage habe ich sie alle ausprobiert, einen nach dem anderen, viele Male.

»Mir war nicht klar, wie ähnlich er dir ist«, sage ich. »Ich frage mich, ob du dieselbe Geschichte erzählen würdest, wenn du mit mir sprechen könntest, oder ob deine Geschichte eine andere wäre. Wie sehr würde sie sich von seiner Geschichte unterscheiden? Warst du wirklich so, wie er dich mir geschildert hat?« Die anderen Sophies sind recht ordentlich aufgereiht, doch keine von ihnen wirkt, als schliefe sie, so wie Sophie. Vermutlich kommt Mattie irgendwann zurück, um dafür zu sorgen, dass alles sauber und ordentlich ist, so, wie es sein sollte.

Ich ziehe den Schlüssel wieder heraus und drehe ihn zwischen meinen Fingern. Ich fühle mich ein wenig benommen. Das ist eigentlich nicht erstaunlich. Ich habe eine Menge durchgemacht, wenn man es sich recht überlegt.

»Was meinst du, wirst du mir jetzt deine Geschichte erzählen?«, frage ich. »Die wahre Geschichte? Die wirkliche?«

Das wird viel Zeit in Anspruch nehmen, sagt Sophie. Ich lächle. Sie hat eine schöne Stimme, leise und sanft.

»Es ist noch genug Zeit«, sage ich.